새 엄마가 데려온 딸이 전 여친이었다

4

첫 키스로 선언하다

"(저 남자는 왜 밀쳐내지 않는 거야······!)"

이리도 유메
Yume Irido
미소녀 우등생이자 고교 데뷔에 성공한, 미즈토의 전 여친이자 의붓남매.

타네사토 치쿠마
Chikuma Tanesato
마도카의 동생. 극도로 낯가림이 심해서, 항상 누나 등 뒤에 숨어 있다.

"오래간만이에요, 마도카 씨."

"미즈토잖아~!! 오래간만이야~!!"

이리도 미즈토
Mizuto Irido
유메의 전 남친이자 의붓 남매. 마도카한테는 순종적인데……?

타네사토 마도카
Madoka Tanesato
청초한 외모와 달리 상당한 인싸인. 친척 누나.

그때도 너는 이 인적 없는 사당에, 혼자 있었다.
하지만 그해에는…… 나에게, 전화를 했다.
"너―."
나는 빙그레, 2년 전에는 짓지 못했던 미소를 머금었다.

"나를, 정말 좋아했지?"

첫 키스로 선언하다

전 여친이 었다

새 엄마가 데려온 딸이

4

카미시로 쿄스케 지음

타카야Ki 일러스트

이승원 옮김

009 **미래 연인의 일상 스냅샷**
한밤의 통화

019 **전 연인은 자극을 원한다**
"멋지다고 하지 마."

059 **전 여친은 정찰한다**
"동거 3년 차 커플……?"

089 **전 연인은 귀성한다①**
시베리아의 무희

135 **전 연인은 귀성한다②**
황혼의 끝

171 **소꿉친구는 풀에 간다**
"잘 얼버무렸는걸."

205 **전 연인은 귀성한다③**
첫사랑이란 이름의 상처

261 **전 연인은 귀성한다④**
첫 키스로 선언하다

326 **후기**

"……하아……."

그것은 중학교 2학년 여름 방학의 일이다.

저녁을 먹고 방으로 돌아온 나는 침대에 누워서 한숨을 내쉬었다.

그런 내가 떠올린 것은 며칠 전에 했던 인생 첫 데이트다.

유카타를 입고 이리도와 함께 축제에 갔다.

말로 하면 그게 전부지만 현실미가 전혀 느껴지지 않았다.

그것도 그럴 것이 제대로 이야기를 나누게 된 지 아직 열흘밖에 안 됐다.

그런데 벌써 축제 데이트를 하다니, 내 인생은 어떻게 되어버린 걸까? 확률변동이야? 확률변동이란 거야?

게다가, 게다가―.

"……크흐흐……."

베개에 묻은 입에서 기분 나쁜 웃음이 흘러나왔다.

미아가 되어서 스마트폰 너머로 흐느끼고 있는 나를 이리도가 찾아 줬다.

이러다간 미움받을지도 모른다는 부정적인 생각에 빠진

나에게 『얼마든지 폐를 끼쳐도 돼』라고 말해 줬다.

하아…… 좋아해!

좋아해, 좋아해, 좋아해! 좋아해~~~~!!

나는 침대 위에서 발을 버둥거렸다.

인간은 이렇게 짧은 시간에, 이렇게 변할 수도 있구나.

얼마 전만 해도 라이벌로 여겨 적의도 약간 품었는데 말이야.

지금은 이리도를 생각하면 가슴이 두근거리며 포근해져서 아무것도 손에 잡히지 않는다.

빨리 만나고 싶다……. 이야기를 나누고 싶다.

아마, 내일까지다.

내일까지는 볼일이 있어서 도서실에 오지 못한다고 그는 말했다.

그러니 모레가 되면 다시 만날 수 있다…….

베개에 볼을 댄 내 눈에, 베갯머리에 둔 스마트폰이 보였다.

……아, 그래.

연락처는 교환했으니까, 이야기는 지금도 나눌 수가…….

괘…… 괜찮겠지? 폐는 안 되겠지?

해가 완전히 졌는데……. 성가신 애라고 여겨지지 않을까?

아, 아냐, 괜찮을 거야……. 축제 데이트 때의 나는 훨씬 성가셨는걸. 그때도 용서해 줬으니까, 늦은 시간에 전화를 거는 것 정도는…….

망설이면서도 스마트폰을 향해 손을 뻗었다.

바로 그 순간이었다.

아직 손가락도 닿지 않은 스마트폰에서 착신음이 흘러나왔다.

"우왓?!"

아직 아무런 설정도 하지 않은 기본 착신음.

나는 허둥지둥 스마트폰을 쥔 후, 누가 전화를 한 건지 확인했다.

"이…… 이리도……!"

어…… 어째서, 어째서, 어째서?! 텔레파시?!

이야기를 나누고 싶다고 생각한 상대가, 이렇게 전화를 걸어오다니……!

화, 확률변동…… 확률변동이야……. 하느님이 내 소원을 뭐든 다 들어주는 모드에 들어간 게 분명해……. 나중에 반동이 올 것 같아 무서워…….

아무튼, 받아야 해……! 우물쭈물하다간 이리도가 끊을지도 몰라!

"여! ……여보세요~."

목소리에 힘이 들어가서 처음 한 마디가 너무 컸다.

그래서 목소리를 낮추자, 왠지 일부러 잘 들리지 않게 인사를 건넨 것만 같다.

여전히 내 목의 볼륨 조절 기능은 정상이 아닌 것 같아…….

이 고물……!

『……여보세요?』

이리도의 목소리는 음질이 약간 나쁜 것 같다. 전파 상태가 좋지 않은 걸까?

『지금…… 괜찮아?』

"으, 응……! 괜찮아! 진짜야! 엄청 한가해!"

어필이 조금 과한 느낌이 들었다. 진정해!

긴장을 풀기 위해 나는 말을 이어갔다.

"왜, 왜 그래? 무, 무슨 볼일이라도 있어……?"

『아…… 볼일은, 딱히 없어.』

"아, 그렇구나……?"

『응. ……아야이와, 이야기를 좀 나누고 싶었을 뿐이야.』

"헤윽."

심장이 너무 심하게 뛴 바람에 이상한 소리를 내고 말았다.

나, 나나, 나나, 나, 나하고?? 그게, 어떤 의미야? 어떤 의미인데?!

"저…… 저기…… 나도……."

움츠러들지 마. 액셀을 밟아!

"나도…… 이리도와, 이야기를 나누고, 싶었, 어."

마, 말했어~!! 대단해! 나, 대단해!

『그래. ……그럼, 마침 잘 됐는걸.』

"그, 그래! ……에헤헤……."

이리도의 목소리가, 호흡이, 귓가에서 들려왔다.

밤인데. 집안인데.

이렇게 행복해도 되는 걸까……?

그 후, 우리는 별것 아닌 이야기를 나눴다.

요즘에 읽은 책에 관한 이야기와 도서실의 신규 도서 입하 정보. 우리 둘 다 교우 관계가 좁기에 소설에 관한 이야기만 나눴지만, 그래도 이야깃거리는 끊이지 않았다.

"역시 트릭의 기발함을 겨루는 시대는 끝났다고 생각해."

『맞아. 작금의 미스터리는 이론의 교묘함을 겨루는 느낌이 있어. 특수 설정물이 늘어난 것도 그런 경향—.』

바로 그때, 멀리서 나무 흔들리는 소리가 들렸다.

나는 무심코 창밖을 보았다. 하지만 맨션에서 나무가 보일 리 없다.

"바깥바람이 센 걸까?"

『응? 아아— 좀 그런 것 같아.』

이리도의 대답을 듣고 약간의 위화감을 느꼈지만, 곧 그걸 생각할 때가 아닌 상황이 벌어졌다.

"유메~? 아직 안 자니~? 그럼 실례하겠습니다~!"

"끼야아우와앗?!"

철컥하고 문이 열리더니 엄마가 집 안으로 들어왔다.

나는 허둥지둥 이불을 뒤집어쓴 후, 스마트폰을 가슴으로 감싸서 숨겼다.

"무, 무, 무, 무슨 일이야?"

"쓰레기통의 내용물을 회수하러 왔습니다~."

"노, 노크 좀 해……!"

"뭐~? 이제까지는 그런 소리 안 했잖아. 혹시 반항기니?"

위, 위험해……!

늦은 시간에 남자애와 이야기를 나누고 있다는 걸 엄마한 테 들키면 평생 놀림을 당할 거야!

엄마는 질질 끌고 온 쓰레기봉투에 쓰레기통의 내용물을 집 어넣었다. 그것이 끝나면 금방 나갈 것이라고 생각했지만…….

"하아, 정말. 휴지가 이런 곳에 굴러다니고 있잖아……."

엄마는 책상 아래로 손을 뻗어서 휴지를 주우며 그렇게 말했다.

이리도와 전화가 연결된, 이 상황에서…….

"쓰레기통에 넣으라고 했잖니~? 침대 위에서 뒹굴뒹굴하 다 대충 던진 거지~? 제구력도 별로면서—."

"왓~!! 와아아아~!!"

무, 무슨 소리를 하는 거야! 이리도가 들을지도 모르는데!!

나는 스마트폰을 이불 안에 둔 후, 침대에서 뛰쳐나갔다.

"뒹굴뒹굴한 적 없어!! 그 휴지는 우연히 거기 굴러다니는 것뿐—."

"뭐어~? 유메는 꽤 대충대충인 구석이 있잖니. 일전에도 화장실에서 생리—."

"시끄러워어어어~!! 볼일 다 봤으면 나가~!!"

"앗~, 반항기! 드디어 유메한테 반항기가 왔구나!"

진짜로 하면 안 되는 이야기를 하려고 하는 엄마를 방 밖으로 쫓아냈다.

그리고 나는 이불 안으로 다시 들어간 후, 여전히 통화 상태인 스마트폰을 귀에 댔다.

"미…… 미안해……. 엄마가 들어와서……."

『아, 괜찮아.』

"……목소리, 들렸어……?"

들렸다면 나는 진짜로 틀렸을지도 모른다.

이제까지는 엄마를 좋아했지만, 오늘부로 싫어하게 될지도 모른다. 특급 반항기의 도래를 선언할지도 모른다.

그런 비장한 각오를 다지며 대답을 기다리고 있었지만…….

『그게…… 아무것도 안 들렸어.』

"그…… 그랬구나……."

다행이야…….

—나는 가슴을 쓸어내렸지만…….

『……처음에는 네 심장 고동이 계속 들렸지만 말이야.』

"뭐."

나는 자기 행동을 돌이켜봤다.

그러고 보니—

—나는 허둥지둥 이불을 뒤집어쓴 후, 스마트폰을 가슴으

로 감싸서 숨겼다.

―스마트폰을 가슴으로 감싸서

―가슴으로 감싸서

쭉…… 스마트폰의 통화구를 심장에 대고 있었어……?

내 고동을…… 이리도에게 실시간으로 들려줬어……?

"아, 아우…… 우우아, 아아아아―."

『저, 저기! 딱히 싫진 않았어! 오히려 멋대로 들어서 미안해!』

"시…… 싫지는, 않았어……?"

『뭐랄까…… 아야이가 살아있다는…… **존재한다**는 느낌
이 들어서…… 안심이 됐어……. 아, 방금 말은 좀 징그러웠
지? 미안해!』

"으…… 으으~!!"

부, 부끄러워……!!

심장 고동을 들려주는 게, 이렇게 부끄러운 일이었어……?!
알몸이나 속옷 차림을 보여주는 것과는 또 다르달까, 더 깊
숙한 곳을 보여준 것 같다고나 할까……!!

"나, 나…… 이상하지 않았어……?"

『응……. 굳이 따지자면 리듬이 참 빠른 것 같았어.』

"우아아아~~."

『그 상황에서는 그게 정상이야! 정상!』

아아~, 위로받고 있어~! 상냥해~! 좋아해~!

『……아야이, 너는 잘하고 있어. 자신감을 가져.』

우아앗?!

갑자기 속삭이는 목소리가 들려 놀란 나는 이불을 머리까지 뒤집어썼다.

시꺼먼 어둠 속에서, 스마트폰 너머 들려오는 이리도의 숨결에만 귀를 기울였다.

그러자, 자연스럽게 입에서 말이 흘러나왔다.

"다시 한번…… 말해 줄래?"

『너는 잘하고 있어.』

"응."

『대단해.』

"응, 응."

『그리고— 이러고 있으니 마치 음성 대화 서비스 같네.』

"후후후."

내가 작게 웃음을 흘리자, 이리도도 스마트폰 너머에서 작게 웃었다.

이리도는 이곳에 없지만…… 얼굴도 보이지 않지만…… 마음이 통하고 있는 느낌이 들었다.

『아야이.』

이리도가 갑자기 내 이름을 불렀다.

"응? 왜 그래?"

『……그게…….』

뭔가를 머뭇거리는 음성이었다.

『실은, 스마트폰의 배터리가 곧 바닥날 것 같아.』

"아, 그렇구나……."

꿈만 같은 시간은 이제 끝난 것 같다.

아쉽지만, 떼를 쓰고 싶지는 않다.

"이리도. 나, 힘낼 테니까…… 다음에도 이야기 상대가 되어줄래?"

『응. 물론이야. 모레는 도서실에 갈 수 있을 거야.』

"응. 기다릴게. 꼭 기다릴게."

『그럼…….』

"응. 그럼……."

『……끊을게.』

"응, 다음에 봐."

몇 초 동안 미련 섞인 침묵에 잠긴 후, 전화를 끊었다.

이불 안에서 어렴풋이 빛나는 스마트폰 화면을 봤다.

통화 시간, 43분 45초.

8월 12일, 오후 7시 59분.

나는 이불에서 얼굴을 내민 후, 천장을 올려다보며 한숨을 내쉬었다.

빨리, 모레가 되면 좋겠네.

43분 전보다 더, 그렇게 생각했다.

……충전하면서 이야기를 나눠도 될 텐데 말이야.

"저기, 미즈토 씨. 이 책의 책갈피는 어디 간 거야?"

오후, 거실에서 느긋하게 독서를 하고 있을 때였다.

유메가 말을 걸어오자, 나는 어쩔 수 없이 책에서 눈을 뗐다. 유메가 그렇게 말하며 내민 것은 일전에 내가 이 여자한테서 빌린 책이었다. ……책갈피?

"아…… 그러고 보니 있었지. 아마 내 책상 어딘가에 있을 거야."

"뭐~? 그 엉망진창인 책상에? 왜 책에 끼워두지 않은 거야?"

"미안해. 안 썼거든. 나중에 찾아서 돌려줄 테니까─."

"지금 가져와! 미뤘다간 깜빡할 거잖아!"

"지금~? 귀찮은데……."

"뭐? 남한테 빌린 것을 함부로 다룬 네 자업자득 아냐?"

"아~, 그런가요."

나는 한숨을 내쉬면서 소파에서 몸을 일으켰다. 네 말이 맞아. 알았어, 알았다고.

나는 빨리 찾아준 후에 다시 책을 봐야겠다고 생각했지

만, 거실을 나서려던 순간에 우리를 향한 시선을 느꼈다.

웬일로 집에서 함께 휴일을 보내고 있는 아버지와 유니 씨의 시선이었다.

두 사람은 식탁에 앉아서 웃음을 참는 표정을 짓고 있다.

"왜…… 왜 그래?"

나와 마찬가지로 그 시선을 눈치챈 유메가 그렇게 묻자, 유니 씨는 푸풉 하고 웃음을 터뜨렸다.

"아니, 저기, 그게…… 안 그래?"

"응. 맞아. 이해해."

아버지도 크크큭 하고 웃음을 흘렸다.

나와 유메는 영문도 모른 채 고개를 갸웃거릴 수밖에 없었다. 방금은 딱히 웃음을 터뜨릴 만한 일이 없었는데……?

유니 씨는 여전히 웃음을 흘리면서 우리에게 말했다.

"너희 둘― 마치, 권태기 커플 같았거든."

"'윽?!'"

권태기.

그것의 존재 자체는 일단 지식으로서 알고 있다.

갓 사귀기 시작한 남녀가 함께 있는 것에 익숙해지면서 관계 자체가 매너리즘에 빠지거나, 상대의 나쁜 점만 눈에 들어오는 시기를 말한다.

경우에 따라서는 그 바람에 헤어지기도 한다는 커플과 부부의 철천지원수―.

"예상 못 했어."

유메는 쿠션을 바닥에 내던지며 그렇게 말했다.

이곳은 유메의 방이다.

예상치 못한 사태에 대처하기 위해 긴급 대책 회의를 가지기로 했다.

"이 생활에 익숙해져서 이제 실수하는 일은 없을 거라고 생각했는데…… 설마, 익숙해졌다는 사실이 역효과로 이어질 줄은……."

"권태기…… 생각해 보니, 가장 진짜 커플다운 현상이긴 해. 연인 행세를 하는 가짜 커플이 존재하더라도 권태기까지 재현하지는 않을 거야."

"우리는 이제 커플이 아니잖아!"

"그렇긴 한데, 그렇게 보인다는 게 문제야."

물론 아버지와 유니 씨도 농담 삼아 아까 같은 말을 했다고 생각한다. ─우리가 옛날에 사귀었다는 사실을 눈치챈 것은 아니라고 생각한다.

하지만, 넉 달 동안 이 동거 생활에 익숙해지면서 긴장감이 약간 풀린 건 사실이다.

아까도 『잘 지내고 있는 의붓남매』다운 행동은 아니었다─그야말로 권태기 커플 혹은 리얼 남매 같은 행동이었다.

완전 초면인 것치고는 너무 빨리 서로에게 익숙해졌다, 라고 여겨질 가능성도 없다고는 할 수 없다.

"초심을 떠올릴 필요가 있겠네……."

유메는 벌레라도 씹은 표정으로 그렇게 말했다.

"넉 달 전— 동거 생활이 막 시작됐을 때의 긴장감을 되찾는 거야."

"뭐, 두 분의 시선은 제쳐두고 봐도 너는 요즘 좀 해이해지긴 했어. 아무렇지도 않은 듯 밤에 전화하지를 않나, 흐트러진 옷차림으로 거실을 돌아다니지를 않나……."

"해, 해이해진 건 아냐! 여름이라 옷이 얇아졌을 뿐이거든?!"

유메는 자기 몸을 가리듯 쿠션을 꼭 끌어안으며 뒷걸음질쳤다.

현재 유메는 품이 낙낙한 셔츠와 짧은 퀼로트 스커트 차림이며, 더워서 그런지 양말은 니 삭스가 아니라 하이 삭스였다.

집밖에서는 맨발을 절대 보여주지 않으면서 지금은 허벅지가 반쯤 드러나 있었고, 셔츠도 헐렁한 탓에 몸을 살짝 숙이면 옷깃 사이로 가슴이 보이려고 했다. 보지는 않았지만 말이다. 진짜로 보지 않았다고.

게다가, 안경을 쓰고 있다.

평소에는 콘택트렌즈를 끼지만, 여름 방학이라 집에 있는 날이 늘면서 귀찮아진 건지 안경을 쓰고 지낼 때가 잦았다. —그 바람에 중학생 시절을 떠올리게 된 나는 정신 건강이 매우 나빠졌다.

"……눈이 엉큼해."

유메의 안경 렌즈 너머에서 날카로운 시선이 날아왔다. 그렇게 말하며 무릎을 들어서 허벅지를 보여주려 하는 건 의도적인 행동인지 묻고 싶지만, 꾹 참으며 눈길을 옆으로 돌렸다.

"……아무튼, 넉 달 전이라면 이런 허술한 복장으로 내 앞에 나타나는 일 자체가 없었을 거잖아. 중학생 때의 기분에서 벗어난 거라면 잘된 거긴 하지만……."

"하아, 정말. 되게 잔말 많네! 아무튼 권태기를 극복하면 되는 거잖아, 권태기를!"

"그러니까, 딱히 사귀는 건 아니니까 권태기는 아니잖아. ……잠깐만 있어 봐. 시범사례로는 써먹을 수 있으려나?"

"시범사례?"

"커플이 권태기를 극복하는 방법을, 우리가 긴장감을 되찾는 용도로 응용할 수 있지 않겠냐는 거야."

"아, 그렇구나……. 확실히 뭘 어떻게 하면 될지 모르는 상태이긴 하니까……."

유메는 아랫입술에 엄지를 대면서 생각에 잠겼다.

"하지만…… 권태기를 극복하려면 어떻게 해야 해?"

"……."

"……왜 입을 다무는 건데?"

"아니…… 그러고 보니 우리는 그걸 못 해서 헤어진 거다,

싶어서 말이야."

"……그건 그래……."

그야말로 상대의 나쁜 점만 눈에 들어오는 패턴이었다.

당시의 우리는 그것의 명칭을 몰랐지만, 작년 여름부터 이어진 반년 동인이 바로 우리의 권태기였으리라.

그 기간에는 정말 아무 일도 없었기에, 회상할 것도 없을 정도다.

"이렇게 되면, 선현의 지혜에 기댈 수밖에 없겠어."

"선현의 지혜?"

"인터넷이라고 불리기도 해."

"……너, 혹시 나와 무슨 일이 있을 때마다 인터넷 지식으로 어떻게든 해 보려고 한 건 아니겠지?"

"그…… 그럴 리가 없잖아?"

눈빛이 흔들렸다. 때때로 이상한 짓을 벌여댔던 이유를 이제야 알 것 같다.

유메는 허겁지겁 스마트폰을 꺼내더니, 「권태기. 극복 방법」이라고 음성 입력으로 검색해 봤다. 체면 같은 건 다 내팽개치는 행위지만, 실제로 우리가 지금 의지할 것이라고는 그뿐이었다.

"으음……."

화면을 손가락으로 터치하는 유메의 눈동자가 위아래로 움직였다.

"어때?"

"……『권태기는 빠르면 교제 석 달 정도에 찾아옵니다』."

……우리가 가장 사이 좋았던 시기인걸.

"『권태기를 극복하기 위해선, 상대방의 애정을 재확인하는 것이 중요합니다』—라네."

유메는 안경 너머의 눈으로 나를 힐끔 쳐다보았다. 무슨 말이 듣고 싶은 걸까.

"장황설은 됐어. 구체적인 수단이나 알려달라고."

"항상 결론부터 알려고 한다니깐. 너의 그런 부분이 싫었어."

"어, 재확인됐네. 이 정도면 권태기를 벗어난 거 아닐까?"

"권태기에서 혐오기로 한창 진화 중이야."

유메의 눈길이 다시 스마트폰으로 향하더니…….

"권태기를 극복하는 방법 1. 평소 안 가는 장소에 데이트하러 가는 것이 유효합니다."

나는 잠시 침묵에 잠겼다.

……데이트.

아버지와 유니 씨에게 커플로 여겨지지 않기 위해서 커플다운 행위를 해야만 한다니, 아이러니하기 그지없다.

"……어쩔래?"

쿠션을 꼭 안은 유메가 모은 두 발을 인어공주처럼 옆으로 돌리더니, 고개를 살짝 갸웃거리면서 나를 응시했다.

"……데이트, 할 거야……?"

마음 같아서는 바로 웃어넘기고 싶지만…….

……역시, 요즘 좀 해이해지긴 했어.

"……하더라도, 어디에 갈 건데. 평소 안 가는 장소가 어디야?"

"서점이나 도서관 말고 다른 곳? ……아, 이긴 중학생 때의 이야기네."

확실히 중학생 때는 툭하면 서점이나 도서관에 갔지만, 동거하게 된 후로는 함께 간 적이 없다.

아니, 평소 가는 장소를 제외한다는 생각에 비춰본다면―.

"……집과 학교를 빼면 어디라도 괜찮은 거 아냐?"

"……아하."

집과 학교에서 항상 같이 있어서, 권태기 커플이란 소리를 들을 정도로 해이해진 거라는 측면은 확실히 존재했다.

그렇다면 환경을 바꾸는 것은 나쁘지 않은 수단일지도 모른다.

"흐음…… 오호라, 오호라……."

유메는 그렇게 중얼거리면서 스마트폰을 계속 조작했다. 대체 뭐가 오호라인 거야?

"……그럼 잘 된 걸지도 모르겠네."

"뭐가 말이야?"

"집과 학교만 아니면 어디든 괜찮은 거잖아. 마침 사고 싶은 것이 있으니까, 같이 좀 가자."

"사고 싶은 것……?"

책 말고? 여름옷을 사기에는 좀 늦은 시기인데…….

유메는 안고 있던 쿠션에 턱을 올리더니, 마치 놀리듯 씨익 웃었다.

"수, 영, 복."

"서점에 좀 다녀올게."

"그래~. 일사병 조심하거라~."

"다녀오렴~."

아버지와 유니 씨는 내 거짓말을 전혀 의심하지 않았다. 이럴 때는 외출할 곳이 한정되어 있단 점이 편리했다.

나는 현관에 나가서 집 앞의 길을 따라 걸은 후, 첫 모퉁이를 돈 지점에서 걸음을 멈췄다.

더워…….

전봇대 그늘에서, 매미 소리를 들으며 여름 하늘을 올려다보았다. 사우나처럼 숨 막히는 열기가 솜으로 목을 죄듯 내 체온을 상승시켰다. 벌써 에어컨이 달린 내 방으로 돌아가고 싶어졌다.

옷 갈아입고 갈 테니 먼저 나가서 기다리라고 말한 그 여자, 혹시 나를 일사병으로 죽일 생각인 거 아냐?

"기다리게 해서 미안해. 살아 있어?"

그런 생각을 할 때, 모퉁이 너머에서 유메가 얼굴을 쏙 내밀었다.

평소처럼 상류층 아가씨 패션일 거라고 생각하며 그녀를 쳐다본 순간, 내 뇌는 혼란에 빠졌다.

누구인지 알아보지 못했다.

유메의 오늘 패션은 한마디로 말해 활동적이었다. 상의는 흰색 셔츠였고, 하의는 파란색 데님 쇼트 팬츠였다. 발은 검은색 니 삭스에 감싸여 있다.

놀라운 것은 그녀의 노출도였다. 셔츠는 소매가 어깨만 겨우 감싸고 있었으며, 옷깃도 깊게 파여 있어서 쇄골 가장자리가 희미하게 드러났다. 쇼트 팬츠와 니 삭스 사이에서는 허벅지가 드러나고 있었으며, 양말의 고무 부분이 피부를 살짝 압박하고 있다.

하지만, 나에게 가장 위협적인 것은 목 윗부분이다.

햇빛을 가리려는 용도로 볼록한 모자를 쓰고 있었으며, 짜증스러울 정도로 긴 머리카락은 두 갈래로 묶어서 어깨에서 몸 앞쪽으로 늘어뜨리고 있다.

그것만으로도 과거를 떠올리게 했지만, 결정타는 바로 눈이었다.

아까 방에서 쓰고 있던 안경을 그대로 쓰고 나타났다.

"푸푸풉."

유메는 내 얼굴을 보더니, 장난에 성공한 어린애처럼 어깨를 흔들었다.

"권태기를 극복하는 방법 2. 서프라이즈도 유효합니다."

나는 그 말을 듣고 인상을 찡그렸다.

역시 일부러 저러고 나온 건가.

두 갈래로 나눠 묶어서 늘어뜨린 헤어스타일과 안경— 그 모습은 중학생 시절의 아야이 유메를 연상케 했다.

하지만, 인상은 정반대라고 해도 과언이 아닐 만큼 달랐다.

"뭐, 지인이 본다면 성가실 것 같아서 변장 좀 해 봤어. ……아, 맞다. 받아."

유메는 그렇게 말하며 파란색 야구모자를 내밀었다. 어?

"너도 중간고사 때 전교 1등을 했으니까, 학교에 얼굴이 알려져 있을 거야. 이걸 쓰면 알아보는 사람이 적지 않겠어?"

"……하아, 연예인도 아니고……."

"2학기에 우리가 데이트했다는 소문이 돌아도 괜찮다면, 안 써도 되거든?"

"……으음……."

"게다가……."

내가 허가를 하기 전에, 유메는 내 머리에 모자를 씌워줬다.

"오늘은 햇살이 강하잖아. 일사병에 걸리기라도 한다면 성가실 거야."

모자의 챙 아래로 보이는 그녀의 얼굴은 내 뒤를 졸졸 따라오기만 하던 아야이 유메와 완전히 딴판이었다.

키가 커서 그런 걸까. 아니면 분위기가 다른 패션 탓일까.

혹은— 정신적인 성장 때문에 그렇게 보이는 것일까.

그렇다고 해도, 네 동생이 될 생각은 없지만 말이다.

"……알았어."

"좋아."

나는 모자를 깊이 눌러썼다.

그리고 출발을 하려던 순간, 유메는 거동 수상자처럼 나를 힐끔힐끔 쳐다보았다.

"뭐야. 또 할 말 있어?"

"응. 그게, 저기…… 하나, 더……."

유메는 머뭇거리면서, 숄더백에서 무언가를 꺼냈다.

안경이었다.

유메는 조르듯 나를 올려다보더니, 손에 쥔 안경을 나에게 씌워주려고 했다.

"변장하기로 했고…… 나도 쓰고 있으니까…… 너도……."

"싫어."

"어째서야! 안경 쓰면 멋진데!"

멋지다고 하지 마.

이 더운 날씨에 밖을 수십 분이나 돌아다닐 자신이 없었기에 버스를 타고 백화점에 가기로 했다.

더 가까운 곳에 쇼핑몰도 있지만, 그곳은 『평소 가는 장소』라는 범주에 들어가기에 피했다. ―이것은 어디까지나 예전의 긴장감을 되찾기 위한 외출이다. 그 점을 잊었다간, 나는 그저 쇼핑에 동행할 뿐인 것이 된다.

"수영복은 왜 사려는 거야? 너, 바다에라도 가?"

건물 안에 들어서자마자 차가운 공기에 온몸이 감싸이자, 나는 안도의 한숨을 내쉬며 유메에게 물었다.

유메는 손수건으로 목덜미를 닦으며⋯⋯.

"안 가. 아카츠키 양이 그런 계획을 세울 줄 알았는데, 헌팅 당하는 게 귀찮으니 패스래. 뭐, 바다는 멀기도 하잖아."

"⋯⋯흐음."

"안심했어? 시스콤 씨."

내 가슴 앞쪽으로 얼굴을 내민 유메가 그대로 나를 올려다보았다.

나는 표정을 풀지 않았지만, 유메는 놀리듯 웃음을 흘렸다.

오늘은 왠지 주도권을 계속 빼앗기는걸. 조심해야겠다.

"그럼 왜 수영복이 필요한 건데?"

주도권을 쥐기 위해 그렇게 묻자, 유메는 쇼윈도를 쳐다보며 말했다.

"그야 미네아키 아저씨가 백중 때 필요할 거라고 했거든."

"아버지가? 백중― 아, 바다가 아니라 강이구나."

백중 때는 아버지의 본가가 있는 시골에 갈 예정이다.

지금 사는 집은 원래 내가 태어나기 전에 돌아가신 할아버지의 집이었다. 그래서 아버지는 지금 집에서 태어나 자랐지만, 할머니(살아계심)가 계신 본가는 다른 곳에 있다. 그래서 우리는 매년 백중이면 그 집으로 귀성했다.

게다가 올해는 가족이 늘어났으니— 얼굴을 비추지 않을 수는 없다.

할머니가 계신 본가는 『THE 시골』이며 놀거리라고는 강에서 하는 물놀이뿐일 정도인, 그야말로 현대의 비경 같은 장소다. 뭐, 나는 어릴 적부터 그곳에 갈 때면 증조할아버지가 모아둔 책을 읽으며 시간을 보냈지만 말이다. —내가 책을 닥치는 대로 읽게 된 주된 요인이라고도 할 수 있다.

그때를 위한 수영복이라면, 히가시라나 미나미 양이 아니라 나와 함께 사러 온 것도 이해가 됐다. 수영복이 필요하지도 않은 이들에게 자기 수영복을 같이 사러 가자고 말하는 것도 좀 그럴 테니 말이다.

"꽃 같은 여고생이 강에서 물놀이를 하려고 새 수영복을 사러 온 거구나. 너무 구질구질해서 눈물이 다 나겠는걸."

"뭐야. 강에서 물놀이하는 게 뭐 어때서? 사람 천지인 해수욕장보다 훨씬 재미있을 것 같거든?"

"뭐, 그건 그럴지도 모르겠네. 하지만 가족들밖에 없으니까 작년 수영복을 입어도 괜찮지 않아?"

"……그거, 비꼬는 말이야?"

"응?"

유메는 나를 노려보더니 한 손으로 자기 배를 감싸는 시늉을 했다.

"작년까지의 내 체형을 알면서 하는 소리지?"

"……아."

나는 무심코 타의 없이, 유메의 가슴에 시선을 보냈다.

지금은 흰색 셔츠 위로도 확연히 드러날 정도의 볼륨을 자랑하고 있지만, 작년에는 그렇지 않았다. 아니, 중학교 3학년 때에 늦은 성장기가 온 것 같으니 작년 이맘때는 꽤 컸을지도 모르지만— 여름 방학 전에 유메와 다퉜던 나는 그것을 확인할 기회가 없었다.

"……너무 쳐다보는 거 아냐?"

유메는 두 손으로 가슴을 감추며 나한테서 한 걸음 물러났다.

"뭐야. 오늘은 발정기야? 괜찮아? 좀 있다 내가 수영복 입은 모습을 보여줄 건데, 확 덮치는 건 아니지?"

"그딴 짓 안 해. 내가 그런 원숭이 같은 인간이라면, 지금쯤 히가시라는 큰일이 났을걸?"

"……. 분하지만, 설득력 있는 반론이야…….."

히가시라가 무방비한 녀석이라 다행이라고 처음 생각했다.

"하지만 너무 그런 식으로 쳐다보지는 마. 오늘은 너한테 서비스하는 날이 아니란 말이야."

"뭐? 서비스가 될 거라고 생각하는 거야? 네 수영복 차림이? 우와~. 자신감이 넘치시는 군요. 확 존경할 것 같아~."

"짜아아아아아아아아아증나!!"

나는 정강이를 차이면서, 수영복 매장에 도착했다.

가장 눈에 띄는 곳에 놓인 마네킹은 브라질의 해변이나 어울릴 대담한 비키니를 입고 있다. 여름에도 니 삭스를 신는 노출 질색녀가 이런 것을 입을 리가 없다고 생각하지만……

"……저기. 뜨거운 시선을 보내는 사람에게 이런 말 해서 미안하지만…… 그건 무리야. 무리거든? 엉덩이가 거의 다 드러나거든?"

"알아. 누가 너한테 이런 걸 입힐 것 같아. 누가 볼지도 모르는데……."

"……아무도 안 보는 곳에서라면 괜찮다는 거야?"

"……그런 말 안 했어."

"흐음……."

"그 의미심장한 시선은 뭐야?"

"별거 아냐. 그러고 보니 여친이 미니스커트를 입었다고 쓴소리를 했던 사람을 본 적이 있네."

……그 일, 아직도 기억하는 거냐.

"자. 그럼 어디 사는 누구 씨가 징그러운 독점욕에 사로잡히지 않을 법한 수영복을 찾아보도록 할까."

"짜아아아아아아아아아증나……."

살의에 가까운 감정을 느끼며 가게 안에 들어간 직후의 일이었다.

"손님, 어떤 걸 찾으시죠~?"

옷가게 점원이 나타났다!

불쾌한 골짜기에 한 발 걸치고 있는 완벽한 스마일을 얼굴에 붙인 여성 점원이, 초음파를 연상케 하는 날카로운 음성으로 우리에게 말을 걸었다.

물론 이 사람은 직원의 본분을 다하고 있을 뿐이겠지만, 내 눈에는 던전의 몬스터 같아 보였다. 해치울지 도망칠지, 둘 중 하나를 골라야만 할 것 같았다.

내가 『도망친다』 선택지를 향해 손을 뻗기 0.5초 전, 몬스터를 향해 용감히 한 걸음 내딛는 여자가 있다.

"으음, 수영복을 찾고 있는데요……."

"수영복 말씀이군요. 비키니인가요? 아니면 원피스?"

"아, 일단 원피스…… 노출이 그렇게 심하지 않은 것으로요."

유메는 그렇게 말하며 나를 힐끔 쳐다보았다.

그 순간, 여성 점원은 재빨리 나와 유메를 번갈아 쳐다보며 방긋~! 하고 눈부신 스마일을 머금었다.

"비키니 중에도 치마 타입은 노출이 그리 신경 쓰이지는 않을 거랍니다. 남친분도 안심이 될 거예요!"

"어."

어.

"저, 저기…… 나, 남친은……!"

"그럼 찾아드릴 테니, 사이즈를 말씀해 주시겠어요~?"

"어, 아, 사, 사이즈?!"

유메는 얼굴을 살짝 붉히면서 나와 점원을 번갈아 쳐다보더니, 점원의 귓가로 얼굴을 내밀면서 귓속말을 했다.

점원은 고개를 끄덕이더니…….

"알겠습니다! 잠시만 기다려주세요~!"

재빨리 가게 안쪽으로 사라졌다.

유메는 새빨개진 귀를 손으로 누르면서 휴우 하고 한숨을 내쉬었다.

"이, 이상한 말을 듣고 당황했어……."

"너, 이런 걸 아무렇지 않게 여기는구나. 질색하는 줄 알았는데 말이야."

"질색해. 질색하지만 극복했어. ……어디 사는 누구 씨는 전혀 개의치 않지만, 여자애는 계속 질색할 수만은 없는걸."

나는 무심코, 이 여자애가 사복을 입은 모습을 처음 봤을 때를 떠올렸다.

유메는 변변찮은 친구도 없어 보였지만, 처음 본 그녀의 사복 차림은 놀라울 정도로 말쑥했다. ……내가 보지 않는 곳에서 노력이란 것을 했으리라.

뭐, 이제 와서는 아무 상관 없는 일이지만—.

"—저기! 봤어?! 봤어?!"

"응, 봤어! 귀여워~! 고등학생 커플, 완전 풋풋~!"

"……."

"……."

점원분, 그런 이야기는 들리지 않게 해.

거북한 분위기에 사로잡힌 우리가 옷걸이에 걸린 수영복을 구경하거나 통로를 오가는 인파를 바라보고 있을 때, 아까 여성 점원이 돌아왔다.

"오래 기다리셨습니다~! 손님의 희망에 맞는 수영복을 골라왔어요! 혹시 사이즈가 맞지 않다면 얼마든지 말씀해 주세요! 아, 혹시 입어보실 거라면 속옷을 걸친 상태에서 입어주세요!"

여성 점원은 그렇게 말하면서 수영복 한 벌을 유메에게 건네주더니, 나를 향해 의미심장한 눈짓을 보낸 후에 카운터 쪽으로 돌아갔다. 저 『파이팅』이라고 말하는 눈짓은 대체 뭐냐고.

"으음…… 그럼, 입어볼까 하는데……."

수영복을 들고 탈의실을 향해 돌아선 유메가 나를 힐끔 쳐다보았다.

"……볼래?"

아니, 뭘 말하는 거야.

"그런 건 거울을 보고 직접 판단해."

"지, 직접 수영복을 사는 건 처음이니까, 남의 의견을 들어보고 싶어!"

"내 취향을 말하면, 거기에 맞는 수영복을 살 거야?"

"그건…… 다, 당연히 정반대되는 수영복을 살 거야. 네가 질색할 것 같은 수영복을 고를 생각이거든?"

그래? 그럼 안심해도 되겠는걸.

"……뭐, 이 가게 안에 홀로 남겨지는 것도 좀 그렇긴 하네."

"그렇지? 하긴, 너한테 가장 안 어울리는 장소긴 해."

"너 때문에 왔거든?"

내가 탈의실 쪽으로 이동하자 유메는 커튼 너머로 모습을 감췄고, 나는 근처에 있는 의자에 걸터앉았다.

수영복……. 중학생 때는 수영 수업이 있었지만, 고등학교에는 풀장 자체가 없었다. 그래서 이 여자애가 수영복을 입은 모습을 보게 될 일은 평생 없을 거라 생각했지만…….

스륵…… 펄럭. 찌익―.

커튼 너머에서 옷깃 스치는 소리와 옷이 바닥에 떨어지는 소리, 그리고 지퍼를 내리는 소리가 생생하게 들려왔다. 저런 얇은 커튼 한 장에 가려진 장소에서 용케 옷을 벗는걸― 바로 옆에 나도 있는데 말이야.

옷 갈아입는 도중 유메와 마주친다고 하는 흔하디흔한 사태는 다행히 아직 한 번도 발생하지 않았다. 뭐, 막 목욕을 마친 그녀와 마주친 적은 있지만―.

그때 무심결에 목격하고만 새하얗고 육감적인 곡선이 뇌

리에 떠오르자, 나는 곧 그 생각을 떨쳐버렸다.

네가 무슨 중학생이냐.

이미 넉 달이나 한 집에서 살았잖아. ─이제 와서 그딴 걸 의식하지 말라고.

마음을 비우며 무념무상의 경지에 이르고 있을 때, 옷깃 스치는 소리가 그쳤다.

십여 초 후, 커튼을 살짝 걷으면서 유메가 얼굴을 내밀었다. ─여전히 안경을 쓰고 있다.

"왜 그래?"

"아니, 저기…… 주, 주위에 아무도 없지?"

유메는 주위를 두리번거렸다. 가게 밖에서 시끄러운 소리가 들려왔지만, 주위에는 우리뿐이다. 그 외에는 카운터에 있는 점원의 시선뿐이다. 그 시선도 각도를 생각하면 탈의실에는 닿지 않는다.

"아무도 없어. 그리고 그 수영복은 밖에서 입을 거잖아. 시험 삼아 입어봤을 뿐인데 부끄러워하면 어쩌냐고."

"시, 시끄러워! 이렇게 살갗을 드러내는 건 처음…… 아니, 차분하게 생각해 보니 이건 속옷과 별반 다르지 않은……."

"우물쭈물할수록 남이 볼 가능성이 커져."

"재촉하지 마! 그렇게 보고 싶은 거야?!"

"나쁜 일은 빨리 해치우자는 주의거든."

"이게……! 바, 방금 한 말 후회하지나 마!"

샤륵! 하고 힘차게 커튼이 걷혔다.

가장 먼저 순백의 치마와 그 아래로 뻗은 새하얀 허벅지가 눈에 들어왔다.

시야 위편에 있는 복부를 보니, 금방이라도 부러질 것 같을 만큼 가는 허리의 한복판에 조그마한 배꼽이 있다.

그리고 시선을 더 들어 올리자, 꽃무늬가 새겨진 새하얀 천이 보였다. 둘로 나눠 묶은 머리카락이 가녀린 몸에 비해 커다란 가슴을 따라 흘러내리더니, 늑골 언저리에 그림자를 만들고 있다.

그리고 마지막으로, 뭔가를 참듯 입술을 깨물고 있는 얼굴이 눈에 들어왔다.

눈에 익은 안경, 그리고 시야 아래편에 존재하는 가슴 계곡이 갭을 자아내면서 나에게 현기증을 안겨주는 것 같다.

"······어때?"

유메는 허벅지를 비비듯 몸을 배배 꼬며, 안경 너머로 시선을 보내왔다.

그 그리운 얼굴과 중요 부위만 조그마한 천으로 가린 체형이 내 안에서 일치하지 않았다.

아야이는 농담으로도 몸매가 좋은 편이 아니었다. 키스를 하거나 포옹을 하면서 흥분했을 때도, 가슴이나 엉덩이를 만지고 싶단 생각은 한 번도 하지 않았다. 그런데, 이런 말도 안 되는······!

"······으······음······."

뇌가 말을 자아내는데, 몇 초 걸렸다.

"······그 정도면 괜찮다 싶네."

"그····· 그 정도로는 부족해. 제대로 칭찬해 줘."

"제대로 칭찬해달라니······."

유메는 탈의실 벽 쪽에 놓인 가방을 뒤적이더니, 스마트폰을 꺼내서 나에게 화면을 보여줬다.

"권태기를 극복하는 방법 3. 상대방의 장점을 찾아서 칭찬해 주기."

"큭······!"

설마, 여기까지 계산한 건가!

이걸 거절했다간, 이번 외출 자체의 의의가 어긋나고 만다. 갑자기 같이 쇼핑하러 가자는 말을 꺼낸 것도, 나에게 수치를 안겨주기 위해서였던 건가······!

유메는 의기양양하게 옅은 미소를 머금었다.

"자, 왜 그래? 내 장점을 가르쳐 줘, 미즈토 씨."

나는 새하얀 비키니를 입은 유메를 다시 쳐다보았다.

치마 타입인 하의 아래로 뻗은 다리는 가녀릴 뿐만 아니라 길었다. 쓸데없는 근육이 조금도 없을 뿐만 아니라 모공이 존재하는 건지 의심될 정도로 새하얀 것이, 이 다리를 선망하는 여성이 얼마든지 있을 거란 생각이 들었다.

이 다리와 삼각형을 그리는 엉덩이의 곡선을 지나자, 이번에는 잘록한 허리가 눈에 들어왔다. 여자애의 허리는 어째서 이렇게 가는 걸까. 허리 사이즈 자체는 중학생 때와 변함이 없을 텐데, 위편의 가슴과 아래편의 엉덩이와 대비되면서 한 손으로 거머쥘 수 있을 만큼 가늘어 보였다.

그리고, 중학생 시절과 가장 크게 차이나는 가슴이 눈에 들어왔다.

수영복에 특수한 기능이 있는 건지 아니면 원래 옷을 입으면 말라 보이는 타입인 건지, 평소보다 가슴이 커 보였다. 계곡이라 불러도 될 만한 것을 만들어내고 있으며, 머리카락이 강물처럼 거기서 흘러내리고 있다……. 중학생 때는 포옹을 하면 몸이 완전히 밀착됐지만, 지금 그랬다간 복부에 빈 공간이 생길 것 같네…….

그녀의 몸 어디를 칭찬해도 성희롱밖에 안 될 것 같다.

나는 자기주장이 심한 가슴과 잘록한 허리, 길고 가느다란 다리를 억지로 의식 밖으로 쫓아낸 후, 무난한 대답을 찾았다. 겉모습…… 겉모습 이외라면 어떨까……?!

"가…….."

나는 겨우 찾아낸 답을 입 밖으로 토했다.

"……가족을 아끼는 점, ……이야."

"뭐."

유메의 얼굴이 경직됐다.

눈동자가 움직임을 멈췄고 입이 반쯤 벌어지더니, 볼이 부들거렸다.

하지만 곧 시선이 흔들렸고 입을 뻐끔거렸으며, 볼을 양손으로 꼭 눌렀다.

"왜…… 왜 이 상황에서 내면 이야기를……?"

"어, 어찔 수 없잖아! 네 수영복 차림에서 장점을 골랐다간 나는 사회적으로 매장돼!"

"뭐엇……?!"

그 순간, 얼굴이 새빨개진 유메가 손으로 복부와 가슴을 가리면서 탈의실 구석에 등을 맞댔다.

"벼…… 변태! 내숭 색골! 수, 수영복 디자인을 칭찬해 주면 되거든?! 색깔이 이미지에 잘 어울린다든가! 그런! 그런 거 말이야!"

"……그쪽이었냐……!!"

안타깝기 그지없다. 저 수영복을 고른 사람은 점원이라서, 수영복 자체를 칭찬한다는 것은 선택지에서 빠져 있다.

유메는 커튼으로 몸을 감추더니, 얼굴만 내밀어서 나를 노려보았다.

"……네가 평소에 나를 어떤 눈으로 보는지 잘 알았어."

"보여준 사람은 바로 너잖아!"

"딱히, 모, 몸을 보여준 건 아니거든?! ……아니, 그게 아니라……."

"응?"

"아무것도 아냐!"

유메는 얼굴을 집어넣더니, 커튼 너머에서 옷을 갈아입기 시작했다.

나는 심정적으로 납득이 안 되어서, 자기 무릎 위에 팔을 얹고 턱을 괬다.

기왕 해 준 말이니까, 칭찬에 대고 괜한 주문을 붙이지 말라고. 애초에, 왜 나만······.

"이봐."

"응? 자, 잠깐만, 지금 옷 갈아입고 있는데······."

"서로가 긴장감을 되찾기 위해 서로의 장점을 찾고 있는 거잖아. 그러니 나뿐만 아니라, 너도 내 장점을 말해."

"뭐?"

옷을 갈아입는 소리가 멈췄다.

한동안, 백화점의 소음만이 주위를 가득 채웠다.

"투······ 투덜대면서도 끝까지 같이 어울려주는 점······ 이 랄까······?"

가녀린 목소리가, 이 소음 속에서도 똑똑히 들렸다.

나는 턱을 괴고 있던 손으로 입가를 움켜잡았다.

너도 내면 이야기냐.

그냥 『안경이 잘 어울린다』 같은 소릴 할 줄 알았는데······.

"아······ 그래. 너는 평소에 나를 그런 눈으로 쳐다봤구나."

"그, 그런 눈이 어떤 눈인데?"

"그건, 뭐…… 다루기 쉽고 편리한 녀석?"

"네가 다루기 쉽다면 이 세상 모든 인류가 다루기 쉬울걸?"

부정하지 마. 눈치 없는 녀석이라니깐.

나는 그 후로 입을 다물고 유메가 옷을 다 갈아입을 때까지 기다렸다.

수영복을 입을 때에 비해 꽤 시간이 걸린 후, 유메는 탈의실에서 나왔다.

"이 수영복…… 살래."

"마음에 들었나 보네."

"응. 맞아. 내 마음에, 들었어."

내 마음에, 인가. 당연히 그렇겠지.

유메와 함께 카운터에 가서 아까 점원에게 수영복을 건네주는 모습을 지켜봤다. 바로 그때, 수영복에 달린 태그에 눈길이 갔다.

9M, 이라고 적혀 있다.

……9M…….

미지의 도량형(度量衡)과 조우한 나는 지적 호기심에 이끌리며 스마트폰을 꺼냈다. 9M, 9M— 탑 83센티미터? C, D컵…… 흐음…….

"(아, 저기요.)"

유메가 카운터 쪽으로 몸을 내밀더니, 점원에게 작은 목소리로 건넨 말이 들렸다.

"(가슴이 조금 갑갑했는데요…….)"

"(어머, 그런가요? 그럼 말씀해 주셨던 사이즈보다 더 큰가 보군요.)"

…………………………….

내가 무아의 경지에 도달한 사이, 여성 점원은 영업용 스마일을 넘어선 싱글벙글 미소를 머금으며 「감사합니다~」 하고 말했다.

유메가 점원한테서 수영복이 들어있는 봉투를 건네받자, 나는 그녀에게 손을 내밀었다.

"줘."

"……뭐?"

"줘. 내가 들어줄게."

유메는 품에 안고 있던 봉투를 내려다보며…….

"왜…… 왜 그래? 왜 갑자기 신사가 된 거야?"

"경계하지 마. 그냥 밸런스의 문제야. 너는 가방을 들고 있지만, 나는 손이 비었잖아."

"앗…….."

귀찮아진 나는 일방적으로 봉투를 빼앗았다. 안에 든 것은 수영복 한 벌이다. 무게 같은 건 거의 느껴지지 않는다.

내가 앞장을 서며 매장을 나서자, 유메는 내 옆에 나란히 섰다.

그리고 자신의 빈손과, 봉투를 든 내 손을 번갈아 쳐다봤다.

"……밸런스……."

"왜 그래?"

"아니, 저기…… 뭐랄까…… 네가, 너 자신과 나를 한 세트로 인식하고 있는 것 같아서……."

"……."

나는 잠시 시간을 두며 말을 골랐다.

"……당연하잖아. 이렇게 같이 걷고 있는 데다…… 부모님이 다르다고는 해도, 남매라는 이름으로 얽혀 있는걸."

"……그게 다야?"

"그게 다야."

"그래. ……그렇겠지."

여름 방학이라 그런지 백화점은 사람들로 붐볐다. 떨어지면 위험하겠지만, 우리는 손을 맞잡지 않았다. 그럴 필요는 느끼지 못했다.

확실히, 이것은 재확인이다.

나는 이 여자를, 이 여자는 나를, 어떻게 생각하고 있는지 말이다.

"볼일을 다 봤으니까, 돌아갈까."

"그래. 돌아가자."

"이걸로 긴장감을 되찾은 것 같아?"

"뭐, 네가 나를 엉큼한 눈으로 본다는 걸 알았거든."

"……그러니까, 그건 네가 나한테 일부러 보여준 탓이라고."

유메가 푸풉 하고 작게 웃었다.

쳐다보지 않아도, 나는 그녀가 어떤 표정을 짓고 있는지 알 수 있다. 느슨하게 말아 쥔 손을 입가에 댄 채, 나를 힐끔힐끔 쳐다보며 부드러운 미소를 머금고 있다.

연인이 되고…….

남매가 되면서…….

나는, 이 여자애의 온갖 표정을 다 알게 됐다.

그러니 권태기가 올 만도 했다. ―손을 맞잡는 건 물론이고, 얼굴을 볼 필요도 없으니 말이다.

그녀의 목소리가, 모습이, 존재가…….

옆에 있다는 것이― 너무나도 당연하게 느껴졌다.

점원에게 커플이라는 말을 들어도, 부모님과 한 식탁에 둘러앉아도, 아마 이 점만큼은 바뀌지 않으리라.

"돌아가면서 서점에 들르지 않겠어?"

"그래. 귀성 중에 읽을 책이 필요해."

"시골을 만끽할 생각은 제로인가 보네."

그렇게, 우리는 손을 맞잡지 않고 걸었다.

―나는, 그걸로 됐다고 생각했다.

저녁때가 되자, 우리는 집으로 향했다.

맑은 여름 하늘이 새빨간 석양에 물들어가고 있다. 길을 막듯 지면에 드리워진 전봇대 그림자를 우리는 하나, 또 하나 넘어갔다.

"따로 집을 나섰으니까, 돌아갈 때도 따로 들어가는 편이 좋을까?"

"괜찮지 않겠어? 돌아오는 길이 우연히 만났다고 하면 돼."

"……하긴, 너무 의식하는 것도 좀 티 날 거야."

사람들로 붐비던 백화점과 달리, 주위에는 인적이 없었다.

길 양쪽에 줄지어 있는 집에서 아이들의 목소리와 저녁을 준비하는 소리가 흘러나오고 있을 뿐, 아스팔트의 지면에 드리워진 그림자는 나와 유메의 것뿐이다.

마치 짜기라도 한 이 로케이션에서 질리지도 않고 되살아나려 하는 기억을 나는 뇌 깊숙한 곳에 밀어 넣었다.

필요 없다.

그런 건 이제 필요 없다.

우리는 잘 지낼 수 있다. 모든 문제는 시간이 흘러 익숙해지면서 해결됐다. 중학생 시절의 흑역사에 휘둘리지 않고, 지금의 우리는 우리답게 새롭지도 않은 일상을 보낼 수 있다.

남매가 되고 넉 달.

당혹스러운 시기는 이미 끝을 고했다.

우리는 전 연인이자 남매다. 하지만 과거는 과거, 현재는 현재다. 결코 뒤섞일 일이 없다. 두 관계성을 문제없이 양립하고 있으며, 한쪽이 다른 한쪽을 침식할 일은 결코 없다.

나는, 그것을 알고 있다.

─알고 있지만⋯⋯.

"아."

유메가 갑자기 멈춰 섰다.

우리 사이에, 한 걸음 정도의 거리가 생겼다.

"여기는⋯⋯."

눈앞에 갈림길이 있다.

이제 와서는 좀처럼 오갈 일이 없는 중학생 시절의 통학로.

그리고─.

이제 와서는 젊은 날의 치기라고 말할 수밖에 없겠지만, 중학교 2학년 때부터 중학교 3학년 때까지 나에게는 소위 여친이라 부르는 존재가 있었다.

─석양에 물든 통학로.

─나와 그녀가 집에 가기 위해서는 헤어져야 하는 갈림길.

─살짝 발그레해진 아야이의 얼굴.

─입술에 남아있는 부드러운 감촉.

차례차례 되살아나는 기억이, 눈앞의 풍경과 일치됐다.

안경을 쓰고 머리를 두 갈래로 나눠 묶은 유메가, 내 기억 속의 모습보다 조금 더 가까운 곳에서 나를 올려다보고 있다.

바로 그때, 시원한 바람이 강하게 분 바람에 유메의 볼록

한 모자가 날아갈 뻔했다.

""앗.""

나는 허둥지둥 손을 뻗었다.

유메도 허둥지둥 손으로 모자를 눌렀다.

그 결과, 우리의 손은 포개졌다.

"……."

"……."

오늘 처음으로 느낀 부드럽고 차가운 감촉에, 손가락 끝에 날카로운 자극이 감도는 느낌이 들었다.

느낌이 들었을 뿐이다.

전부 착각. 한순간 찾아온 마음의 흔들림.

그렇다. 겨우 넉 달 전, 나는 그것을 깨달았다.

하지만, 아아— 이런 생각도 들었다.

재혼 이야기를 꺼낸 아버지를 보며— 인간은 저 나이에도 마음이 흔들릴 때가 있는구나, 고 생각했다.

그렇다면, 아직 고등학생에 지나지 않는 우리는—.

—꼬옥, 하고 유메가 내 손을 움켜잡았다.

움켜쥘 필요가 없는 손을, 꼬옥, 놓치지 않겠다는 듯 움켜쥐더니 모자 위에서 내렸다.

그 후, 다른 한 손으로 자기 모자를 잡았다.

완전히 드러난 얼굴이 석양에 물든 채, 뭔가를 기다리듯 나를 응시하고 있다.

"……권태기를 극복하는 방법 4."

그리고 장기에서 왕을 궁지에 몰듯, 변명을 입에 담았다.

"마음을 행동으로 전하세요."

그것은 간단하다.

우리는 몇 번이나, 몇 번이나, 몇 번이나 몇 번이나 몇 번이나 그렇게 해왔다.

거꾸로 말하자면…… 1년 전에는 그렇게 하지 않았기에 망치고 말았다.

유메는 살며시 눈을 감았다.

이제는 내가 한 걸음 다가가서 몸을 살짝 굽히면 된다.

간단한 일이다.

정말 간단한 일이다.

1년 전이라면, 정말 간단했으리라.

"─아얏!"

내가 딱밤을 날리자, 유메는 깜짝 놀라며 이마를 감쌌다.

"뭐…… 뭐하는 거야!!"

"권태기를 극복하는 방법 2, 서프라이즈도 유효합니다─ 라며?"

"뭐……!"

유메는 귀까지 벌게진 채 몸을 부들부들 떨었다.

그런 의붓동생을 내버려 두고 나는 집을 향해 걸음을 옮겼다.

"너…… 바, 방금은 완벽하게……!"

"주문 대로잖아. 마음을 행동으로 전한 거야."

"대체 나한테 어떤 감정을 품으며 사는 건데?!"

그딴 걸 어떻게 알아.

하지만…… 나는 이런 생각을 했다.

1년 전이라면 화해했겠지만, 지금 그랬다간 미련을 질질 끌게 될 뿐이다.

전부 없었던 일로 만들 수는 없다.

반년에 걸친 권태기도, 헤어지자는 결단도, 의붓남매가 된 것도.

히가시라 이사나를 찬 것도.

전부 없었던 일로 삼으며, 1년 전으로 되돌아갈 수는 없다.

나에게는 미련 따위 없다.

히가시라 이사나를 찬 건, 내가 전 여친에게 미련이 남아 있기 때문이 아니다.

옛날 일을 회상할 필요 따위, 그 어디에도 없다.

그렇다.

그렇다······.

우리는 같은 집으로 돌아간다.

왜냐하면, 같은 집에서 사는 가족이기 때문이다.

"미즈토 씨. 어제 빌린 책 돌려줄게."

"응······ 어땠어?"

"재미있었어. 캐릭터 소설이라고 생각했는데 수수께끼 풀이가 짜임새 있었어."

"응. 유메 양의 취향에 맞을 거라고 생각했어."

"그래. ······으음."

"······."

"혹시, 괜찮은 책이 또 있다면······."

"아, 응. 빌려줄게."

우리는 긴장감을 되찾았다.

어제까지의 해이함은 자취를 감췄고, 그야말로 만난 지 얼마 안 된 의붓남매다운 미묘한 거리감을 되찾는 데 성공했다.

그 덕분에 부모님에게서 권태기 커플이란 불명예스러운 말을 듣는 일도 없어졌다.

그렇다. 없어졌다. 하지만─.

아버지가 말했다.

"왠지 서먹서먹한 것 같지 않아?"

유니 씨가 이어서 말했다.

"지금은 프러포즈 타이밍을 재기 시작한 커플 같아."

그 의미심장한 발언에 부들부들 떨기 시작한 유메는 앉아 있던 소파에서 벌떡 일어났다.

"하아, 정말! 뭘 어쩌라는 거야! 두 사람이 이런저런 소리를 한 바람에 갈피를 못 잡겠단 말이야!!"

"아하하하! 미안해. 유메가 남자애와 사이좋게 지내는 게 아직도 신기해서 말이야."

"연습이라고 생각하렴. 내 친척들을 만나면 더 놀림을 당할걸~? 미즈토한테 여자 형제가 생겼다고 말했더니, 다들 엄청나게 관심을 가지지 뭐야."

"……가기 싫어졌어……."

결국은 우리가 과민하게 반응했을 뿐, 두 사람은 그저 농담 삼아 한 말 같다.

요란법석 좀 떨지 말라고 말해 주고 싶지만, 별 의미 없는 농담이었다면 그게 가장 낫다는 생각도 들었다.

아버지와 유니 씨가 농담 삼아 그런 말을 하는 동안은, 우리도 가족으로 지낼 수 있을 테니 말이다.

"왜 그래?"

유메는 의아한 표정으로 내 얼굴을 들여다보았다.

오늘은 그리움을 불러일으키는 안경을 쓰고 있지 않았다.

그래서 옛날 일을 떠올리지 않았지만, 그 대신 어제 봤던 수영복을 떠올렸다.

"……아무것도 아냐."

어디까지가 옛날이고, 어디부터가 지금일까.

정말, 모르겠어. ……하아.

전 여친은 정찰한다
"동거 3년 차 커플……?"

거실에서 RADWIMPS의 노래가 들려온다 했더니, 미즈토가 텔레비전으로 『너의 이름은.』을 보고 있다.

소파에 살짝 기댄 채, 아름답게 그려진 도쿄의 풍경을 응시하는 의붓동생의 등을 쳐다보며 나는 말을 건넸다.

"뭐 하는 거야?"

"영화 봐."

"신기한 일도 다 있네."

"내가 보고 싶어서 보는 건 아냐."

뭐?

마치 다른 사람이 보고 싶어 했다는 것 같은—.

"유메 양, 저 왔어요~."

갑자기 아무도 없는 곳에서 목소리가 들려왔다.

화들짝 놀란 직후, 소파 등받이 너머에서 튀어나온 손이 좌우로 흔들렸다.

그 손이 뻗어 나온 곳을 쳐다보니, 히가시라 양이 소파에 드러누워 있다.

미즈토의 허벅지를 베개 삼으면서 말이다.

"······히가시라 양, 뭐하는 거야?"

"영화 보고 있어요."

아니, 그게 아니라······.

당연한 듯 무릎베개를 베고 있는 저 상황에 대해 물었다.

"미즈토 씨가 『너의 이름은.』을 본 적이 없다는 믿기지 않는 소리를 해서, 이수시키는 중이에요. 일본 국민의 필수 과목이라고요. 필수 과목!"

"일본의 교육 방침은 참 괴상해진 것 같네."

"이거 다음에는 『초속 5센티미터』를 볼 거예요."

"『날씨의 아이』가 아닌 거야?"

지극히 자연스럽게 이야기를 나누는 가운데, 미즈토는 히가시라 양의 풍성한 머리카락을 손가락 끝으로 만지작거리고 있었다.

그 모습은 연인 사이의 행동에 가까웠으며, 그게 아니라면 애완견과 주인의 교류다.

의문이 머릿속을 스쳤다.

가시에 콕콕 찔리는 것 같은 감촉과 함께 몇 번이나 품었던 의혹이 고개를 치켜들었다.

나, 지금, 커플의 자기 집 데이트를 보고 있는 거 아냐?

이 두 사람, 우리한테 비밀로 하면서 몰래 사귀는 거 아닐까······?

우리가 목격한 그 고백 후, 이러쿵저러쿵하다 보니 결국 사귀기로 했는데 우리에게 밝히기 좀 그래서 비밀로—.

　—그래서, 일전에 나한테 키스하지 않은 거 아냐?

　"……"

　—너…… 바, 방금은 완벽하게……!

　—주문 대로잖아. 마음을 행동으로 전한 거야.

　가슴 언저리에 가시처럼 돋친 무언가가 응어리지자— 나는 그것을 떨쳐내고 싶어서 미즈토의 옆에 앉았다.

　미즈토는 나를 힐끔 쳐다보더니…….

　"……왜 그래?"

　"나도 볼래."

　무릎베개는 고사하고 어깨조차, 어깨는 고사하고 손도 닿지 않는 거리에서, 나는 히가시라 양의 얼굴을 힐끔 쳐다보았다.

　"직접 대화를 나누지 않았는데도, 순식간에 다툰 커플처럼 되는 게 참 좋다니까요~."

　좋은 기회다.

　마침 나는, 어떤 사명을 맡고 있다.

　느긋하게 오타쿠 토크를 하고 있는 그녀가, 사실 미즈토와 어떤 관계인가— 그것을 알아낸다고 하는 사명 말이다.

　"저기, 히가시라 양은 어떤 느낌이야?"

흥미에 찬 어조로 나에게 질문은 던진 이는, 소문을 좋아하는 동급생—이 아니었다.

이리도 유니.

바로 내 친어머니다.

오전의 한가한 시간, 스마트폰으로 신간을 체크하려 할 때였다. 나는 고개를 들며…….

"어떤 느낌이냐니, 뭐가 말이야?"

"아니, 여름 방학이 된 후로 매일같이 우리 집에 놀러 오잖니? 실은 미즈토 군과 어떤 느낌이려나~ 싶어서 말이야. 헤어진 것치고는 사이가 너무 좋은 것 같지 않아?"

복습을 하겠다.

히가시라 양의 실언 탓에 엄마와 미네아키 아저씨는 그녀가 미즈토의 전 여친이라 생각하고 있다.

갑작스레 접한 아들의 연애 이야기에 흥미를 가진 두 사람은 우리 집에 놀러 온 히가시라 양에게 큰 관심을 가졌고, 결과적으로 그녀는 어마어마하게 겁을 먹었다.

"……뭐, 사이가 좋은 것 같기는 한데…… 부자연스러울 정도로 말이야."

"그렇지? 그렇지?! 혹시 부끄러워서 헤어졌다는 소리는 아닐까~ 같은 이야기를 미네아키 씨와도 나눴어! ……그래서 말이지? 유메가 정찰을 해 주지 않겠니?"

"응. ……응?"

무심코 고개를 끄덕였는데, 방금 뭐라고 했지? 정찰?

"히가시라 양은 우리 앞에선 긴장하는 것 같거든. 유메라면 은근슬쩍~ 물어볼 수 있지 않을까 싶네."

"왜, 왜 내가 그런 짓을……."

"유메도 두 사람이 어떤 관계인지 궁금하지 않아?"

"……그야, 뭐……."

"그럼 됐네! 잘 부탁해!"

엄마가 일방적으로 그렇게 말하자, 나는 대꾸하지 못했다.

나는 왜 이런 적극성을 물려받지 못한 것일까. 유전자의 구조에 불평을 하고 싶어졌다.

텔레비전 안에서 주인공과 히로인이 러브코미디를 찍고 있다.

이 영화를 본 것은 꽤 예전 일이며, 아마 옆에 있는 남자와 사귀기 직전이었던 걸로 기억한다. 그런 작품을 지금 다시 보니, 남 일처럼 느껴지지 않는 부분도 있다. ……히로인이 주인공을 다른 여자애와 이어주려고 하는 부분 같은 것 말이다.

옆을 힐끔 쳐다보니, 미즈토와 히가시라 양은 무슨 생각을 하는지 알 수 없는 무표정한 얼굴로 화면을 멍하니 쳐다보고 있다.

재미없어하는 것 같지는 않지만, 이 두 사람은 무표정의 이면에서 『무지 재미있네!!!! 대박!!!!』 같은 텐션이 될 때가 있잖아. 진짜 닮은꼴이라니깐……

"으음~. 더워……"

미즈토의 무릎을 벤 히가시라 양이 몸을 꼬물거리며 중얼거렸다.

예전에만 해도 히가시라 양은 나와 아카츠키 양이 골라준 외출용 옷을 입고 왔지만, 요즘은 이곳을 자기 집처럼 여기는 건지 자기 집에서의 옷차림 그대로 이리도 가를 방문하게 됐다. 오늘도 청바지에 반소매 파카 차림이다.

에어컨의 설정 온도가 조금 높은 만큼, 외투를 입고 있으면 덥다. 나는 온도를 낮출까 싶어서 에어컨 리모컨을 찾았지만……

—찌이이익.

그 전에, 히가시라 양이 파카의 지퍼를 내렸다.

"휴우~."

히가시라 양은 한숨 돌린 후, 다시 화면에 집중했다.

하지만 나는 영화에 집중할 수가 없었다.

확실히 시원하겠지. 시원할 거야.

—왜냐하면, 파카 안에는 속옷 같은 탱크톱 하나만 걸치고 있는걸.

일전에 아카츠키 양이 입혔던 그 과다 노출죄로 잡혀갈

것 같은 옷과 별반 다르지 않았다. 피부에 찰싹 달라붙으면서 풍만한 가슴 형태를 확연히 드러내고 있었으며, 진정한 글래머의 상징인 I자 계곡이 아낌없이 드러나고 있다. 그리고 어깨끈이 살짝 흘러내린 탓에 브래지어의 끈이 보였다!

나는 극심하게 동요하며 뚫어지게 응시했지만, 그런 히가시라 양의 옆에 있는 미즈토는 태연히 영화를 계속 시청하고 있다. 그것을 방해하는 것도 좀 그렇기에, 나는 히가시라 양의 충격적 소행을 지적하지 못했다.

뭐야……? 대체 뭐야……? 이걸 이상하게 생각하는 건 나뿐인 거야……? 파카의 지퍼를 끝까지 내리는 게 아니라, 가슴이 드러날 정도만 내린 것에는 무슨 의도가 있어……? 나중에 지퍼를 다시 끼우는 게 귀찮아서 그런 것뿐이야……?

내가 당황할 대로 당황한 사이, 중반을 지난 영화의 스토리는 한층 더 달아오르고 있었다.

미즈토의 눈이 화면에서 떨어지지 않게 됐을 때, 두 번째 충격이 남몰래 나를 덮쳤다.

"……으으응…… 간지러워……."

그렇게 중얼거린 히가시라 양은 몸을 비틀더니, 등 뒤로 손을 돌렸다.

자기 등을 긁는 것을 보고 등이 가려운가 보다고 나는 생각했지만, 히가시라 이사나란 여자는 내 예상을 뛰어넘는 행동을 취했다.

꼼지락꼼지락.

반소매 파카— 아니, 그 안에 입은 탱크톱 안으로 자기 손을 넣었다.

어? 뭐야? 뭘 하는 건데?!

혼란에 빠진 나에게 그 답을 알려준 건, 조그마한 소리였다.

—톡.

그 소리는, 나도— 아니, 여자애라면 누구나 일상적으로 듣는 소리다.

설마.

아무리 히가시라 양이라도 미즈토가 곁에 있는데, 설마, 그런—.

나의 간절한 생각은 간단히 배신당했다.

쓰욱.

히가시라 양은 가슴팍을 통해 옷— 아니, 브래지어 안으로 손을 집어넣었다.

등 뒤의 훅을 풀어서 생긴 틈을 통해 손을 넣더니, 가슴 아랫부분에 손을 집어넣어서 긁고 있다. 북북 긁어대고 있다.

저기, 이해하거든? 땀이 찰 거야. 이해해. 긁고 싶겠지.

그래도 실제로 하는 거야?

남자애 앞에서— 아니, 사람 앞에서! 하는 거야?! 그걸?! 나는 가족 앞에서도 머뭇거리거든?! 믿기지가 않아⋯⋯!

"휴우~."

표정이 개운해진 히가시라 양은 가슴에선 손을 빼더니, 아무 일도 없었다는 듯 브래지어의 훅을 다시 채웠다.

개운해 하는데 이런 소리를 해서 미안하지만, 이건 설교를 들어 마땅한 짓이다.

나중에 꼭 설교해 줘야지. 아카츠키 양한테도 보고할 거야.

아카츠키 양도 남자 앞에서 브래지어를 드러내는 것에 부정적일 거야. 아무리 마음을 허락한 상대 앞일지라도, 헐렁헐렁한 티셔츠 한 장 차림으로 돌아다니지 않을 게 분명해. 나에게는 아군이 있어. 비정상적인 건 히가시라 양이야. 따끔하게 한 마디 해 줘야지!

"……마실 걸 가져올게."

"응."

"네~."

나는 가볍게 머리를 짚으면서 소파에서 일어났다.

감각의 차이 때문에 현기증이 날 것 같다……. 대체 얼마나 마음을 허락하면 저럴 수 있는 걸까. 미즈토도 왜 저렇게까지 신경을 쓰지 않는 걸까.

커플의 차원을 넘어섰다.

동거다.

동거 3년 차 수준의 커플이다.

어디까지나 비유지만, 만약 미즈토가 거리낌 없이 히가시라 양의 가슴에 손을 집어넣더라도 『정말~, 간지러워요~』

같은 반응만 보이며 그녀가 넘어갈 것 같은 분위기다. 지금 이 순간에 『슬슬 결혼할까?』, 『그럴까요~』 같은 대화가 오가도 이상할 게 없다. 거리감이라는 말을 쓰는 것조차 어처구니없게 느껴졌다.

왜 실제로 동거 중인 나보다, 히가시라 양이 더 동거하는 느낌을 팍팍 내고 있는 거야? 대체 왜?!

이해가 안 됐다. 뭐가 가장 이해가 안 되냐면, 고백을 거절한 후에 그 전보다 더 친해졌다는 사실이다. 고백 탓에 두 사람이 친구로 지내지 못하게 될지도 모른다고 우려한 당시의 나와 아카츠키 양이 이제 와서는 어처구니없게 느껴졌다.

이리도 미즈토와 히가시라 이사나가 같이 있지 못하게 된다니, 그딴 건 말도 안 돼.

……정말, 기적 같은 두 사람이다. 이렇게 마음이 맞는 상대와 만날 확률은 대체 얼마나 될까? 고등학교에 들어와서 사귄 친구 숫자로는 내가 압승을 하고 있지만, 이제는 그런 생각을 하는 것 자체도 비참하게 느껴질 지경이다.

……부럽다.

정말…… 부럽다.

아, 다른 뜻은 없다.

보리차와 컵을 들고 텔레비전 앞으로 돌아왔다.

화면을 보며 컵에 보리차를 따른 후, 그것을 입으로 가져가고 있을 때…….

"나도 줘."

"뭐?"

미즈토는 화면에서 눈을 떼지 않으며 말했다.

"목말라."

"……아까 말했으면 컵을 하나 더 가져왔을 거잖아."

"깜빡했어."

우와…… 완전히 빠졌네.

중학교 때 사귀면서, 이 남자의 취향을 어느 정도 안다. 순문학이든 라이트노벨이든 추리소설이든 영화든, 개인의 작가성이 강하게 묻어나는 작품을 좋아한다.

지금까지는 애니메이션 영화를 보는 습관이 없었을 뿐, 그 취향에 비춰본다면 신카이 마코토 감독은 취향 저격 급인 것 같다.

미즈토의 무릎 위를 보니, 히가시라 양이 미즈토의 얼굴을 올려다보며 기쁘다는 듯 입가를 씰룩거리고 있다. 계획대로인 것 같다.

"……."

―빈자리가, 없지 뭐야.

―나란 인간은 마음이 넓지 못해. 그래서 진심으로 마주할 수 있는 사람은 한 명이 한도인 것 같아.

미즈토는 그렇게 말하며, 히가시라 양의 고백을 거절했다.

그 자리에 지금 누가 앉아있는지…… 나는, 나만은 안다.

하지만 그것은—.

"······받아. 내가 마시던 거야."

"응. 고마워."

미즈토는 내가 내민 컵을 쳐다보지도 않으며 넘겨받더니, 내용물을 꿀꺽꿀꺽 마셨다. 선이 가는 외모와 다르게 이럴 때는 약간 남자애 느낌이 났다.

나는 빈 잔을 돌려받은 후, 거기에 보리차를 따라서 한 모금 마셨다.

"어?"

몸속을 가득 채운 응어리를 차가운 차로 씻어내려 했다.

"으음······ 저기······."

"응?", "어?"

바로 그때, 히가시라 양이 당혹스럽다는 듯 나와 미즈토를 번갈아 쳐다보았다.

왜 저러지. 히가시라 양도 차를 마시고 싶은 걸까.

그런 생각을 하고 있는 내 머리를 그녀는 전혀 예상치 못한 각도에서 후려쳤다.

"방금······ 간접 키스, 했는데요······."

"······뭐?", "······어?"

나와 미즈토는 한순간 시선을 마주한 후, 컵을 향해 시선을 돌렸다.

간접, 키스.

간접 키스.

"……아……."

납득을 한 목소리를 낸 미즈토는 다시 텔레비전을 향해 시선을 돌렸다.

그 밋밋한 반응을 본 히가리사 양은 『어, 그게 다예요?』라고 말하는 눈빛을 머금었다.

간접 키스…….

그러고 보니 그런 개념이 있긴 했지.

나는 보리차를 마셨다.

"어, 어어~? 신경 안 쓰여요……? 가족은 원래 그런 거예요……? 아니면 고등학생은……?"

칫솔이나 젓가락을 바꿔쓴 것도 아니니, 딱히 신경 쓰일 일은 아니다. 그런 순진함은 옛날옛적에 잃어버렸다.

……이런 부분에선, 이 남자도 아직 히가시라 양과 같지 않나 보네.

그렇게 생각한 순간, 약간— 아주 약간, 내 안의 응어리가 옅어진 느낌이 들었다…….

스태프롤이 끝난 후, 미즈토는 소파 등받이에 몸을 깊숙이 맡겼다.

결국 두 시간 동안 무릎베개를 베고 있던 히가시라 양이 미즈토를 쳐다보며 물었다.

"……어땠나요?"

"재미있었어."

"어디가요?"

"가장 먼저 눈길을 끈 것은 역시 풍경의 묘사지만, 중반에 기믹이 밝혀지는 순간부터 시나리오의 전체 구성이 신경 쓰였고, 세세한 부분을 살펴보니 감독의 페티시즘 같은 것이 전면에 드러나고 있었으며, 전체를 부감(俯瞰)하며 살펴보니까 할리우드 영화 같은 기능미가 감돌면서, 그런 것들이 복합되면서 이루 말할 수 없는 매력을 자아내—."

말이 되게 빨라!!

히가시라 양은 몸을 벌떡 일으키더니, 눈을 반짝이며 미즈토에게 말했다.

"페티시즘!! 그거, 이해해요!! 마치 의무라도 있는 것처럼 매번 가슴을 주무르는 것도 좋지 않나요?!"

"그거, TS물의 정석 같은 거잖아. 내 인식 상으로 트랜스섹슈얼은 틈새 장르에 해당하는데, 왜 이 영화는 국민적 영화 같은 느낌이 된 거야?"

"국민적 영화 같은 느낌으로 페티시즘 덩어리를 안겨주는 것이 『너의 이름은.』 이후로 신카이 감독이 보여주는 장점이에요. 이건…… 그래요. 순진무구한 소녀에게 노모 포르노를 보여주는 것 같은—."

"옐로카드."

"우왓?! 아, 아니에요. 에로 조크가 아니라고요! 『유유백서』 읽은 적 없어요?! 아버지가 가지고 있지 않은 거예요?!"

나도 추리소설 쪽으로는 오타쿠인 편이라고 생각하지만, 이 두 사람의 대화는 여러 서브컬처 지식이 뒤섞여 있는 탓에 도통 알아들을 수가 없다.

……나도 히가시라 양 같은 오타쿠라면 미즈토와 더 잘 지냈을까.

무심코 머릿속에 떠오른 생각은 즉시 떨쳐냈다. 의미 없는 가설이고, 그렇다 해서 이 남자의 성질머리가 고쳐질 리도 없으며, 내가 그를 경멸하게 되지 않을 리도 없다.

나는 딱히…… 히가시라 양처럼 되고 싶은 건 아니다.

만약 그렇게 됐다면, 아카츠키 양이나 다른 애들과 친구가 되지 못했을 테니 말이다.

"하아……. 두 시간 동안 뚫어지게 텔레비전을 봤더니 피곤해."

"체력이 너무 없는 거 아냐?"

미즈토가 축 늘어지며 천장을 올려다보자, 나는 어처구니없다는 투로 그렇게 말했다. 독서는 몇 시간이라도 할 수 있으면서…….

"오, 그렇다면⋯⋯!"

히가시라 양이 갑자기 자세를 고치더니 자기 허벅지를 손바닥으로 두드렸다.

"아까 답례를 할게요! 이번에는 제 무릎을 베세요!"

"으음⋯⋯ 그럼⋯⋯."

"잠깐! 스톱, 스톱!"

순순히 히가시라 양의 무릎을 베려고 하는 미즈토의 어깨를 허둥지둥 움켜잡았다.

"그러면 안 되잖아⋯⋯! 그러면 안 된단 말이야!"

"왜⋯⋯?"

"왜요?"

왜냐니, 그야⋯⋯ 히가시라 양의 무릎을 벴다간, 각도로 봤을 때 가슴이 그대로⋯⋯.

히가시라 양은 수상한 미소를 머금더니, 피곤해서 그런지 눈이 풀린 미즈토에게 슬금슬금 다가갔다.

"여고생의 무릎베개예요~. 기분 좋을 거예요~. 지금이라면 귀 청소도 해 줄게요~. 오빠에게만 해 주는 특별 서비스라고요~."

"수상한 소리 하지 마! 그런 걸 대체 어디서—."

"⋯⋯히가시라한테 귀 청소를 받는 건 좀 무서워⋯⋯."

"어?", "어라?"

멍한 목소리가 들렸다 싶더니, 미즈토의 몸이 옆으로 털썩 쓰러졌다.

히가시라 양이 아니라— 나를 향해서 말이다.

미즈토는 내 허벅지 위에 머리를 올려놓더니…… 그대로 잠에 빠져들었다.

"……."

"……."

나와 히가시라 양은 넋이 나간 채, 잠든 그의 얼굴을 응시했다.

여름 방학 이후로 이 남자는 잠이 많아졌고, 그 바람에 저녁때만 되면 졸린 표정을 지었지만…… 그래도 용케 남의 무릎 위에서 이렇게 마음 놓고…….

"……이건 저한테 귀 청소를 받기는 싫고, 유메 양이라면 괜찮다는 의미일까요?"

"……그런 것 같아."

"정말 너무하네요. 제가 그렇게 손재주가 없어 보이나요?"

"솔직히 말하자면, 그래."

"충격받았어요!"

히가시라 양이 뜨개질을 하는 모습 같은 건, 상상조차 되지 않았다.

"……하지만…….."

히가시라 양은 그렇게 중얼거리면서 내 무릎 앞으로 이동하더니, 몸을 웅크리며 미즈토의 얼굴을 들여다보았다.

"잠든 얼굴이 너무 귀여워 용서하게 된다니까요. 우헤헤~♪"

헤실거리는 미소를 머금은 히가시라 양이 미즈토의 볼을 손가락으로 살짝 눌렀다.

참 좋아하나 봐, 하고 나는 생각했다. 차였는데도, 여친이 될 수 없다는 걸 알았는데도, 그녀는 미즈토를 참 좋아하는 것 같다.

……뭐, 미즈토가 히가시라 양을 대하는 태도가 애완견을 다루는 것에 가깝듯, 히가시라 양이 미즈토를 대하는 태도는 애완 고양이를 다루는 것처럼 느껴지기도 했다.

평소 표정 변화가 적던 히가시라 양은 잠든 미즈토의 눈앞에서 히죽히죽 웃으며……

"기왕 이렇게 됐으니, 진짜로 귀 청소를 해 줄까요?"

"뭐? 그건 좀……. 남의 귀에 막대를 집어넣어서 긁는 건 좀 무섭지 않아?"

"아, 이해해요. 저도 엄마가 해 줄 때는 무섭거든요. 남의 귀에서 멋대로 보물찾기를 하지 말아줬으면 좋겠다니까요."

"아……"

"그럼 뽀뽀라도 할까요."

"그래— 뭐?"

너무 자연스럽게 나온 말이었기에, 무심결에 고개를 끄덕이고 말았다.

방금 뭐라고 했지?

조용히 잠든 미즈토의 얼굴을, 히가시라 양은 지그시 바라보고 있다.

　"……히가시라 양? 방금, 뽀뽀라고 했어?"

　"지금 하면 들키지 않을 것 같은데……."

　"아니, 그건 그래. 하지만, 뭐? ……첫 키스가 그런 거라도 괜찮아?"

　"으음…… 확실히, 좀 더 괜찮은 로케이션에서 하고 싶긴 해요. 미즈토 씨가 잠든 상태에선 혀도 집어넣을 수 없을 테고요……."

　"대체 어떤 첫 키스를 하려는 거야?"

　"그대로 분위기를 타서 옷이 벗겨지는 것도 기대 못 하겠네요……."

　성욕에 완전히 물들어 버렸네.

　"……그런 멘탈로, 용케 그런 거리감을 유지하네."

　"나름대로 노력하고 있거든요? 미즈토 씨가 제 머리를 만지작거릴 때면, 솔직히 말해 몸이 무지 달아올라요. 머리 쓰담쓰담을 당하고 볼을 붉히는 히로인의 심정을 알 것 같아요."

　"그 히로인은 몸이 달아올라서 볼을 붉힌 게 아니지 않을까?"

　방금 발언은 순정만화에 대한 중상모략이다.

　"애초에 저는 미즈토 씨의 몸을 노리고 고백한 거기도 하거든요……."

"그랬어?!"

"그야 사이좋을 뿐만 아니라 야한 짓까지 할 수 있다면, 완전 최고일 거잖아요?"

"……으, 으으음~."

뭐, 너무 노골적인 이야기이긴 하지만…….

"전연령판도 충분히 재미있지만, 기왕이면 19금 원작을 플레이해 보고 싶은 심정이에요."

"저기, 잘 이해가 안 돼."

"평범한 친구 사이여선, 미즈토 씨와 할 수 있는 걸 전부다 해 보는 건 무리겠네…… 같은 이야기예요."

히가시라 양은 감정을 읽을 수 없는 표정을 짓더니, 코앞에 있는 미즈토의 얼굴을 응시했다.

"저는 음란한 미즈토 씨도 보고 싶었어요."

언뜻 보면 무표정해 보이는 그 얼굴을 보며, 나는 가슴이 옥죄어드는 느낌을 받았다.

눈앞에 존재하는 건, 존재했을지도 모르는 과거의 나다.

과거의 나와 히가시라 양은 다르지만, 그걸 알지만, 계속 겹쳐보게 된다.

2년 전, 여름 방학의 끝자락— 만약 그때, 이 남자가 내 고백을 거절했더라도 지금처럼 나와의 관계를 계속 이어갔을까.

그리고 그렇게 됐다면 우리의 친분이 쭉 이어졌을지도 모른다— 히가시라 양처럼, 말이다.

"뭐, 프렌드 앞에 알파벳 세 개로 된 단어를 붙인다면 친구인 채로도 야한 짓을 실컷 할 수 있지만요."

"잠깐만. 그런 걸 노린다면 앞으로는 너를 응원하지 않을 거야."

"알아요~. 섹스 프렌드를 만드는 미즈토 씨한테는 해석 차이가 발생하거든요."

"아까는 빙빙 돌려 말했으면서!"

……해석 차이. 해석 차이, 구나.

오타쿠 용어의 일종이지만, 꽤 적절하다는 생각이 들었다.

그것이야말로 수많은 사랑 고백과 성공을 붕괴의 서장으로 만드는 만악의 근원이다.

"으음~."

히가시라 양은 미즈토의 얼굴을 지그시 응시하면서, 몸을 배배 꼬아댔다.

그리고 벌떡 일어나더니…….

"……저기, 화장실 좀 빌릴게요."

"뭐……?"

이 애, 남의 집에서 뭘 하려는 거야?

"어?"

히가시라 양은 제 반응을 보며 고개를 갸웃거리더니, 「앗」

하면서 얼굴을 살짝 붉혔다.

"그, 그런 게 아니에요! 그냥 소변보려는 거예요!"

"아…… 그, 그래……."

외설적인 이야기를 하다 보니, 혹시나 하였다.

"……그러고 보니……."

히가시라 양은 약간 기분 나쁜 미소를 머금었다.

"유메 양은 그런 쪽 지식이 없다고 미즈토 씨에게 들었는데…… 의외로 있네요."

"……그야 고등학생인걸. 보건 체육 수업을 듣잖아."

"므흐흐흐흐. 학년 제일 미소녀 우등생의 그렇고 그런 이야기, 무지 흥분되네요."

"징그러워!"

심플하게 독설을 날려주자, 히가시라 양은 「히익」 하고 우는 소리를 내며 종종걸음으로 도망쳤다.

모르는 건 아니다. 거북해할 뿐이다.

플러스, 이 남자 앞에서는 일부러 모르는 척했을 뿐이다.

……해석 차이가 발생할까 봐, 무섭다.

째깍, 째깍, 째깍, 하는 시계 소리와 쿨, 쿨, 하는 미즈토의 숨소리가 거실 안을 가득 채웠다.

허벅지를 누르는 무게를 느끼면서, 나는 선이 가는 얼굴을 내려다보았다.

긴 속눈썹이 드리워진 눈에 긴 앞 머리카락이 닿아 있다.

그것을 손으로 넘기자, 손가락 끝에 부드러운 감촉이 남았다.

얇은 입술이 평온한 숨결을 토했다.

저 입술의 감촉을 나는 안다.

부드럽고, 때때로 말라 있을 때도 있다. 그럴 때는 내 립크림을 바르게 한 후에 다시 하기도 했다. ……아니면, 내 입술로 직접 발라준 적도 있다.

처음에는 어설펐다. 입술이 살짝 닿기만 했다. 코가 닿는 것을 피하려고 고개를 살짝 기울였지만, 계속 같은 방향으로 기울인 바람에 웃음이 터져서 분위기를 망치기도 했다. 서로가 오른쪽으로 기울인다는 암묵의 룰을 세운 후에도, 콧김이 거칠어지는 게 부끄러워져서 오래 하지 못하기도 했다…….

—3초마다 한 번씩, 약간 떨어지며 숨을 골랐다.

—그 사이에 서로의 눈을 응시했고, 다시 입술을 포갰다.

—한 사람이 등을 두드리고 다른 사람 또한 등을 두드린다면, 그것으로 끝이다.

이 세상에서 나만— 나와 그만 아는, 우리 사이의 룰.

아마, 히가시라 양이 연인 사이가 되어서 알고 싶었을 것.

그도, 그것을 기억하고 있으리라.

"……."

몸을 숙이자, 얼굴 오른편에서 머리카락이 흘러내렸다.

나는 책을 읽을 때처럼, 머리카락을 귀 뒤편으로 넘겼다.

일전에는 얼버무리며 넘어갔지만, 잠든 상태에서는 어쩔

수 없다.

　나 한 사람의 의지만으로, 그때의 심정이 되돌아왔다.

　마음이 들뜨는 것 같은, 감정이 끓어오르는 것 같은, 촉촉함과 메마름이 번갈아 찾아오는, 그 감정이……

　마지막으로 그 감정을 느낀 게 언제일까. 관계가 어색해지기 얼마 전. 아마 작년 6월로 생각한다. 1년하고 두 달 동안 잠들어 있던 감정이, 가슴 속에서 샘솟아 나면서 몸 밖으로 넘쳐흐르려 했다.

　─저는 음란한 미즈토 씨도 보고 싶었어요…….

　나도 보고 싶었다. 몇 번이고, 몇 번이고 보고 싶었다.

　하지만 오랫동안 보지 못했다. 내 얼굴만이 비치고 있는 그의 눈동자. 누구에게도 넘겨주지 않겠다는 듯 나를 꼭 끌어안는 호리호리한 팔. 두 사람의 몸이 하나로 녹아드는 것 같은 그 감각.

　한 번 떠올리자, 다시 보고 싶어 미칠 것만 같았다.

　안 된다는 걸 알면서도, 멈출 수가 없었다.

　아아─.

　─이것은, 성욕에 불과하다.

　식어간다.

　식어간다.

가슴 속에서 부글부글 끓던 것이, 급속도로…….

알겠다.

일전에, 그가 왜 키스를 거부한 건지 알겠다.

옛날을 떠올리고, 옛날처럼 충족되고 싶어서, 옛날 같은 행위를 하고 싶어진다. ―그런 타이밍은 이 넉 달 동안 몇 번이나 있었다.

하지만, ……그것은, 미련에 불과하다.

과거에 자신을 충족시켜줬던 것이, 지금은 없다. 그 구멍을 메우고 싶어 하는 욕망에 불과하다.

비참하다.

한심하다.

꼴사납다.

이딴 욕망 때문에 히가시라 양의 일생일대의 고백이 실패로 끝났다니― 그걸, 인정할 수는 없잖아.

해석 차이다.

그런 우리에게는― 해석 차이가 존재한다.

나는 깊은 한숨을 내쉰 후, 미즈토가 깨지 않도록 조심조심 그의 머리를 허벅지에서 치우며 몸을 일으켰다.

히가시라 양을 말려놓고, 내가 이상한 짓을 할 수는 없다.

머리 좀 식히자…….

나는 발소리를 죽이며 거실을 나선 후, 세면장으로 향했다.

거울을 보니, 발로 다진 지면처럼 무표정한 얼굴이 눈에 들어왔다.

"미즈토 군과 히가시라 양, 어땠니?!"

밤에 엄마가 흥분한 목소리로 그렇게 묻자, 나는 정찰 결과를 솔직하게 전했다.

"사이가 참 좋았어."

"그랬구나! 그래서? 그래서?"

"그걸로 끝."

"뭐어~?!"

엄마는 불만을 드러냈지만, 그것 말고는 할 말이 없었다.

"구체적인 뭔가는 없어? 그 애들이 뭘 했니?"

"……으음. 미즈토 씨가 히가시라 양한테 무릎베개를 해주거나……."

"오오!"

"히가시라 양이 덥다면서 외투 지퍼를 내리거나……."

"꺄아~!"

"갑지럽다면서 브래지어 안에 손을 넣고 긁거나……."

"……어어?"

흥분한 표정이 어리둥절한 표정으로 바뀌었다. 올바른 반응이다.

"잊으면 안 되는 게, 이걸 전부 내가 보는 데서 아무렇지 않게 했다는 거야."

"……으음……??"

엄마는 당혹스럽다는 듯 고개를 갸웃거렸다.

"동거 3년 차 커플……?"

역시 피는 못 속인다니깐.

"하지만 좀 어울리는 것 같지 않아? 미즈토 군도 불가사의한 분위기를 지녔으니까, 그렇게 자유로운 여자애가 어울릴지도 몰라."

"뭐, 말은 하기 나름이긴 해."

두 사람은 잘 어울린다.

고백이 실패하기 전부터, 그 점에 대해서는 이견이 없다.

그 두 사람만큼 잘 맞는 남녀는 이 세상에 존재하지 않을 거란 생각마저 들었다.

그런데도 사귀지는 않는다는 게, 인간의 문제점이다.

"유메도 어영부영할 때가 아니겠네!"

"뭐?"

엄마의 그 갑작스러운 발언에, 나는 가슴이 펄쩍 뛰었다.

어, 어, 왜 나를 언급하는 건데? 혹시, 엄마—.

"미즈토 군에게 뒤처지지 않도록, 유메도 멋진 남친을 만들어야 하잖니! 이렇게 귀여워졌으니까, 금방 만들 수 있을 거야!"

"아…… 으, 응……."

그런 의미구나…….

내가, 남친. ……미즈토 이외의 남친을?

"……딱히 경쟁할 일은 아니니까, 느긋하게 기다려줘."

"어어~?"

유감스럽게도— 정말, 정말 유감스럽게도…….

여전히, 그것이야말로 가장 큰 해석 차이를 보이고 있다.

전 연인은 귀성한다①
시베리아의 무희

역에 내린 순간, 딱히 시골이 아니라고 생각했다.

커다란 역 건물에는 선물 가게가 잔뜩 있고, 역을 나가니 커다란 쇼핑몰 같은 것이 있다. 길을 오가는 사람도 많아서, 도회지라고 해도 될 정도다.

미즈토가 『THE 시골』이라고 말한 건, 어디까지나 과장 표현이었을까?

그런 의문을 느낀 것은 버스에 탈 때까지였다.

푸쉭, 하는 소리를 내며 문이 닫혔다.

버스 안에는 우리 가족 넷 말고는 단 한 명의 승객도 없었다.

대낮인데, 이게 말이 돼?

창밖을 보니, 순식간에 문명 세계의 기척이 옅어지고 있다. 건물이 확 줄었으며, 시야를 가득 채운 들판에는 전선이 달린 철탑만 무수히 존재했다.

산에 들어가자 녹음이 더욱 깊어졌고, 인류 문명을 알려주는 것이라고는 버스 말곤 달리는 차량이 없는 무미건조한 도로뿐이었다.

"고마워요!"

미네아키 아저씨가 버스에서 내리며 그렇게 말하자, 버스 운전사분이 모자를 살짝 들어 보이며 인사를 했다. 아는 사이 같다.

버스가 달려가자, 넓은 밭이 눈앞에 펼쳐졌다.

버스 정류장에는 지붕이 없으며, 그 대신 우거진 나뭇가지가 드리워져 있다. 바람이 불 때마다 흔들리면서, 밝은 햇살이 내 눈꺼풀을 자극했다.

―맴맴맴맴……

버스 엔진음이 사라지자, 그 후에는 매미 울음소리밖에 들리지 않았다.

마치 이세계 같았다.

익숙한 세계에 다시 돌아갈 수 있을지, 약간 불안해졌다.

"우와~! 봐, 유메! 버스가 하루에 세 대만 다녀!"

엄마가 텅텅 비어 있는 버스 시각표를 가리키며 나잇값 못하는 소리를 했다.

미네아키 아저씨는 미소를 지으며 웃더니…….

"아침, 점심, 저녁에 한 대씩 다니기라도 하니 다행인 편이야. 사실 이런 시골에 버스를 운행해 봤자 수익을 기대할 수 없거든."

"쇼핑 같은 건 어떻게 해?"

"이 근처에는 고령층이 많이 살거든. 마을에 있는 가게가 관청의 지시에 따라 한꺼번에 배달하지. 그리고 요즘 어르신

들은 온라인 쇼핑 정도는 다들 할 줄 알아. 그것으로도 안 되면, 아까 마을에 차로 가는 거지."

"하아아……."

"차를 몰 줄 모르는 젊은 애들은 버스가 끊기기 전에 돌아와야 하니 불편할 거야. 뭐, 며칠 동안 쉬었다 가기엔 좋은 곳이긴 해."

미네아키 아저씨는 그런 말을 덧붙인 후, 「가자」 하고 말하며 걸음을 뗐다. 미네아키 아저씨의 어머니— 그러니까 미즈토의 친할머니의 집은 여기서 조금 걸어간 곳에 있다고 한다.

나는 지면에 놓은 캐리어백의 손잡이를 움켜쥐려고 했지만, 그전에 옆에서 뻗어온 손이 그것을 움켜쥐었다.

"어, 잠깐만……!"

의붓동생인 이리도 미즈토는 들리지 않는 것처럼 내 말을 무시하더니, 내 캐리어백을 끌고 갔다.

정말, 뭐야……! 남의 짐을 멋대로 끌고 가지 마!

나는 쫓아가서 불평을 해 주고 싶었지만— 목까지 올라온 말을 삼키고 말았다.

왜냐고?

우리가 향하는 곳에, 가파른 오르막길이 있다.

"……."

미즈토는 아무 말 없이, 캐리어백을 끌면서 오르막길을

올라갔다.

그것은 꽤 중노동일 테지만, 아무렇지 않은 듯 걸음을 옮겼다.

부탁인데…….

이런 행동을 하기 전에, 먼저 설명부터 해달란 말이야!

"우와……."

"오…… 오오……."

오르막길 위에 존재하는 문을 본 나와 엄마는 그대로 압도당했다.

이게, 미즈토의 할머니가 계신 집…….

아니, 집이라기보다…… 저택, 아냐?

폭이 50미터 이상 되는 될 것 같은 새하얀 담, 그리고 멋진 기와지붕을 멍하니 쳐다보았다.

"혹시, 미네아키 씨의 가문은 엄청난 부자야……?"

"아, 부자였던 건 할아버지 대까지야. 할아버지는 자식에게 재산을 물려줄 생각이 없으셨거든―. 대부분의 유산을 기부하고 이 집만 남기셨지."

"어……. 아까워라……."

"어머니와 큰아버지도 일찌감치 이 집에서 나왔기 때문에, 딱히 불만은 없었나 봐."

그러고 보니 미즈토도 학비 때문에 특기생으로 고등학교에 들어갔잖아.

옆에 있는 의붓동생을 힐끔 쳐다보니, 하늘의 태양을 성가신 것처럼 노려보고 있다.

"더워……."

"그래. 빨리 안으로 들어가자."

앞뜰을 지나간 후, 미네아키 아저씨는 현관의 인터폰을 눌렀다. 이렇게 오래된 저택에서 딩동~ 하는 전자음이 나니 왠지 우스웠다.

"갑니데이……."

미닫이문이 안에서 열리더니, 앞치마를 한 할머니가 모습을 드러냈다.

한순간 도우미분인가 했지만, 미즈토를 보고 그 생각이 틀렸다는 걸 알았다.

"오~ 오~ 오~! 미즈토 아이가! 언제 이렇게 큰기고!"

미즈토는 가볍게 고개를 숙이며 인사했다.

그러자 할머니는 「우하하」 하고 크게 웃었다.

"여전히 퉁명한 애데이! 그래 가지고 여친이 생기겠나!"

"어머니. 결혼이 어쩌고 하며 띠드는 시골 할망구는 되고 싶지 않다고 안 했어?"

"아, 맞다. 그랬지. 큰일날 뻔 했데이."

일단 안으로 들어오라는 말에, 우리는 현관 안으로 들어섰다.

앞치마를 한 할머니는 마루로 올라서더니…….

"이리도 나츠메라고 합니데이."

하고 말하며, 나와 엄마를 향해 정중히 인사를 했다.

"인사가 늘어 참말로 죄송합니더. 이 멍청한 아들이 갑자기 재혼한다고 말해서…….”

"갑자기는 무슨. 2주 전에 알려줬잖아."

"그 정도면 충분히 갑자기 아이가!"

나는 몰래 고개를 끄덕였다. 옆에 있는 미즈토도 마찬가지로 고개를 끄덕였다.

우리의 고등학교 수험을 생각해 숨긴 것은 이해하지만, 그래도 더 나은 방법이 있지 않았을까 하는 생각이 들었다.

……뭐, 우리가 헤어지기 전에 재혼한다는 걸 아는 게 최악이었겠지만 말이다.

"죄송해요, 어머님! 저희도 끝까지 망설였던지라…….”

"유니 씨, 괜찮습니데이. 이 애가 재혼할 생각이 들게 한 것만으로도 내는 대환영이다 아닙니꺼. 정말 감사합니데이.”

"아, 아뇨, 고개 드세요!"

깊이 고개를 숙이는 나츠메 씨 — 의붓할머니? — 를 향해, 엄마는 황송하다는 듯 손을 내저었다.

그러고 보니 엄마가 미네아키 아저씨와 어떻게 만났고, 어떤 식으로 가까워졌는지 이야기를 듣지 못했는데…… 의외로 고생했던 걸까.

"그리고, 이쪽이 유메 양이재?"

나츠메 씨의 시선이 나를 향하자, 나는 무심코 자세를 바르게 고쳤다.

"이리도 유메예요. 잘 부탁드립니다."

"어머, 정중해라. 참 성실해 보이는 아이데이. 미즈토와도 사이좋게 지내재?"

"아, 네."

"저희보다 더 사이가 좋을 지경이야. 유니 씨, 안 그래?"

"맞아요! 미즈토 군이 참 상냥하게 대해 준다니까요!"

"미즈토가! 정말이가~?"

나츠메 씨는 부드러운 미소를 머금었다.

"그래도 대뜸 이렇게 큰 손녀가 생기니, 불가사의한 기분이데이. 마치 손자가 손자며느리를 데리고 온 기분 아이가."

"어."

며, 며느리?

내가 무심코 굳어버리자, 엄마는 「우후후」 하고 심술궂은 웃음을 흘렸다.

"어쩔래? 미즈토 군과 결혼할 거니?"

"아, 안 해. 안 할 거야……."

"농담이야! 농~담~!"

시, 심장이 멎는 줄 알았어…….

일단 미즈토의 반응도 살펴보니, 무슨 생각을 하는지 알 수 없는 통명한 표정을 짓고 있을 뿐이었다.

당황하는 것보단 훨씬 낫지만, 그래도 왠지 화가 난다.

"다들 피곤하재? 올라오그라. 미네아키, 점심은 우쨌노?"

"오는 길에 먹었어."

"그랬나. 그럼 짐을 가져다 둬야겄네. 미네아키, 안내하그라."

"알았어. 자, 이쪽이야."

짐을 들고 복도로 올라온 우리는 나츠메 씨와 헤어진 후, 미네아키 아저씨의 안내에 따라 걸음을 옮겼다.

혼자 다니면 길을 헤맬 것만 같을 정도로 넓은 집이다. 또한 낡은 집이기도 해서, 걸음을 옮길 때마다 바닥이 삐걱거렸다.

"어머님은 칸사이 쪽 분이셔?"

"저 사투리는 아버지한테서 옮은 거야. 아버지는 교토 토박이셨거든."

어른들이 그런 이야기를 나누는 사이, 나는 마당이 보이는 툇마루를 발견하고 살짝 감동했다. 이리도 집에도 마당은 있지만, 드라마에서나 본 툇마루다운 툇마루는 처음 봤다. 이누가미 일족이란 소설에 나오는 저택 같아……

"우리는 여기, 두 사람은 옆 방이야."

"네~."

"짐을 둔 후, 불단에 가자."

"네~."

나와 미즈토를 배려한 건지, 나와 어머니, 미즈토와 아저씨가 방을 따로 썼다.

다다미가 깔린 방에 들어간 내가 가방에서 갈아입을 옷을 꺼내고 있을 때, 엄마가 「하아~」 하고 크게 한숨을 내쉬었다.

"시어머님이 상냥한 분이라 다행이야~. 엄격한 분이면 어쩌나 걱정했거든……."

"엄마도 오늘 처음 뵙는 거야?"

"전화로 인사를 드린 게 다야."

"그랬구나."

"정말 다행이야……."

엄마는 축 늘어졌다. 의외로 긴장했나 보다. 그럴 만도 했다. 결혼 상대의 가족에게 받아들여지느냐는 중요한 문제이니 말이다.

이 가문에 있어, 우리는 따지자면 외부인이다.

나는 별생각 없이 그냥 따라왔는데, 괜찮은 걸까……?

"이 집에 친척들이 전부 모이는 거지? 얼마나 될까?"

"응~? 주로 타네사토 집안에서 온다고 들었던 것 같아."

"타네사토?"

"시어머님의 옛날 성이야. 시어머님한테는 오빠분이 계신데, 그분의 아들과 손자 몇 명이 온다고 들었어."

엄마의 시어머니의 오빠— 그럼, 나한테는 할머니의 오빠가 된다. 뭐라고 불러야 하지? 그리고 그 아들과 손자— 손자라. 나와의 관계는 육촌? 비슷한 또래일까…….

"유니 씨~. 유메 양~. 불단에 가자~."

"응~! 가자, 유메!"

장지문을 연 우리는 미즈토, 그리고 아저씨와 합류했다.

미즈토는 여전히 어디 보는지 알 수 없는 멍한 표정을 지은 채로 아저씨를 뒤따르고 있다. ……이 녀석, 이 집에 온 후로 한마디도 안 하지 않았어?

삐걱거리는 복도를 나아가며, 불단이 있는 방으로 향했다.

백중이니 성묘도 가려고 한다. 하지만 미즈토의 어머니가 모셔진 무덤은 이곳에 없다. 집에 돌아가면 그곳에 가게 될까.

"여기야."

그렇게 말하며 멈춰선 미네아키 아저씨가 장지문을 향해 손을 뻗었다.

하지만 바로 그때, 장지문이 멋대로 열렸다.

"아."

장지문 너머에서 모습을 드러낸 건, 젊은 여성이었다.

붉은 테 안경을 쓰고 나보다 키가 10센티미터 정도 커 보이는 여성이다. 아마 대학생 아닐까. 왠지 서점 직원이나 사서 같은 걸 할 것 같은 분위기를 지닌 사람이다.

나와 비슷한 분위기를 감지하고, 무심코 친근감을 느낀

바로 그 직후였다.

"─미즈토잖아~!! 오래간만이야~!!"

환한 목소리로 그렇게 외친 그 사람이 미즈토를 끌어안았다.

……어? 어어?!

너무 갑작스러운 일이라 머리가 제대로 돌아가지 않았다.

첫인상에서 느꼈던 서점 점원이나 사서 같은 분위기가 순식간에 사라졌다. 방금 목소리 톤은 그야말로 파티피플 그 자체……! 아카츠키 양을 세 배로 불린 것 같은, 눈이 멀 정도의 인싸 아우라!

무엇보다, 스킨십이 정말 대단했다.

인사를 하며 허그하는 사람, 처음 봤어. 미국인? 미국인이야?

"아, 마도카 양이니? 오래간만이구나."

"미네아키 아저씨도 오래간만이에요~!"

마도카라 불린 여성은 미즈토를 품에 안은 채, 미네아키 아저씨와 아무렇지 않게 인사를 나눴다.

……대체 언제까지 미즈토를 안고 있으려는 거야? 아무래도 친척 같은데, 이 남자는 남이 다가오는 걸 질색해. 게다가 허그까지? 내가 그랬다면 아무 말 없이 밀쳐내며 무시했을 게 틀림없─.

"오래간만이에요, 마도카 씨."

말했어?!

미즈토가 상대방의 품에 안긴 채 퉁명한 어조로 그렇게 말하자, 나는 아연실색하며 그를 돌아보았다.

이 집에 들어온 후로, 숨소리조차 내지 않았는데!

"히히히. 안심했어. 올해도 퉁명하네! 고교 데뷔라도 했으면 어쩌나 했다니깐~."

"고등학교는 데뷔 같은 걸 하는 곳이 아니잖아."

"뭐야, 말주변 좀 늘었는걸~."

대화를 주고받네?!

그뿐만 아니라, 나 지금 은근슬쩍 디스당하지 않았어?!

"어."

마도카(?) 씨가 미즈토한테서 떨어지더니, 나와 엄마를 향해 시선을 돌렸다.

"아저씨. 혹시……."

"아, 소개할게. 이쪽이 나와 재혼한 유니 씨와 딸인 유메 양. 성은 양쪽 다 이리도란다."

"이리도 유니라고 해요~."

"유, 유메예요."

"호오~ 흐음~."

붉은 테 안경 너머에서 마치 뜯어 살피는 것 같은 시선이 날아왔다. 그것도, 엄마가 아니라 나를 주목하고 있다. 뭐, 뭐야……?

"그리고 이쪽이……."

미네아키 아저씨는 마도카 씨를 향해 손을 뻗더니…….

"내 큰아버지의 손녀— 유메 양한테는 육촌이 되나? 타네사토 마도카 양**과, 손자인 타네사토 치쿠마 군이란다.**"

어?

갑자기 또 한 명의 이름이 언급되어서 깜짝 놀랐을 때, 타네사토 마도카 씨의 뒤편에서 조그마한 머리가 머뭇머뭇 모습을 드러냈다.

처음 본 순간에는 여자애라고 생각했지만, 『군』이라는 호칭이 붙은 것을 보면 남자애다.

아마 초등학교 고학년 정도일까— 선이 가늘고, 미즈토를 작고 귀엽게 만든 것 같은 남자애의 긴 앞 머리카락에 가린 눈이 갈피를 못 잡고 있다.

남자애— 치쿠마는 나와 시선이 마주치자, 누나의 등 뒤에 꼭 숨었다.

이 태도— 낯가림이 심한 특유의 반응이다.

이번에야말로 틀림없는, 진짜 친근감을 느꼈다.

나도 옛날에는 이렇게, 엄마 등 뒤에 숨었어.

"아, 죄송해요. 이 애는 낯가림이 심하거든요~."

"괜찮아~. 유메도 얼마 전까지 이런 느낌이었거든. 안 그래?"

"……엄마. 그런 이야기를 멋대로 하지 마."

"어머, 미안하구나."

왜 부모는 자식의 개인 정보를 함부로 말하는 걸까?

나는 마도카 씨의 등 뒤로 이동한 후, 그곳에 숨어 있던 치쿠마의 앞에서 몸을 숙여 눈높이를 맞췄다.

"치쿠마, 만나서 반가워. 나는 이리도 유메라고 해. 앞으로 잘 부탁할게."

가능한 한 상냥하게 말해 봤지만…… 치쿠마는 귀엽고 가지런한 얼굴을 붉히더니, 쏜살같이 복도 저편으로 뛰어갔다.

도망쳤어…….

"흐음~ 아하……."

그런 나를, 마도카 씨는 또 뜯어 살피는 시선으로 관찰했다.

"저기, 왜 그러세요……?"

"아, 별거 아냐……. 노력의 흔적이 보이는 것 같거든."

"네?"

"아, 미안해! 바보 취급하는 건 아냐. 그저, 미즈토의 남매가 날라리 같은 애면 어쩌나 했어. 그래도 유메 양 같은 애라 안심이 돼~. 친척으로서 잘 부탁해!"

마도카 씨가 일방적으로 내 손을 움켜쥐었다.

어…… 어어~?

칭찬……인 거지?

『친척으로서』도, 다른 뜻은 없는 거겠지?

견제 받고 있는 건 아니겠지?

"그런데 유메 양은 나와 옷 취향이 비슷한 것 같네. 동질감을 느낄 것 같아~."

"어."

나는 그 말을 듣고, 마도카 씨의 옷차림을 살펴봤다.

전체적으로 밝은색을 띤 옷이며, 하의는 하늘거리는 롱스커트. 상의는 품이 낙낙한 튜닉 스타일의 블라우스이며, 그것을 치마 안으로 집어넣었다. 일전에 히가시라 양에게 사준 것과 비슷한 코디네이트였다.

그런 생각을 하던 와중에 눈치챈 건데…… 이 사람, 몸매가 엄청났다.

키가 커서 히가시라 양보다 늘씬해 보이지만, 가슴 크기는 히가시라 양에게 버금가거나 혹은……?

이렇게 가까이 있으니 헐렁한 옷깃을 통해 가슴 계곡이 눈에 들어올 것만 같아서 심장이 좀 뛰었다.

"확실히…… 듣고 보니, 좀 비슷하네요."

"그렇지?! 나, 옛날부터 이런 스타일을 좋아했어! 대학 친구들은 어린애 같다고 하지만, 역시 이 포근하고 부드러운 느낌이야말로 이상적인 여자란 느낌이 든다니깐. 유메 양도 그렇지 않아?"

"그…… 그래요. 귀엽다고 생각해요."

나는 옆에 있는 남자의 취향에 맞추다 보니 이렇게 됐을 뿐이지만 말이다.

……어?

나는 옆을 쳐다보았다.

마도카 씨는 『옛날부터 이런 스타일을 좋아했다』고 이야기했다. —즉, 옛날부터 이렇게 노출이 적은 상류층 아가씨 패션을 했고……

그리고 친척인 미즈토는 어릴 적부터 그 모습을 봐왔으며……

—그것과 같은 패션을 나에게 바란 것이 되는데…….

어? 어어어어???

미즈토가 청초&청초한 패션을 좋아하는 건, 라이트노벨 같은 것의 영향이라고 생각했는데……. 혹시…… 진짜 원인은…….

"마음이 맞을 것 같아 다행이야! 우리 친척 중에는 젊은 여자애가 없거든. 사이좋게 지내자, 유메 양."

"……아, 네. 물론이에요……."

그러고 보니, 들은 적이 있다.

대부분의 남자는 가까운 곳에 있는 연상의 누나를 첫사랑 상대로 삼는다고…….

저녁때가 되자 친척 어르신들이 속속 도착하면서, 연회가 열렸다.

당연히 그 연회의 주인공은 올해 처음 이 자리에 온 나와 엄마였다.

"미즈토 군과는 잘 지내고 있는 기가? 배배 꼬인 애라 고생이 많재?"

"아, 그게 말이죠. 의외로 잘 지내고 있어요."

"정말이에요! 저희도 안심이라니까요!"

이런 대화가 벌써 다섯 번은 오갔다.

나는 이제 우롱차를 한 손에 든 채 미소만 짓고 있다.

"오오! 마도카, 잘 마시는걸!"

"올해 스무 살인데 말이데이! 타네사토의 피인기가!"

"저, 아직 더 마실 수 있어요~!"

열 명 넘는 사람이 술판을 벌이고 있는 가운데 미성년자는 나와 미즈토, 그리고 치쿠마 군 뿐이었다.

장소를 잘못 찾은 느낌이 마구 들었다. 텐션에 따라갈 수가 없었다.

술자리라는 건 원래 이런 걸까. 아니면 친척 모임이라 그럴까? 양쪽 다 경험이 적어서 모르겠어…….

"한창때인 남녀가 동거한다고 해서 내도 꽤 걱정했데이."

"요즘 젊은 애들은 초식계라잖아."

"미네 씨, 그건 낡은 생각이야!"

"어, 그래?"

"유메 양도 사양 말고 들그라. 초밥도 아직 남아 있데이!"

"아, 네……."

왁자지껄한 연회가 벌어지는 가운데 나는 내 접시에 멋대로 쌓여가는 요리를 먹는 것밖에 못 했다.

이윽고…….

"―약았어~!!"

고함 소리가 들리더니, 갑자기 등에 부드러운 무언가가 닿았다.

"우왓?! ……마, 마도카 씨?"

"유메 양은 약았어어어~!"

술 냄새!

등 뒤에서 나와 몸을 맞댄 마도카 씨의 몸은 뜨거웠고, 얼굴도 벌겠다. 완전히 술에 취한 것으로 보였다.

그것보다, 어마어마한 볼륨을 자랑하는 물체가 등에 닿아 있거든?! 브래지어 너머로도 질량이 확연하게 느껴지거든?! 몸이 밀착되면서 꼭 눌리고 있거든?! 여자들끼리인데도 이러고 있으니 가슴이 뛰거든?!

"나 말이지~. 미즈토와~, 전혀 말을 섞지 못했는데~. 왜 유메 양은 금방 친해진 거야~?"

"어, 그랬나요?"

"그래~. 유치원 때부터 내가 돌봐줬는데~!"

근처에 있던 미즈토는 못 들은 척을 하면서 고구마 조림을 먹고 있다.

말을 못 섞어……? 나한테는 처음부터 상냥했는데……?

"미즈토는 내 할아버지를 쏙 빼닮았지."

그렇게 말한 이는 마도카 씨와 치쿠마의 아버지였다. 나이는 미네아키 아저씨와 비슷한 정도— 40대 같았다. 나와는 친척 관계가 어떻게 될까.

"무뚝뚝한 것도, 괜히 고집이 센 것도, 그리고 책을 좋아하는 것도 말이지. 나중에 거물이 될 것 같아서 기대되는걸."

"저기~! 친딸한테는 기대 안 하는 거야~?!"

"그딴 소리는 강의에 지각하지 않게 되고 나서 해, 이 바보 자식아."

"나는 자식이 아니거든요~!"

나는 고개를 갸웃거렸다.

"내 할아버지……."

"우리한테는 증조할아버지야. 이 저택의 주인이셨던 분이지. 이름이…… 어떻게 되시더라~?"

"코스케야. 타네사토 코스케."

대답해 준 이는 아직 술에 취하지 않은 미네아키 아저씨였다.

"꽤 파란만장한 인생을 산 분이지—. 부모로선, 아들이 평온한 삶을 살아줬으면 좋겠는데 말이야."

"그것도 괜찮지 않겠어? 이렇게 건강히 자라준 것만으로도 감지덕지……. 미네아키, 너는 정말 최선을 다했어! 정말 대단해……!"

"감사합니다……."

미네아키 아저씨는 희미하게 웃더니, 마도카 씨의 아버지가 따라주는 술을 받았다.

옆에 있던 엄마는 기쁘다는 듯 부드러운 미소를 머금었다.

"……미네아키 아저씨는 미즈토 군이 태어난 직후에 싱글파더가 됐으니까 말이야……."

내 등에 붙어 있던 마도카 씨가 감회에 젖은 어조로 중얼거렸다.

"나츠메 할머니가 도와주긴 했지만…… 그래도 참 고생이 많았을 거야……."

……미즈토의 친어머니인 이리도 카나 씨는 원래 몸이 약해서, 미즈토를 낳고 얼마 지나지 않아 돌아가셨다고 들었다.

당시에는 미네아키 아저씨도 아직 20대였다. ……그렇게 젊은 나이에 아내를 잃고, 남자 혼자 어린 미즈토를 지키며 지금까지 길러 왔다.

그리고 아들이 의무교육을 마치는 것과 동시에, 엄마와 결혼했다…….

나는 납득했다.

이 타이밍에 재혼한 것도…….

끝까지 망설이며, 우리에게도 숨겨온 것도…….

나와 엄마가 예상했던 것보다 더 환영받고 있는 것도…….

미네아키 아저씨의 재혼은 인생의 크나큰 시련을 멋지게 극복한 증거다…….

그렇기에, 더욱더 생각했다.

지금의 이 가정을 반드시 지켜야만 한다고…….

"……아버지."

"응."

어느새 자리에서 일어난 미즈토가 미네아키 아저씨의 뒤편에서 말을 걸고 있었다.

"다 먹었어."

"그래……. 고맙구나."

"먼저 가볼게."

미즈토는 이곳을 나서더니, 방으로 돌아갔다.

어디에 가는 거지?

왜 『고맙구나』라고 한 걸까?

"유메 양은 놓치지 않을 거야~!"

"마, 마도카 씨, ……무, 무거……"

"남친 있어~?! 있지~?! 이렇게 귀여운걸! 없다면 내가 되어줄게~!"

"마도카는 주정뱅이가 다 됐데이."

"피는 못 속이겠는걸! 와하하하하……!!"

"휴우~."

따뜻한 물에 어깨까지 담그자, 그제야 한숨 돌릴 수 있었다.

파란색 타일로 된 천장을 향해 김이 피어오르는 모습을 별생각 없이 보고 있었다.

물론 나에게도 친척이 있으며, 만날 기회도 드문드문 있다.

하지만 이렇게 많은 친척이 한자리에 모인 것은 처음이며…… 무엇보다 그 남자와 함께 그사이에 섞여 있으니 기분이 참 묘했다.

……그 녀석의 친척들과 이렇게 만나게 될 거라곤, 사귀던 시절에는 상상도 못 했어…….

증조할아버지가 부자였다는 이야기도 들은 적이 없고, 마도카 씨 같은 예쁜 육촌 누나가 있는 줄은 꿈에도 몰랐다…….

뭐, 미즈토 본인은 여전히 스탠드 플레이 중이지만 말이다. 자기 혼자만 저 연회에서 쏙 빠져나가는 건 아무나 할 수 있는 짓이 아닐걸?

나는 목욕을 마친 후, 툇마루로 향했다.

목욕을 마치고 툇마루에서 밤바람을 맞는 건 좀 풍류 있지 않아?

멀리서는 어른들이 술을 마시며 떠드는 소리가 아직도 들려왔다. 내가 빠져나온 후에도 엄마는 남아서 술을 마시고 있는 것 같다. 우리 엄마지만, 저 적응 능력은 정말 대단하다니깐…….

"어머."

"아……."

툇마루에는 먼저 와있는 사람이 있다.

치쿠마가 마당 쪽을 향해 앉아 조그마한 손으로 게임기를 쥐고 있다.

게임을 하는구나.

하긴, 이 또래 남자애라면 게임을 좋아할 거야. 어디 사는 누구 씨의 영향 탓인지, 책 말고 다른 걸 즐기는 모습을 불가사의하게 느꼈네.

"치쿠마, 혼자야?"

"……으, 응……."

오. 처음으로 대답을 해 줬다. 눈은 여전히 게임기를 향하고 있지만 말이다.

나는 기쁜 나머지…….

"누나는?"

"아직 술 마시고 있어……."

"아…… 그렇구나……."

올해 스무 살이 됐다고 하지 않았어? 그런데 저 주당들 사이에 섞여 있다니…….

"누, 누나는 취하면 나를 끌어안거든……."

오오. 이번에는 치쿠마가 대화를 이어가 줬다.

"그럼 도망친 거구나?"

"으, 응……."

"목욕은?"

"이, 이미 했어……."

"그렇구나. 그럼 그 녀석을 부르는 편이 좋을지도 모르겠네……."

목욕을 마치면 아직 안 한 사람에게 말해 주란 말을 나츠메 씨에게 들었다. 그 남자라면 아직 안 씻었을 게 뻔하다.

"……."

그런 생각을 하고 있을 때, 치쿠마가 나를 올려다보고 있다는 것을 눈치챘다.

"왜 그러니?"

"아, 그게, 아무것도, 아냐……."

그렇게 말한 치쿠마는 엉덩이를 옆으로 옮기면서 나와 거리를 벌렸다.

경계하는 걸까.

뭐, 어쩔 수 없다. 갑자기 모르는 여자가 친척이 된다면 나라도 경계한다.

하다못해 공통된 화제가 있다면 다소 마음을 열겠지만, 아무래도 독서가 취미인 것 같지는 않은데…….

"……저기. 치쿠마가 볼 때, 그 남자— 아니, 미즈토 씨는 어떤 느낌이야?"

그래서 나는 공통된 지인을 화제 삼기로 했다. 다른 선택지가 없으니 말이다.

치쿠마는 시선을 이리저리 돌리며 우물쭈물하더니…….

"뭐? 으음…….."

"상냥하다거나, 아니면 무섭다거나…….."

"……으음…… 저기…….."

한참을 망설인 후, 치쿠마는 불쑥 말했다.

"……잘 모르, 겠어."

"그래?"

"이야기, 나눈 적이, 없어……. 항상, 증조할아버지의 서재에, 있거든."

증조할아버지의 서재……. 그 남자는 친척의 집에 와서도 그런 곳에 틀어박혀 있는 건가.

치쿠마는 불안을 느낀 것처럼 잠시 허둥대더니…….

"……하, 하지만……!"

"응."

"……좀, 멋지다고…… 생각해…….."

"멋져?"

치쿠마는 약간 부끄러워하며 고개를 끄덕였다.

"당당하고…… 남의 눈길을, 전혀 신경 쓰지 않는달까……나, 나는, 그러지, 못하니까…….."

"……그래…….."

그 심정은 이해한다.

중학생 시절의 나는 치쿠마와 마찬가지로 그 남자를 동경했다.

하지만…… 그 남자도 실은 불완전했다. 실패할 때도 있다.

"……당연한 건데 말이야……."

"어?"

"아, 미안해. 혼잣말한 거야."

나는 아하하, 하고 웃으며 얼버무렸다.

"게임을 방해해서 미안해."

"아, 그렇지는……."

"그럼— 아, 하나만 더 물어볼게."

나는 의도치 않게 모 드라마의 주인공인 스기시타 우쿄 형사처럼 뒤돌아보면서 말을 이었다.

"서재는 어디 있어?"

처음으로 그를 본 날을 기억하고 있다.

같은 반이 된 그 날— 다들 친구를 만드느라 바쁜 가운데, 그만은 태연히 책의 세계에 몰두해 있었다.

나는 『아야이』이고, 그는 『이리도』.

출석번호 때문에 창가 가장 앞자리에 앉게 된 나는 바로 뒷자리에 앉아서 묵묵히 책을 읽고 있는 사람을, 어째선지 『쓸쓸한 사람』이라고 생각하지 않았다.

문득 뒤를 돌아볼 때마다, 조금씩 용기를 얻었다.

사람이, 저런 식으로 존재해도 된다는 용기를…….

타인과 괜히 얽히지 않고, 배경에 녹아들며 자기만의 세상에 몰두한다. —그런 삶을 살아도 된다는 용기를…….

어쩌면 그것은 자기보다 못난 사람을 찾아서 안심하려 하는 얄팍한 심리의 발로일지도 모른다. —하지만 등을 통해 느껴지는 그 존재가, 내 중학교 생활을 지탱해 준 것은 틀림없는 사실이었다.

그때는 아직, 그 사람이 이렇게 중요한 존재가 되리라고는 생각도 못했지만—.

치쿠마가 가르쳐 준 서재는 복도 끝에 있다.

미즈토의— 지금은 내 증조할아버지이기도 한, 타네사토 코스케 씨의 서재다.

미즈토는 옛날부터 이 집에 올 때면 이 방에 틀어박혀 지냈다고 한다.

그러고 보니 본인도 『책을 읽으며 보냈다』고 말했었지…….

문은 열려 있다.

달빛이 스며들면서 서재 안을 부드럽게 비추고 있다.

좌우에 있는 거대한 책장에 둘러싸인 책의 움막 같은 방이었다. 책장에 꽂히지 못한 대량의 책이 바닥에 아무렇게나 쌓여 있는 바람에 안 그래도 넓지 않은 방이 더욱 좁게 느껴졌다.

불빛은 천장의 낡은 전구 하나와 독서대에 놓인 독서등 하나, 그리고 달빛뿐이다.

동굴처럼 어두컴컴한 공간—.

—그는, 마치 방에 녹아들듯 독서대 앞에 앉아있다.

마치 이 방만이 수십 년의 시간을 거슬러 올라간 것 같다.

그 안에 녹아든 미즈토 또한 지난 세기부터 쭉 이곳에 존재했던 것만 같은 착각이 들었다.

나는 말을 건네는 것도, 서재에 들어서는 것도 주저했다.

그것도 그럴 것이— 이 공간은 완성되어 있다.

미즈토 한 사람만으로 이 세계는 완전히 완성되어 있다.

나라는 군더더기가 들어섰다간 이 완성된 세계가 망가질 것만—.

—그렇다.

이리도 미즈토는 처음부터 홀로 완성되어 있다.

남이 들어갈 틈 같은 건 그 어디에도 존재하지 않았다.

그렇다면.

그렇다면, 왜—.

—너는, 나 같은 애를 여친으로 삼은 거야?

중학생 시절의 추억이 지금은 머나먼 꿈처럼 느껴졌다.

그가 나에게만 보여줬던 그 상냥함, 미소, 멋쩍은 표정……
전부, 전부, 착각이었던 것처럼 느껴질 만큼…….

지금이니까 그렇게 생각한다.

가족이 됐고, 한집에 살고 있으며, 나보다 옛날부터 미즈토를 알아 온 친척들에게 이야기를 들었다.

그래서 안다.

당시의 그가 얼마나 특별했는지를.

그의 인생에 있어 몇 안 되는 예외, 이레귤러였다는 것을.

그리고…… 그것은 나도 마찬가지다.

당시의 나 또한 특별하기 그지없었다.

우리는 서로가 상대방을 특별하게 여겼다.

……하지만.

하지만, 말이다.

당시의 나는— 그의 이런 모습을 볼 수 없었다.

우리는 특별하지 않은 평범한 존재가 됐다.

열기에 사로잡혀 있던 시기가 끝나고 냉정히 현실을 살아
가게 됐다.

그래서 나는—.

딱 한 번, 의도적으로 숨을 내쉬는 것만으로…… 서재 안
에 발을 들일 수 있었다.

오래된 책의 달콤한 향기가 감돌았다.

양쪽 책장에 꽂혀 있는 무수한 책에서 압박감 같은 것이
느껴졌다.

이것이 역사의 무게라는 걸까……. 내가 압도당하고 있을
때, 미즈토는 독서대에서 눈을 떼며 나를 돌아보았다.

"……너구나. ……무슨 일이야?"

평소보다 낮은 그 목소리를 듣고, 나는 평정을 가장하며

용건을 떠올렸다.

"······욕실, 비었다는 걸 알려주러 왔어."

"아······. 벌써 시간이 그렇게 됐구나······."

한숨이 섞인 어조로 그렇게 중얼거린 미즈토는 독서대에 둔 책을 덮었다.

좀 특이한 책이었다.

하드커버 같지만, 표지 그림이 없으며 디자인도 제대로 되어 있지 않았다. 타이틀만 투박하게 새겨져 있을 뿐인 책······.

전문 서적 같은 건가 했지만, 그렇다고 보기에는 얇아 보였다. 아마 백 페이지도 안 될 것 같다.

"책갈피, 안 끼워도 돼?"

"응. 전부 기억하고 있거든."

"뭐?"

"여기에만 있는 책이니까, 매년 올 때마다 다시 읽어."

"그렇게 진귀한 책이야?"

확실히 수십만 엔이나 하는 희귀 서적이 굴러다닐 분위기가 있다.

갑자기 겁이 나서 발치에 굴러다니는 책을 조심조심 피하기 시작한 나에게, 미즈토는 혼잣말을 하듯 이렇게 말했다.

"진귀하긴 해. ······이 세상에 한 권뿐인 책이거든."

"세상에 한 권뿐?"

"자비 출판이란 거야. ······아니지. 판매나 배포를 안 했으니까, 단순한 제본이라고 해야 하나?"

미즈토는 독서대에 놓인 그 책의 표지를 살며시 매만졌다.

발치의 책을 피하며 다가간 내가 그 표지를 보니, 낯선 제목이 인쇄되어 있다.

"……『시베리아의 무희』……?"

명조체로 제목만 적혀 있을 뿐, 저자의 이름도 적혀 있지 않았다.

『무희』라고 하면, 국어 교과서에도 실려 있는 모리 오가이의 작품을 떠올리지만…… 『시베리아의』……?

"이 얇은 책은 뭐야?"

"증조할아버지의 자서전이야."

"흐음, 자서전…… 뭐?"

"훗…… 꽤 골 때리는 취미지?"

내가 당황하자, 미즈토는 빈정거리는 웃음을 흘렸다.

그러고 보니 들은 적이 있다. 자서전을 자비 출판하고 싶어 하는 중고령층이 있다고…….

"어릴 적…… 초등학교 1학년 때였을까. 이 방에서 우연히 발견했어. 작가의 이름도 없는 게 수상쩍은 느낌이잖아? 그래서 펼쳐봤는데— 그 후로 매년 다시 읽고 있어."

"……그렇게 재미있어?"

"글쎄. 재미로 따지면 히가시노 게이고의 작품이 재미있을 걸? 어려운 한자가 많이 쓰여서 당시의 나는 도통 이해하지 못했지. 하지만…… 어째선지, 끝까지 다 읽었어. 태어나서 처음으로 혼자 힘으로 끝까지 읽은 이야기야……."

처음으로 끝까지 읽은 이야기—.

그 존재가 얼마나 거대한지는 나도 안다.

나한테 그 책은 집 책장에 꽂혀 있다. 바로— 아직 함께 살던 시절, 아버지의 책장에 말이다.

어린애가 별생각 없이 뽑아 든 책은 유명 작가의 작품이지만, 세간에 걸작이나 대표작으로 알려진 소설은 아니다. 마니아 말고는 제목을 듣더라도 모른다고 대답할 작품이다.

그 책을 뽑아 든 이유는 바로 타이틀 때문이다.

초등학생 어린이에게 그 제목은 매우 자극적이었다.

아가사 크리스티 『살인은 버릇이 된다』.

나중에 알게 된 사실이지만, 『메소포타미아의 살인』이란 제목으로도 번역되었다고 한다.

같은 작가의 『그리고 아무도 없었다』나 『애크로이드 살인 사건』에 비하면 유명하지 않고, 백미라 할 만한 트릭이 있는 것도 아니다. 『살인은 버릇이 된다』라는 의역한 제목도 내용과 크게 관련은 없다.

분명 크리스티의 팬이 아니라면 아는 사람이 몇 안 될 작품— 그런 작품을 통해, 어릴 적의 나는 밀실 살인의 묘미와 명탐정의 매력에 빠져들고 말았다…….

그렇다면…….

『살인은 버릇이 된다』가 지금의 나를 만든 것처럼, 이 『시베리아의 무희』야말로 지금의 이리도 미즈토를 만든 걸지도 모른다.

나는 수많은 책 사이의 빈 공간에 무릎을 대며 미즈토의 옆으로 간 후, 독서대에 놓인 『시베리아의 무희』를 쳐다보았다.

"무희……는 알겠는데, 시베리아는 무슨 의미야? 철도?"

"교과서에서 본 적 없어?"

"응?"

"시베리아 억류. ……증조할아버지는 제2차 세계대전에 참전했는데 종전 후 3, 4년 동안 소련의 포로가 됐대."

"……포로……."

입에 익지 않은 단어이기에 나는 금방 실감이 나지는 않았다.

그래……. 우리의 증조할아버지는 전쟁 경험자 세대구나…….

"그럼 이 자서전은 시베리아에서 포로였던 시절의……?"

"그래. 주로 적혀 있는 건 먹을 게 부족해서 죽을 것 같다거나, 너무 추워서 죽을 것 같다거나, 강제 노동이 너무 힘들어서 죽을 것 같다거나……."

"죽을 것 같다는 말만 잔뜩이네."

"동료가 눈앞에서 죽었다거나."

"……."

나는 입을 다물었다.

나는 굶은 적도 없고, 목숨이 위험할 정도로 추위에 떨었던 적도 없다─. 신체적으로 괴로웠던 거라고 해 봤자 체육 시간에 오래달리기를 할 때 정도다.

교과서와 수업을 통해 접하기는 했지만…… 그것은 이세계의 이야기처럼 느껴졌다.

"……그럼, 무희는 뭐야?"

"모리 오가이의 작품이야."

"엘리스?"

"그래. 시베리아에서 가까워졌던 여성을 모리 오가이의 『무희』에 빗댔어."

"뭐랄까…… 의외로, 로맨틱한 이야기네. 뭐, 『무희』와 같은 결말이라면 최악이지만 말이야. ……아, 혹시 너한테는 러시아인의 피가 흐르는 거야?"

"……그 부분은 직접 읽어보고 확인해."

"뭐."

허를 찔린 나에게, 미즈토는 『시베리아의 무희』를 내밀었다.

"책이라는 건 직접 읽어봐야 하지 않겠어? 정 궁금하면 읽어봐. 보다시피, 그렇게 두껍지도 않거든."

"어…… 하, 하지만…… 괜찮아?"

"무슨 문제라도 있어?"

나는 머뭇거리며 『시베리아의 무희』를 받아들었다.

정말 얇았다. 어쩌면 본문의 페이지보다 하드커버로 된 표지가 더 두꺼울지도 모른다.

하지만, 기묘한 분위기가 감돌았다.

집념 같은…… 원념 같은…… 푹 조려진 감정이 가득 담겨 있는 것처럼 묵직했다.

"……너, 말고도…… 이걸 읽어본 사람은 있어?"

"글쎄. 없지 않을까? 내가 찾았을 때도 책장 구석에 꽂혀 있었거든. 이런 책이 존재한다는 건 알고 있겠지만 말이야."

미네아키 아저씨도, 나츠메 씨도, 물론 마도카 씨도 읽은 적이 없는— 미즈토의 근원.

서재에 들어설 때 이상의 부담감이 나한테 엄습했다.

—내가, 읽어도 될까……?

뇌리를 스친 건, 히가시라 양의 얼굴이다.

이 집에 와서, 이 책을 읽어야 할 사람은 그 애가 아닐까…… 어째선지, 자연스레 그런 생각이 머릿속을 스쳤다…….

"……그럼, 나는 씻으러 갈게."

미즈토는 몸을 일으키더니 복도로 향했다.

"읽든 말든 자유지만…… 그 책은 독서대 위에 두면 돼."

그런 말을 남긴 미즈토는 삐걱거리는 소리를 내며 이곳에서 멀어져갔다.

나는 낡은 종이의 향기로 가득 찬 이 책의 움막 안에서, 이 세상에 하나뿐인 책을 든 채, 홀로 침묵에 잠겼다.

이곳에 있어야 할 사람은 내가 아니라 다른 사람일지도

모른다.

　하지만, 현재— 이 자리에 있는 사람은 나뿐이다.

　『시베리아의 무희』.

　그 제목을 내려다봤다.

　이 책을 내밀던 미즈토를 떠올렸다.

　이번에는 호흡을 세 번 할 필요가 있었다.

　나는 표지를 펼쳤다.

　『생애의 끝이 보이는 시기가 되니, 과거를 돌이켜보는 시간이 늘었다. 부끄러움으로 점철된 생애는 아니었지만, 아쉬움으로 가득한 생애이기는 했다. 그중에서도 통렬하게 내 가슴을 옥죄는 건, 머나먼 시베리아에서의 추억이다.

　아내를 향한 애정은 지금도 옅어지지 않았으며, 그 마음에 거짓은 없다. 하지만, 그 땅에서 만난 그녀와의 시간 또한, 내 가슴 깊은 곳에서 치열등(熾熱燈)처럼 빛나고 있다.

　아아, 시베리아. 나의 운터 덴 린덴이여.

　나는 기록으로 남기기로 했다. 오오타 토요타로처럼. 이것은 내 생애 마지막 문학이자, 참회다.』

　그런 첫머리로, 『시베리아의 무희』는 시작됐다.

　오오타 토요타로는 모리 오가이의 작품인 『무희』의 주인공…… 유학을 간 독일에서 한 소녀, 엘리스와 만나 사랑에 빠지지만, 최종적으로는 가문의 명성과 자기 인생을 지키기 위해 그녀를 배신하고 마는, 아마 국어 교과서에 나오는 인물 중에서 여자애에게 가장 미움받는 등장인물일 것이다.

그런 토요타로와 자기를 겹쳐보듯, 코스케 씨는 자신의 인생을 기록해 뒀다.

풍족한 지원을 받으며 엘리트 가도를 걸었고, 부모님이 정한 약혼자와도 양호한 관계를 쌓았다. 하지만 국가가 보낸 소집영장에 따라 병사가 되기 위해 고향을 떠났다—.

전업 작가와 비교해도 손색이 없는 멋진 필력으로 자기 삶의 궤적을 적어나갔다.

만주로 전선으로 보내진 코스케 씨는 그곳에서 종전을 맞이했다.

본국의 지령에 따라 소련군에 투항했고, 살아서 고향에 돌아가 가족 및 약혼자와 재회할 수 있다는 것을 동료들과 기뻐했다.

하지만—.

『도쿄, 다모이』 하고 소련 병사가 외쳤다.

어리둥절한 표정을 짓는 동료들에게 나는 기쁜 목소리로 알려줬다.

「다모이」는 러시아어로 「귀국」이라는 의미다. 일본에 돌아갈 수 있다, 하고 말이다.

고향이 있는 동쪽으로 향할 것을 기대하며, 우리는 화물

열차에 탔다. 하지만 열차가 출발한 직후에 곧 눈치챘다.

　열차는 서쪽으로 향하고 있다.』

　고향을 꿈꾸던 일본 병사들이 몇 달에 걸쳐 보내진 곳은 혹한의 수용소였다. 매일 같이 조그마한 호밀빵과 소금물 같은 수프만 먹으며, 가혹한 육체노동을 해야만 했다.

　코스케 씨는 운이 좋았다. 러시아어를 익힌 덕분에 통역 역할을 맡게 된 그는 육체노동을 면제받았다. 음식도 남들보다 그나마 나은 것을 받았다.

　하지만 소련 측의 전달 사항을 일본 병사들에게 전하는 역할을 맡은 탓에 원한을 샀으며, 혹독한 감시 사회인 소비에트 연방에서는 러시아어를 안다는 이유만으로 스파이 혐의를 받기도 했다⋯⋯.

　어느새, 내 눈앞에는 춥고 가혹한 시베리아의 수용소가 선명하게 그려졌다.

　마치 타인의 인생을 들여다보고 있는 느낌이었다.

　타네사토 코스케 씨의 기억에, 감정에, 자신이란 존재가 삼켜져 갔다.

　『문학을 향한 내 열정은 머나먼 이국에서도 잦아들지 않았다. 책은 몰수당했지만, 그 내용은 머릿속에 있다. 그것을 읊조리다 보면, 풍족한 이야기와 그리운 구절을 즐길 수 있다.

　그러다 보니 같은 취향을 지닌 이들이 이야기를 들으러 왔고, 의견을 나누게 됐다. 같은 고향 사람은 물론이고, 고향이 다른 이에게도 문학을 사랑하는 마음이 있다.

위대한 도스토옙스키여. 그대는 진정으로 인류를 이어줬다.』

눈보라 속에서 모닥불을 쬐듯, 가혹한 생활 속에도 빛은 존재했다.

그 대표격인 것이 바로, 시베리아의 무희.

엘레나란 이름의 여성이었다.

문학 취미를 통해 의기투합한 소련 관리의 딸이었다고 한다. 그녀의 가정교사가 되어 일본어를 가르쳐주게 된 코스케 씨는 아버지와 마찬가지로 문학을 좋아하는 엘레나 씨와 점점 가까워지게 됐다…….

그 모습에 나는 무심코 자신과 미즈토를 겹쳐보고 말았다.

붕괴의 서장.

작별이란 결말이 정해져 있는 만남.

그것도 그럴 것이 첫머리에 적혀 있다.

코스케 씨에게는 고향에 약혼자가 있다―.

『무희』의 주인공, 오오타 토요타로를 의지박약이라며 힐난하는 목소리는 내 문학 동지들 사이에서 많았다.

가문이, 국가가, 사람이, 정해 준 길을 걸어온 토요타로는 외국에서 엘리스와 만났고, 사랑에 빠지면서 처음으로 그 길에서 벗어났다. 하지만 그에게는 역경을 넘어설 배짱이 없었고, 친구가 내민 도움의 손길에 매달리며, 사랑했던 엘리스의 마음을 죽이고 만다.

여성 한 명 지키지 못하는 게 무슨 남자냐, 라는 비판은 일일이 셀 수 없을 만큼 많았다.

하지만 나는 그의 삶과 마음에 크게 공감했다. 엘레나와 대화를 나눌 때마다, 그녀의 미소를 응시할 때마다, 항상 뇌리에는 엄격한 아버지의 얼굴이 떠올랐다. 집안을 풍족하게 만들어라. 조국을 강하게 만들어라. 나는 그 말에 한 점의 의심도 품지 않았다.

아무리 엘레나와 가까워지더라도, 아버지의 말을 거역하며 소련에 남는 자신을 상상할 수 없었다. 만약 그 순간이 찾아온다면, 나는 토요타로처럼 사랑하는 이를 미치게 만드는 걸까. 나는 무서워서 견딜 수가 없었다.』

그 후로 시간이 흘러 코스케 씨는 『민주운동』이라 불리는 수용소 내부의 사상 활동과 싸우게 된다. 민주운동은 이름에 불과하며, 그 실상은 포로에게 공산주의 사상을 심는 소련의 세뇌 공작이었던 것 같다. 오랜 친구가 그것에 반발하면서 코스케 씨도 그와 함께하게 됐다.

코스케 씨의 동료는 가혹한 노동뿐만 아니라 수용소 안에서 괴롭힘을 당하게 됐다. 피로와 굶주림, 추위, 그리고 정신적 피폐가 더해지면서—.

『나는 친구를 구해 주지 못했다. 친구는 몇 번이나 나를 구해 줬다. 하지만, 친구는 끝까지 나를 비난하지 않았다. 친구의 눈동자에는 머나먼 고향이 비치고 있다.』

이 부분의 문장은 거칠었다. 마치 흐트러질 대로 흐트러진 코스케 씨의 마음이 그대로 드러나는 것만 같다.

시베리아에서의 포로 생활을 시작하고 3년이 지났을 무렵, 드디어 일본으로의 송환이 가시화됐다.

엘레나 씨 부녀와 친분을 쌓은 코스케 씨는 소련에 남는 게 어떻겠느냐는 제안을 받았다. 일자리도 구해 줄 테니, 엘레나 씨와 결혼하지 않겠느냐는 제안이다.

코스케 씨의 선택은 일전에 그가 상상한 그대로였다.

그에게는 한때의 사랑을 위해 고향을 버릴 배짱이 없었다. 가문을, 조국을, 약혼자를, 잊을 수가 없었다.

그 뜻을 전하자, 엘레나 씨는 부드러운 미소를 머금으며 이렇게 말했다고 한다.

『「부디, 행복하세요.」

나에게 배운 일본어로 그녀는 말했다.』

코스케 씨는 엘레나 씨에게서 돌아서던 순간의 자기 마음을 이렇게 밝혔다.

『의지박약이라고 웃어도 된다. 일본 남아 답지 않다고 비난하고 싶으면 비난해라. 그래도 당시의 솔직한 마음을 여기에 남긴다.』

『저는 당신이 잡아주기를 바랐습니다.』

······그것이 마지막 문장이었다.

나는 한동안 마지막 페이지의 그 문장만 응시했다.

—똑.

낡은 종이에 이슬이 떨어졌다.

"아······."

나는 허둥지둥 눈가를 훔쳤다.

얼마 만일까······. 책을 읽으면서 우는 건······.

실화이기 때문일까. 아니면, 미즈토의— 내 증조할아버지의 이야기이기 때문일까······.

이렇게 오래된 책이 젖어도 괜찮은 걸까. 일단 닦아야겠다고 생각하며 펼쳐진 페이지를 본 순간, 눈치챘다.

눈물 자국이 하나 더 있다는 사실을······.

······이 책은 제본되어 있다. 그러니 타네사토 코스케 씨가 쓴 원고는 따로 있다.

그러니 이 눈물은, 이 책의 독자가— 나 이외의 유일한 독자가 남긴 흔적······.

그 순간, 나는 환상을 보았다.

어둡고 먼지가 쌓인 이 서재에서······ 어린 소년이 이 책을 읽고 우는 모습을.

그 남자가 책을 읽으며 우는 모습은 단 한 번도 본 적이 없다.

하지만······ 그것은 분명 과거에 존재했던 광경.

천장의 백열전등 — 치열등 — 이 요란스레 비추는 서재에서는 술자리를 가지는 어른들의 목소리가 멀게 들려왔다.

이 세상에서, 이 서재만이 격리된 것만 같다.

이 세상에서, 자기 혼자만이 떨어져 나와 있는 것만 같다.

아아—.

—그는, 쭉 이 세상에서 살아왔다.

"……아직 여기 있구나."

달빛이 자아낸 기나긴 그림자가 문 쪽에서 서재 안으로 드리워졌다.

"장지문 정도는 닫아. 여름이라도 춥다고."

미즈토는 어처구니없다는 투로 그렇게 말하더니, 어수선한 서재에 익숙한 발걸음으로 들어왔다.

독서대에 펼쳐져 있는 『시베리아의 무희』를 보더니, 그의 눈썹이 살짝 꿈틀거렸다.

"그 책…… 설마, 진짜로 끝까지 읽은 거야?"

나는 천천히 고개를 끄덕였다.

"……그랬구나……."

미즈토는 숨을 내쉬듯 그렇게 말한 후, 입을 다물었다.

오래된 책의 냄새가 가득 찬 이 방에 침묵이 감돌았다.

그 어떤 소리도 귀에 들어오지 않았다.

과거에 이 방에 있던 소년과 지금 눈앞에 있는 남자에 대한 생각으로 머릿속이 가득 차 있다.

그래서 나는…… 지금까지 물어보려고도 하지 않았던 것을 물어보기로 했다.

"저기…… 소설, 써본 적 있어?"

"뭐?"

그 갑작스러운 질문에 미즈토가 당황하자, 나는 말을 이었다.

"나는 있어. ……초등학생 때, 아가사 크리스티를 표절한 것 같은 추리소설이야. 문장도 엉망이라 도저히 읽을 게 못 되고, 스토리와 트릭 또한 전부 어딘가에서 본 것 같은— 하지만 그 소설에는 내가 좋아하는 것이 담겨 있어. 『나』라는 존재가 담겨 있는 거야."

그래서 지금도 가지고 있다.

이사하면서도 가져왔다.

부끄러워서 남에게 보여줄 수 없고, 나도 다시 읽지 않지만…… 그래도 버릴 마음은 들지 않았다.

"저기, **미즈토.**"

그 순간, 그는 눈을 살짝 치켜떴다.

"나…… 네가 쓴 소설도 읽어보고 싶어."

미즈토는 입을 반쯤 벌린 채, 불규칙적으로 숨을 내쉬며……

"지금…… 이름…… 만으로……."

"남매니까, 당연하지 않아?"

나는 놀리듯 웃음을 흘렸다.

이제까지는 마음속으로만 그렇게 불렀다.

어른들 앞에서 부를 때도 어디까지나 『씨』를 붙였다.

하지만 지금은 『미즈토』라고 부르고 싶다.

몇 번이고 그렇게 부르고 싶다.

네가, 내 앞에서 사라지지 않도록.

내가, 네 앞에서 사라지지 않도록.

네가 나를, 내가 너를— 잡기 위해서.

"보여줘, 미즈토. 내가 쓴 것도 보여줄게."

미즈토는 얼버무리듯 시선을 돌리더니…….

"……기회가 된다면 말이야."

"얼마든지 기다려줄게."

우리는 죽는 순간까지 남매일 테니까…….

"미……."

나는 돗자리 끝을 손에 쥔 채, 말문이 막혔다.

정면에는 이리도 미즈토가 있다. 반대쪽 돗자리 끝을 쥔 그는 내 지시를 기다리고 있다. 자갈이 잔뜩 있는 강가에 임시 휴게소를 만들려고 한다.

미즈— 의붓동생은 미심쩍다는 듯 미간을 찌푸리더니…….

"왜 그래?"

"아니…… 저기…… 미즈토— 씨. 이 근처에 깔까?"

"……응? 뭐, 그러자."

돗자리를 자갈이 잔뜩 있는 지면에 깐 후, 모퉁이에 적당한 돌을 올려놔서 고정했다.

모…… 못 부르겠어…….

어젯밤에는 그렇게 쉬웠는데, 시간이 지나고 나니 그냥 이름만으로 부를 수가 없어!

어째서일까. 어제는 텐션이 좀 치솟았던 것뿐일까. 이 녀석의 과거를 접하고 가족으로서 가까워진 느낌이 들었는데…….

그것보다 이 녀석은 왜 나를 이름으로 부르지 않는 거야!

불합리한 분노에 떨고 있을 때, 잔잔한 물소리가 들려오는 방향에서 목소리가 들려왔다.

"치쿠마, 들어가자. 물살이 약하니까 무서워할 필요 없어."

"으, 응……."

"강바닥의 바위는 조심해~."

"알아……."

마도카 씨와 치쿠마가 첨벙첨벙 소리를 내며 물에 발을 집어넣어서 물살을 확인했다.

우리는 인근에 있는 강에 왔다.

강물소리와 시원한 바람, 그리고 잔잔히 들려오는 나뭇잎 소리가 기분 좋았다. 햇살이 강하지만 물가라 그런지, 더위는 그렇게 강하지 않았다. 쾌적한 피서지다.

시골에 친척이 모일 때면, 이 강에서 바비큐 파티를 하는 것이 정례 행사 같다. 인싸 가족 같지만, 이런 곳이 근처에 있다면 바비큐 파티가 하고 싶어질 만도 했다.

우리는 어른들보다 먼저 물놀이를 하러 왔다. 그리고 내 버려 뒀다간 서재에 온종일 틀어박혀 있을 미즈토를 밖으로 끌고 나와달라고, 미네아키 아저씨가 나에게 부탁했다.

서재에서 데리고 나올 때는 괜찮았다. 여기까지 오는 동안 에도 전혀 문제없었다. 하지만 그 와중에 눈치채고 말았다. 어 젯밤부터 쓰게 된 호칭을 입에 담을 수가 없다는 사실을……

"좋아."

미즈토는 펼쳐놓은 돗자리에 짐(수건과 구급함이 들어 있다)을 두더니, 샌들을 벗고 그 옆에 털썩 앉았다.

그리고 짐에서 문고 서적을 꺼내더니, 반바지 타입의 수영복 차림으로 펼쳤다.

"……너는 어디서나 변함이 없구나."

"칭찬 감사하옵니다."

이 마이페이스는 참 부러워. 남의 심정을 알 리가 없지.

……나도 책을 가져올 걸 그랬나?

"유메 양. 자외선 차단 크림과 벌레 차단 스프레이 썼어?"

치쿠마를 돌보던 마도카 씨가 돌아왔다.

"아직이에요."

"오케이~. 꼼꼼히 해 둬. 고운 피부가 상하면 안 되잖아. 나도 지금 발라야지."

마도카 씨는 샌들을 신은 채로 돗자리 위에서 무릎을 꿇더니, 짐 안에서 자외선 차단 크림을 꺼냈다.

그리고 돗자리 가장자리에 앉더니, 파카 타입 래시가드의 지퍼를 내렸다.

그러자 어른스러운 느낌의 검은색 비키니가 모습을 드러냈다.

괜한 장식이나 무늬가 없는 심플한 천이 쑥 튀어나온 풍만한 가슴을 감싸고 있다. 그 아래의 허리도 잘록했으며, 가슴과 허리와 엉덩이가 완벽한 모래시계 모양을 자아내고 있다.

마도카 씨는 얼굴이 어른스러운 느낌이라, 요염한 검은색 비키니가 더 돋보였다.

손에 짠 크림을 팔에 바른 마도카 씨는 나를 올려다보며 「히히」하고 웃었다.

"어때? 나, 몸매 하나는 자신 있어."

"네……. 정말 아름다워요."

"어라, 그게 다야? 남자든 여자든 내 가슴을 보면 더 흥분하기 마련인데 말이야."

"아…… 실은 친구 중에 가슴이 더 큰 애가 있어서……."

"뭐?! 정말?! G컵이 넘는 거야?! 설마 H?! 그 애, 소개해 줘! 주물러 보고 싶어!!"

"안 돼요. 같은 여자라도 성희롱이에요."

"뭐어~! 쪼잔해~!"

마도카 씨가 입술을 삐죽 내밀자, 나는 웃었다. 아카츠키 양도 그렇지만, 왜 큰 가슴을 주물러보고 싶어 하는 걸까. 마도카 씨도 큰데― 아니, 『G 이상』이라는 걸 보면 마도카 씨는 F컵인 거구나……. 검은색 비키니를 입을 만도 하네.

옆에 있는 미즈토를 힐끔 쳐다보았다.

여전히 책을 보고 있는 것―처럼 보였다.

……봤을까? 안 봤을까?

마도카 씨의 수영복에는 처음부터 흥미가 없는 걸까. 아니면 몰래 쳐다보고 바로 고개를 돌린 걸까…….

나는 어젯밤, LINE으로 아카츠키 양과 나눈 대화를 떠올렸다.

이야기 도중에 기회가 생겨서 이런 질문을 던졌다.

〈카와나미의 첫 사랑이 누구인지 알아?〉

일반적인 남자의 첫사랑은 어떤 사람일지, 일반론적인 의견을 알고 싶었다. 어디까지나 일반론으로서 말이다.

아키츠키 양은 바로 답했다.

〈나야〉

〈아~, 그렇구나~〉

〈잠깐만. 농담한 거야! 애정 과시 작작 좀 하세요~ 같은 식으로 넘어가지 마!〉

〈그럼 누구였어?〉

〈보육원 선생님이었나 봐〉

〈참고로, 아카츠키 양은 첫사랑은 누구인데?〉

〈노코멘트〉

카와나미구나…….

아카츠키 양은 숨길 작정으로 이렇게 말한 건가 본데, 의외로 허술하네— 카와나미와 관련된 일에서만 얼간이가 되는 걸지도 모르지만 말이야. 참 불가사의한 생태라니깐.

아무튼, 역시 연상의 여성이었던 것 같다.

뭐, 어린애한테는 대부분의 인간이 연상이니까 확률적으

로 그렇게 될 가능성이 크긴 하다. 하지만 미즈토의 주위에 있는 여성이라고는 친척인 마도카 씨뿐이니까⋯⋯. 어머니도 없었고⋯⋯.

으~, 왠지 분해.

나만 그가 첫사랑이었다는 걸 아니까, 왠지 진 것 같은 느낌이 들어.

뭐, 미즈토가 처음으로 좋아한 게 누구든~? 나하고는 저어어어언혀 상관없지만 말이야!

"자, 유메 양. 자외선 차단 크림이야."

"아, 네."

마도카 씨는 푸쉭~! 하며 벌레 차단 스프레이를 발에 뿌리면서 나에게 자외선 차단 크림을 넘겨줬다.

나는 그것을 받은 후, 샌들을 벗으며 돗자리 위로 올라갔다.

그리고 몸을 어디 둘지 찾았다.

그렇게 크지 않은 돗자리에는 이미 미즈토와 마도카 씨가 앉아 있다. 골라가며 앉을 상황은 아니었기에—.

—결국, 어쩔 수 없이 나는 미즈토의 옆에 앉았다.

나도 마도카 씨와 마찬가지로, 수영복 위에 래시가드를 걸쳤다.

이대로는 다리에만 크림을 바를 수 있기에, 나는 당연한 듯 래시가드의 지퍼를 내렸다.

안에 입은 것은 일전에 미즈토와 함께 가서 샀던 꽃무늬

흰색 수영복이다.

상의는 비키니지만, 하의는 치마 타입이다. 이것이 내가 할 수 있는 최대한의 노출이었다.

나는 손에 크림을 짜면서, 옆에 있는 미즈토를 은근슬쩍 쳐다보았다.

역시나. 그의 시선은 들고 있는 책을 향하고 있다.

……지금은 태연해 보이지만, 수영복을 사러 갔을 때는 꽤 흥미를 보였잖아. 이 녀석은 시선 감지 능력이 뛰어나니까, 낌새를 채고 바로 시선을 돌린 걸지도 몰라.

아니면 같이 사러 가서 봤으니까 흥미가 없는 걸까……?

하아~ 정말~! 모르겠네!!

"우왓하~."

마도카 씨가 괴상한 환성을 질렀다.

"유메 양은 진짜 날씬하네……. 대체 허리가 얼마나 가는 거야? 안에 내장이 들어있긴 해?"

"드, 들어 있어요……. 근육이 없을 뿐이에요."

"우와, 진짜 부러워~. 나도 날씬하다는 소리를 듣는 편인데 말이야. 그렇게 가늘면 가슴도 커 보일 거야."

내가 팔로 가슴을 가리자, 마도카 씨는 「안 주물러~」라고 말하며 웃었다.

"수영복도 귀엽네. 직접 고른 거야?"

"으음, 그게 일단은……."

"일단은? ……흐음~?"

마도카 씨는 의미심장하게 입가를 말아 올리더니, 나에게 귓속말을 했다.

"(남친?)"

"(아…… 그런 건 아닌데…….)"

"(흐~음. 아직 그런 사이는 아니구나~?)"

"(아니, 아직 이랄까…….)"

이미, 랄까…….

반사적으로 옆에 있는 미즈토를 힐끔 쳐다봤다.

"어?"

마도카 씨는 눈을 동그랗게 뜨면서 허둥지둥 입을 가렸다. 그런 그녀의 시선은 미즈토를 향하고 있다.

앗……! 큰일 났다!

"(어어어, 진짜야? 그런 사이였어?!)"

"(아, 아아아아아뇨! 아니에요, 아니라고요!)"

"(너무 당황하니 수상하네~.)"

"(진짜로 아니란 말이에요……! 봐주세요……!)"

"(그런 걸로 해 둘까~.)"

마도카 씨는 눈을 반짝이면서, 엉큼한 미소를 머금었다.

괘, 괜찮을까……. 엄마한테 이야기하지는 않을 거라고 생각하는데…….

"(어라? 하지만 어제 미즈토가 친하게 지내는 여자애가 있다는 이야기를 유니 씨한테 들었는데……. 어라? 미즈토, 혹시 이성한테 인기 많아……?)"

반응을 보아하니, 마도카 씨는 미즈토를 이성으로 여기지 않는 것 같다. 뭐, 이성으로 여기든 말든 나와는 상관없지만 말이다.

……그것보다 엄마는 우리의 개인 정보를 너무 누설하는 거 아냐?

"유메 양은 올해 바다에 다녀왔어?"

자외선 차단 크림을 꼼꼼히 바르고 있을 때, 마도카 씨가 갑자기 화제를 돌렸다.

"아뇨…… 친구와 그런 이야기를 나누긴 했지만요."

"어~? 왜 안 간 거야~?"

"……그 친구 말이, 바다에 가면 헌팅을 당할 거니까 안 된대요."

"오오~, 좋은 친구네. 나이스 가드야. 모처럼 놀러 간 건데, 그딴 일을 당하면 기분 확 잡치긴 해~."

마도카 씨는 당연하다는 듯 그렇게 말했다. 겉모습만 보면 서점 점원이나 도서관 사서나 할 것 같은 얌전한 분위기지만, 헌팅을 당해 본 적이 있나 봐…….

하긴, 저 몸매에 검은색 비키니를 입는다면 당연할지도 몰라.

"그럼 그 수영복도 여기서 놀려고 준비한 거구나. 아깝네~."

"하지만 사람이 많은 곳에서 수영복 차림이 되면 부끄럽지 않나요……?"

"이해가 안 되는 건 아닌데, 나는 그렇지도 않아. 모처럼 귀여운 수영복을 골라 샀으니까, 과시하고 싶어지지 않아?"

"……이해가 안 되는 건 아니에요."

"유메 양도 몸매가 좋고 귀여우니까, 친구에게는 과시하는 게 어때~? 사진 찍자, 사진!"

"으, 으음~?"

그리고 보니 이 수영복은 미즈토한테만 보여줬다. 하지만 일부러 사진을 찍으면서까지…….

내가 우물쭈물하자, 마도카 씨는 멋대로 내 짐을 뒤지더니, 「이거다」 하면서 내 스마트폰을 꺼냈다. 저, 정말 못 말리는 사람이네…….

"자, 그럼 셀카를— 아, 잠깐만 있어봐……."

내가 단호하게 거부하지 못하자, 마도카 씨는 심술궂은 미소를 흘리면서…….

"미~즈~토~. 방해해서 미안한데 말이죠~! 사진 좀 부탁해요~."

내 스마트폰을 독서 중인 미즈토에게 내밀었다.

"……어?!"

나는 한 템포 늦게 반응을 보였다.

사, 사진 좀 부탁해요? 찍어달란 소리지?! 왜 미즈토한테?!

미즈토는 천천히 고개를 들더니, 내 스마트폰을 내밀며 싱글벙글 웃고 있는 마도카 씨를 쳐다보았다.

괘, 괜찮아. 미즈토가 독서를 중단하면서까지 사진을 찍어줄 리가—.

"……알았어."

어라?!

미즈토는 책을 덮고 마도카 씨한테서 스마트폰을 넘겨받았다.

내가 말을 걸면 대답도 잘 안 하면서……! 왜 마도카 씨만……!

"고마워! 아, 하지만 패스워드—."

맞다. 내 스마트폰에는 패스워드가 걸려 있다. 그것만 가르쳐주지 않으면—.

"……흥."

미즈토는 가볍게 코웃음을 치더니, 망설임 없이 네 자리 숫자를 입력했다.

화면이 밝아졌다.

"내, 내 패스워드를 어째서 아는 거야?!"

"글쎄. 어째서일까? 네가 단순해서 아니려나?"

확실히 이 남자도 아는 숫자이기는 하지만, 설마 한 번에 맞출 줄은…….

"……히히히. 좋아, 좋아~. 그럼 두 사람 다 이쪽에 서~."

마도카 씨는 수상쩍게 히죽거리더니, 우리를 일으켜 세웠다.

나와 마주 선 미즈토는 얼굴 한복판에 스마트폰을 들었다.

"그래그래. 유메 양은 카메라를 쳐다봐. 포즈는…… 무난한 피스 사인도 좋지만, 이번에는 등 뒤로 손을 모아서 깍지를 껴봐!"

어라? 왜 포즈까지 지정하는 거야?

의문을 입에 담을 틈도 없이, 나는 순순히 스마트폰 렌즈를 올려다보며 등 뒤로 손을 돌렸다.

……미즈토의 눈이 스마트폰 화면을 향하고 있다.

렌즈 너머로 수영복 차림인 나를 지그시 응시하고 있다.

거무튀튀하고 무기질적인 렌즈를 통해 생생한 시선이 느껴지는 것 같아, 나는 몸을 배배 꼬았다.

왜, 왠지, 부끄럽네…….

"……언젠가와는 정반대네."

미즈토가 중얼거렸다.

언젠가? 이 상황과 정반대라면, 내가 미즈토를 찍은—.

아. 수족관 데이트 때구나.

내 스마트폰에 아직 보존되어 있는, 나&카와나미 프로듀스의 가정교사풍 안경 미남 사진을 떠올렸다.

나, 나, 지금 그 사진과 똑같은 거야……?

"오, 표정이 참 좋네! 셔터 찬스!"

찰칵! 하는 셔터 음이 들리자, 나는 어깨를 부르르 떨었다.

바, 방금?! 완전히 정신이 딴 데 팔렸는데?!

미즈토는 스마트폰을 내리고 화면을 잠시 쳐다봤다.

"어때? 어때? 보여줘, 보여줘!"

마도카 씨가 재촉하자, 미즈토는 스마트폰의 화면을 보여줬다.

"오오, 이거 정말……."

나도 화면을 보니, 거기에는 손을 등 뒤로 돌려 깍지를 끼고, 몸을 앞으로 숙이며, 희미하게 볼을 붉힌 채 올려다보고 있는 수영복 차림의 여자애가 있다.

……이거, 왠지…….

마도카 씨는 「히히히」 하고 수상한 웃음을 흘리며 말했다.

"어엿한 『남친 암시 사진』이 완성됐어, 유메 양!"

아. 아아아~!

이 각도, 표정, 포즈, 완전히 『남친이 찍어준』 느낌의……!

"이, 이게 뭐예요! 왜 남친 자랑하는 느낌으로 찍은 건데요?!"

"재미있을 것 같아서?"

"재, 재미?!"

뭐 그딴 이유가 다 있어! 이래서 인싸는 문제라니깐!

"괜찮잖아. 나중에 『오빠가 찍어줬어요~☆』 하고 말하면 돼. 친구들도 남친이 누구냐며 요란법석을 피울 테고, 유메 양도 우월감에 젖을 수 있으니 WIN-WIN이네. ……어라? 누가 손윗사람이더라?"

"제가 누나예요."

"내가 오빠야."

나와 미즈토가 서슴없이 그렇게 말하자, 마도카 씨는 깔깔 웃었다.

이 사진, 어떻게 하지⋯⋯. 딱히 우월감을 느끼고 싶진 않은데 말이다.

"어렵게 생각하지 마. 자기 SNS에 올리는 거나 다르지 않잖아? 추억을 친구와 공유하는 것도 중요하거든~?"

마도카 씨는 그렇게 말하면서 나에게 스마트폰을 돌려줬다.

추억을 친구와 공유⋯⋯.

그렇게 생각하면 괜찮은 것 같다는 생각도 들었다.

하지만 클래스메이트와의 그룹 채팅방에 올리는 건 좀⋯⋯. 이상한 소문이 퍼지면 귀찮을 테니 말이다. 올릴 거라면 외부로 새 나가기 힘든⋯⋯.

잠시 생각을 해 본 나는 아카츠키 양, 히가시라 양과의 그룹 채팅방에 사진을 올리기로 했다.

〈Yume: 동심으로 돌아가 강에서 물놀이 중〉

1분도 지나지 않아 읽음 표시가 떴다.

잠시 대답을 기다려보니⋯⋯.

〈아카츠키☆: 이런 우연도 다 있네~! 나도 지금 풀장~!〉

어, 풀장? 다 같이? 나, 혹시 따돌림당한 거야⋯⋯?

그런 걱정에 잠기려는 순간, 아카츠키 양이 사진을 올렸다.

노란색 수영복을 입은 아카츠키 양이었다.

상의에 프릴이 달린 귀여운 수영복이다. ……하지만 저 프릴은 가슴 크기를 숨기기 위한 걸 거야…….

왼손에 아이스크림을 들고, 오른손으로 피스 사인을 하고 있다. 여름을 만끽하고 있는 느낌이다.

내가 헌팅 당하는 게 싫어서 나만 빼고 놀러 간 걸까― 같은 생각이 들이 기분이 가라앉으려던 순간, 나는 퍼뜩 눈치챘다.

카메라의 위치가 엄청 높았다.

아카츠키 양의 키를 생각하면, 내려다보는 구도가 되는 건 부자연스럽지 않다. 하지만 아무리 그래도 너무 높은 거 아냐? 촬영하는 사람과 아카츠키 양의 키 차이가 30센티미터는 될 것 같다.

그리고 결정적인 것이 바로, 배경에 비친 풀사이드―에 드리워진 검은 그림자다.

머리카락 끝을 일부러 저렇게 세팅하는 사람을 알고 있다.

이건― 진짜배기 암시 사진이다.

내가 재빨리 사진을 캡처한, 바로 그 직후였다.

〈아카츠키☆가 메시지 송신을 취소했습니다〉

〈아카츠키☆: 미안해. 못 본 걸로 해 줘〉

눈치챘나 본데 이미 늦었어.

〈Yume: 미안한데, 이미 캡처했어〉

〈아카츠키☆: 어〉

〈Yume: 걱정하지 마. 같은 반 애들한테는 말 안 할게〉

〈아카츠키☆: 아니, 잠깐만〉

〈Yume: 방해해서 미안해. 나 신경 쓰지 말고 재미있게 놀아!〉

〈아카츠키☆: 진짜로 잠깐만. 그런 게 아냐〉

뭐가 아니라는 걸까~?

남자와 단둘이 풀장에 가는걸, 보통은 데이트라고 하지 않으려나~?

"……왜 그렇게 히죽거리는 거야. 기분 나쁘네."

"후후훗. 이거 좀 봐."

우리 지인들의 연애 상황을 공유하고 싶어서, 나는 미즈토와 어깨를 맞대며 스마트폰의 화면을 보여줬다. 화면에 나온 것은 방금 캡처한 아카츠키 양의 사진이다.

그 사진에 숨겨진 비밀을 미즈토도 금방 눈치챈 것 같다.

"……흐음."

"뭐야. 반응이 그게 다야?"

"저 두 사람이 어떻게 되든, 나와는 상관없거든."

"흥미 좀 가져. 친구 아냐?"

"그 자식 말로는 말이지."

아…… 어느새 자연스럽게 이야기를 나누고 있네. 하지만 이름으로 부를 기회가 없어…….

나는 이때, 중요한 점을 잊었다.

나와 아카츠키 양이 사진을 올린 그룹 채팅방에 참가자가 한 명 더 있다는 사실을 말이다.

딩동, 하면서 스마트폰 화면 상단부에 알림이 표시됐다.

나는 조건반사적으로 미즈토와 어깨를 맞댄 채 그 알림을 터치하고 말았다.

LINE 화면이 표시됐다.

그 사진이 모습을 드러냈다.

학교 수영복을 입은 히가시라 양의 사진이었다.

"......"

"......"

나도, 그리고 같은 사진을 본 미즈토도 침묵에 잠기며 굳어버렸다.

이쯤에서 말해 두겠다.

우리가 다니는 고등학교에는 수영 수업은 고사하고 풀장 자체도 없다.

즉— 학교 수영복이란 것은 존재하지 않는다.

그러니 사진 속의 히가시라 양이 입고 있는 건, 중학생 때 입던 수영복이다.

터질 것만 같다.

안 그래도 발육이 좋은 히가시라 양이 옛날 학교 수영복을 입었으니, 그런 사태가 벌어지는 게 당연했다. 아래쪽은 엉덩잇살이 파고들어서 어마어마한 사태가 벌어졌고, 위쪽은 풍만한 가슴이 금방이라도 밖으로 삐져나올 것만 같다.

게다가 수치심 때문인지 수영복이 작아서 그런지는 몰라도, 얼굴이 벌게진 히가시라 양이 눈물이 살짝 맺힌 눈으로 열심히 팔을 뻗으며 셀카를 찍고 있었다—.

〈아카츠키☆: 히가시라 양, 왜 갑자기 음란 사진을 투하한 거야?〉

응. ⋯⋯그런 용도의 사진 같아 보여.

〈이자나미: 남친 암시 사진 선수권 아니었어요?〉

〈아카츠키☆: 그런 대회를 개최한 적 없어. 그리고 남친이 아니라 다른 걸 암시하고 있는 것 같거든?〉

〈이자나미: 책장 위에 스마트폰을 두고 찍을까 했는데, 각도 조절이 잘 안 되어서 결국 손에 들고 찍었어요. 여러분은 어째서 그렇게 잘 찍은 거예요?〉

미안해, 히가시라 양⋯⋯. 우리는 진짜로 남자가 찍어줬어⋯⋯.

시선을 스마트폰에서 뗀 나는 이마를 짚은 채 땅이 꺼지도록 한숨을 내쉬는 미즈토에게 머뭇머뭇 물었다.

"⋯⋯말해 주는 편이 좋겠지?"

"⋯⋯그래."

나는 마음을 다진 후, 메시지를 입력했다.

〈Yume: 미안해, 히가시라 양〉

〈Yume: 미즈토가 방금 사진을 봤어〉

〈이자나미가 메시지 송신을 취소했습니다〉

자기 방에서 절규를 토하는 히가시라 양의 모습이 눈앞에 어른거리는 것만 같다.

　정말 미안해.

　그물 불판 위에 놓인 고기가 치익~ 하는 소리를 내며 맛있는 냄새를 풍겼다.

　같은 소리가 곳곳에서 합창하듯 들려오자, 강가는 식욕을 자극하는 냄새로 가득 찼다.

　"다 익은 것부터 팍팍 먹그레이~!"

　나츠메 씨가 꼬챙이에 꽂힌 고기를 불판에 올렸다. 칠순이 다 되셨다고 들었는데, 나보다 활력이 넘치시는 것 같다.

　바비큐 파티라고 해도 좀 더 소소한 것을 상상했지만, 타네사토 집안의 아저씨들이 차로 실어온 바비큐 세트는 총 여섯 개나 됐다.

　대체 어디서 가져온 걸까……. 설마 창고에 구비되어 있는 걸까.

　"나츠메 할머니의 친구 중에 캠프장을 하시는 분이 있어서 싼 가격에 빌릴 수 있나 봐."

　마도카 씨가 고기를 우물우물 먹으며 가르쳐줬다.

　"역시 전직 이 지역 유지[#1]라니깐~. 나도 장래에는 부자한테 시집가고 싶어~."

#1 유지 마을이나 지역에서 명망 있고 영향력을 가진 사람.

"마도카, 미카도 군이 그 말 들으면 울음을 터뜨릴걸?"

"농담이야, 농담~! 히히히!"

미카도 군?

내가 고개를 갸웃거리고 있을 때, 마도카 씨가 「앗」 하며 어딘가를 쳐다보았다.

"치쿠마~, 입가에 소스가 잔뜩 묻었네~."

"어?"

마도카 씨의 옆에서 고기를 우물우물 먹고 있던 치쿠마의 입가에는 소스가 잔뜩 묻어 있었다.

"정말 조심 좀 하지 그랬어~. 으음, 티슈가 어디 있더라……."

"아, 저, 손수건 있어요."

래시가드의 호주머니에서 손수건을 꺼낸 나는 치쿠마 앞에서 무릎을 꿇은 후, 입가를 닦아줬다. 치쿠마는 눈을 치켜뜬 채 가만히 있었다.

응, 착한 애네.

미즈토였다면, 손수건을 밀어내며 손으로 대충 닦았다.

"자, 깨끗해졌어."

"……어…… 고……."

치쿠마가 입을 오물거리자, 마도카 씨가 씨익 웃었다.

"치쿠마~. 유메 누나에게 고맙다고 해야지~?"

"고…… 고마……워, 요……."

"응, 천만에요."

"으……!"

내가 빙그레 웃으며 그렇게 말하자, 치쿠마는 얼굴을 새빨갛게 붉히면서 마도카 씨의 등 뒤에 숨었다.

……역시 나를 피하는 걸까?

나는 미즈토와 정반대인 귀여운 동생이 생겨서 기쁜데…….

"히히히. 유메 양은 죄 많은 여자네."

"네?"

딱히 잘못한 기억은 없는데 말이다.

"아아~. 불쌍한 치쿠마~. 뭐, 이것도 경험이야."

의미심장한 말을 중얼거린 마도카 씨는 다른 방향을 쳐다보았다.

"유메 양, 미즈토를 상대해 주지 않겠어?"

마도카 씨의 시선은 여전히 돗자리에 앉아있는 미즈토를 향하고 있다.

"갑작스럽네요……. 왜 저한테 그런 말을 하는 거예요?"

"평소 같으면 내가 신경 써 주거든. 하지만 그때마다 거절당한다니깐~."

남에게 거절당한 이야기를 웃으면서 아무렇지 않게 하네…….

미즈토는 여전히 책을 보며 바비큐 파티에 참가할 생각이 없어 보였다. 다른 사람들도 그런 미즈토를 억지로 참가시킬 생각이 없는 것 같다.

저러는 걸 당연시하는 거구나.

저런 인간으로서 받아들여졌다.

"으음~. 어쩔 수 없네."

마도카 씨는 갑자기 바비큐 세트 쪽으로 가더니, 종이 접시에 고기와 채소를 담기 시작했다.

술꾼일 뿐만 아니라 대식가인 걸까. 저렇게 날씬한데…….

혹시 소문으로만 들은, 영양소가 전부 가슴으로 가는 타입?

그런 생각을 하고 있을 때, 마도카 씨는 고기와 채소가 가득 담긴 접시를 「받아」 하면서 나에게 내밀었다.

"어? ……아, 제 몫은 여기 있는데……."

내가 아직 고기가 남아있는 접시를 들어보이자…….

"아냐. 이건 미즈토 몫이야."

"어……."

"전해 줄 거지?"

마도카 씨는 히히히, 하고 또 수상한 웃음을 흘렸다.

……아무래도 아직 오해를 받고 있는 걸까?

나와 미즈토는 진짜로 그렇고 그런 관계가 아닌데— 서로를 싫어하는 것에 가까운데 말이다.

"자, 빨리~. 이러다 식을 거야."

"……알았어요."

하지만 괜한 고집을 부렸다간 더 의심받는다.

나는 순순히 접시를 받은 후, 미즈토가 앉아있는 돗자리로 향했다.

저녁때라 그런지 하늘도 석양에 물들어가고 있다. 강가에 펼쳐진 숲의 그림자가 태양이 저물어감에 따라 길어지더니, 돗자리 근처까지 뻗어왔다.

그 안에서 미동조차 하지 않으며 책을 읽고 있는 미즈토에게……

"미……."

말을 걸려 했지만, 머뭇거리고 말았다.

부끄럽다……기보다, 아직 입에 익지 않았다.

마도카 씨였다면, 분명 머뭇거리지 않았을 거야…….

그 순간, 어떤 생각이 머릿속을 스쳤다.

나는 가능한 한 밝고 활기차게— 마도카 씨를 흉내내며, 미즈토에게 말을 걸었다.

"미~즈~토~ 씨~."

"징그러워."

미즈토는 나를 쳐다보지도 않으며 그렇게 대꾸했다.

발소리를 듣고 누가 다가오는 건지 눈치챈 것 같다.

물론, 전혀 기쁘지 않았다.

나는 샌들을 벗고, 미즈토의 옆에 앉았다.

"받아. 네 몫이야."

미즈토는 내가 내민 접시에 눈길을 줬지만, 책을 내려놓으려고 하지 않았다.

"안 먹을 거야?"

"아, 그런 건 아닌데……."

나는 미즈토가 읽고 있는 책의 남은 페이지가 얼마 안 된다는 것을 눈치챘다.

클라이맥스 부분이다. 그렇다면 식사도 뒷전일 게 당연했다. 그렇다면…….

"히히."

"……?"

미즈토가 미심쩍은 시선으로 나를 쳐다보았다. 아차. 마도카 씨의 웃음소리가 옮았다.

나는 미즈토의 접시에 놓인 고기 한 점을 젓가락으로 집어 들었다.

"입 벌려."

"뭐?"

"아~."

어른들의 웃음소리가 옆에서 들려왔다.

미즈토는 그쪽을 힐끔 쳐다보았다.

"괜찮아. 어두우니까 안 보일 거야."

"아니, 그런 문제가 아니잖아……."

"그럼 어떤 문제인데?"

"그건……."

"에잇."

"우읍!"

입이 벌어진 틈에 고기를 집어넣었다.

미즈토의 입이 우물거리면서 고기를 씹었다. 꿀꺽하고 고기를 삼킨 미즈토는 항의하는 눈길로 나를 노려보았다.

"이봐! 위험 —."

"하아, 정말. 입가가 소스로 엉망이 됐잖아~."

"우으으으읍!"

그 순간, 나는 미리 준비해 뒀던 손수건으로 미즈토의 입을 닦아줬다.

입가가 깨끗해지자, 나는 후후후 하고 옅은 웃음을 흘렸다.

"너는 입만 다물고 있으면 치쿠마만큼 귀엽구나."

"……그럼 치쿠마나 먹여주라고."

"괜찮아? 누나를 빼앗겨서 질투하는 거야?"

"징그러워."

나는 푸푸풉 하고 웃음을 흘렸다.

항상 밉살스럽던 이 남자도, 이럴 때는 꼭 귀여운 동생 같다.

독서를 멈추기 적당한 부분까지 읽은 건지, 아니면 더 이상의 『아~』는 피하고 싶은 건지, 책을 덮어서 옆에 둔 미즈토는 나한테서 접시와 젓가락을 빼앗았다.

고기와 채소를 한 번에 먹는 전 남친 겸 의붓동생을 나는 옆에서 바라보았다.

"……저기, 미—."

으읍.

정말! 왜 부르지 못하는 거야!

미즈토는 음식을 씹어먹으면서 나를 쳐다보았다.

"너, 오늘 계속 나를 『미』라고 부르잖아. 꽤 참신한 애칭인걸."

"누…… 눈치챘어?!"

"당연하잖아. ……오늘부터 나를 이름으로만 부를 거라고 각오하고 있는데 말이지."

……부르는 사람도 각오가 필요하듯, 불리는 사람도 각오가 필요한 걸까.

"……너부터 나를 이름으로만 불러봐."

"왜?"

"나만 이름으로 부르면, 균형이 안 맞잖아."

"내가 알 바 아냐. 네가 멋대로 시작한 거잖아."

"괜찮겠어? 나는 그냥 이름으로 부르는데 네가 나한테 경칭을 쓴다면, 누구 눈에도 내가 누나인 것처럼 보일걸?"

"……큭. 이 비겁한 녀석……."

내가 그 말을 들은 척도 하지 않자, 미즈토는 분하다는 듯 입가를 일그러뜨리더니…….

"……유—."

"유?"

"……."

"참신한 애칭이네."

"시끄러워!"

미즈토는 그렇게 외치며 고구마를 씹었다.

부끄러워하는 걸까. 아니면…….

애석해하고 있는 걸까.

이제는 어디에도 존재하지 않는, 『아야이』란 이름을.

—안녕, 아야이.

—아야이, 그 책 읽어봤어?

—좋아해, 아야이.

—아야이.

몇 번이나 들었던 그 상냥한 울림.

다시는 돌아오지 않을 첫사랑의 잔상.

애절하게 가슴을 찌르는 무언가가 있다. 그것은 인정하지
만…… 그렇기에 추억으로 남겨둘 수는 없다.

미련에 얽매여선 안 된다.

나와 그는, 같은 『이리도』— 결혼한 것도 아닌 의붓남매.

한때 사귀었단 것은 사소한 일이다.

그것이 지금의 우리에겐 전부니까…….

"저기. 그리고 보니 그 룰은 요즘 안 썼지?"

"아…… 의붓남매답지 않은 행동을 취하면, 이란 그거 말
이구나."

"우리 둘 다 익숙해진 것 아닐까? 이제 써먹을 일이 없을
것 같아."

"……그럴까? 오늘은 써먹을 일이 있을 것 같은데 말이야."

"뭐?"

졸졸 흐르는 강물을 바라보며, 미즈토는 퉁명한 어조로 중얼거렸다.

"수영복 차림을 힐끔힐끔 쳐다보는 건, 남매답지 않은 행동이잖아."

……아, 아아…….

그래. 맞아.

흐음?

"왜…… 왜, 일부러 그걸 말해 주는 거야."

"네가 성가신 애라서야. ……안심했어? 내가 네 수영복 차림을 쳐다보지 않은 이유를 알아서 말이야."

"……바보."

미즈토가 심술궂게 입가를 말아 올리자, 나는 고개를 돌렸다.

안심했다고 말하면 룰에 저촉될 거잖아.

"뭐, 그 룰은 앞으로도 소중히 여기자. 특히 이곳에 있는 동안은 말이지. 들키기라도 했다간 곤란한 상대가 너무 많아."

"그래……. 확실히, 그렇긴 해."

고개를 돌리자, 미즈토가 든 접시는 텅 비어 있다.

그리고 미즈토의 눈길은 텅 빈 접시를 향해 있다.

"……부족했어? 가지러 갈래?"

"그……래."

떨떠름한 어조로 대답한 미즈토는 내 손 언저리를 쳐다보더니…….

"네 몫도 겸사겸사 가져오자."

"뭐? 나는 딱히—."

"살을 더 빼서 어쩌려는 거야. 더 먹어."

나는 그 단호한 어조를 듣고 직감했다.

혼자 가기 싫은 거구나.

나는 씨익 웃으며, 이때라는 듯 말했다.

"이름으로 불러준다면, 네가 하자는 대로 할게."

"큭……."

미즈토는 볼을 일그러뜨리더니, 시선을 옆으로 돌렸다.

그리고 무거운 엉덩이를 들며 몸을 일으키더니, 앉아있는 나를 내려다보면서 진지한 표정으로 손을 내밀었다.

"가자, **유메**."

"……어어?"

무심코 얼빠진 소리를 뱉고 말았다.

등골에 소름이 돋더니, 도망치고 싶은 심정에 사로잡혔다.

미즈토는 그런 나를 내려다보더니, 「흥」 하고 코웃음을 치며 입가를 일그러뜨렸다.

"자, 네가 졌어."

"……어."

"가자, 동생."

"뭐…… 아……."

이, 이 남자~~!!

너야말로 이렇게 폼 잡지 않으면 나를 이름으로 못 부르잖아! 그거야말로 아웃 아냐?!

"……알았어, 오빠!"

"훗."

전에는 오빠라고 불리기만 해도 동요했으면서, 지금은 아무렇지도 않아 보였다.

나는 미즈토의 손을 잡고 몸을 일으켰다.

아마, 내가 그를 『이리도』라고 부르는 일은 없을 것이다.

아마, 그가 나를 『아야이』라고 부르는 일은 없을 것이다.

추억의 잔상을 떨쳐냈다.

미련이라는 꼴사나운 감정을 끊고, 지금의 우리를 받아들였다.

……그렇게 했다.

하지만.

친척이 있는 곳을 향해 걸어가며 나는 생각했다.

하지만, 왜— 아주 조금, 이 손을 쭉 움켜쥐고 싶단 생각이 드는 걸까?

"시골 밤길은 위험하니, 조심해서 돌아가그라~."

바비큐 파티가 끝날 무렵, 해가 산 너머로 가라앉으려 하고 있다.

붉게 물든 전원 풍경과 시꺼먼 그림자로 변한 철탑을 보면서 나와 미즈토는 차가 다니지 않는 길을 걸었다.

다른 사람은 없다.

차가 여러 대 있지만, 연장자들과 놀다 지쳐 잠든 치쿠마, 그리고 그를 돌봐야 하는 마도카 씨가 차에 타니 정원이 오버됐다.

아직 체력이 남았고 젊은 우리는 걸어서 집으로 돌아가기로 했다.

안내를 맡은 미즈토가 내 앞에서 걷고 있다.

넓은 보폭으로 세 걸음 정도 떨어진 상태로 나는 걷고 있다.

왠지 나란히 걷는 게 좀 그랬기에, 나는 이 거리를 유지한 채로 저녁노을에 물든 아스팔트 위를 걷고 있다.

"정말 아무것도 없네."

나는 옆을 쳐다보며 그렇게 말했다.

때때로 민가가 보이기는 했지만, 그 외에는 논과 밭, 그리고 전선이 달린 철탑뿐이다. 산에 강철 덩어리가 있는 게 부자연스럽게 느껴져야겠지만, 불가사의하게도 이 경관에 녹아들고 있다.

미즈토는 돌아보지 않으며……

"불편하게 느껴진 적은 없어. 겨우 닷새만 있는걸. 책을 읽다 보면 금방 지나가."

"……저기, 너는—."

삼키려던 말을 입에 담기 위해 나는 그와의 거리를 한 걸음 좁혔다.

"—친척들을 싫어하는 거야?"

앞으로 두 걸음.

거리가 좁혀졌지만, 미즈토는 여전히 나를 돌아보지 않았다.

"딱히 싫어하는 건 아냐."

목소리는 담담했다.

"솔직하게 말하자면— 아무래도 상관없어."

"너무하네."

"잘 모르니 어쩔 수 없잖아. 타네사토 쪽 사람들이 대부분인데다, 어떤 호칭으로 불러야 할지도 잘 모르겠어. 솔직히 말해 얼굴과 이름을 제대로 외우지 못하는 사람도 많아."

"……그럼, 마도카 씨는? 비슷한 또래잖아. 어릴 적부터 너를 돌봤었다고 마도카 씨한테 들었어."

"……."

어찌된 건지, 미즈토는 대답하는데 약간 시간이 걸렸다.

"……그 사람이 나를 챙겨준 건 기억해. 내 기억으로…… 처음 이곳에 온 건 유치원 때였을 거야. 그럼 그쪽은 아직 초등학생이었겠지……."

　어릴 적에는 연상인 사람이 전부 크게 보인다.

　믿음직한 누나라고 여겼던 사람이 지금 생각해 보니 어린애에 지나지 않았다는 사실에, 감회를 느끼고 있는 걸까…….

　그렇다면— 미즈토한테 있어서 마도카 씨는 어머니 같은 존재였을지도 모른다.

　태어날 때부터 어머니가 없었던 미즈토에게는, 마도카 씨만이 어머니처럼 느껴지는 사람이었을지도 모른다…….

　"……저기."

　나는 마른침을 삼켰다.

　왠지 목이 말랐다.

　"잡담 삼아 묻는 건데—"

　약간의 용기가 필요했다.

　묻고 싶다는 마음과 묻고 싶지 않다는 마음이 힘겨루기를 펼쳤다.

　하지만 나는— 미련을 떨쳐버렸으니까.

한 걸음 더, 그에게 다가갔다.

"—첫사랑은 어떤 사람이었어?"

남은 한 걸음.

몸을 내밀면 손이 닿을 거리.

미즈토는 여전히 돌아보지 않으며…….

「훗」 하고, 그리움이 묻어나는 웃음을 흘렸다.

"잘 웃는 사람이었어."

히히히.

독특한 웃음소리가 귓속 깊은 곳까지 전해진 느낌이 들었다.

"……그랬구나."

기억해? 이리도 유메.

천하제일의 수수녀. 우는 애도 울음을 그칠 퉁명녀.

미소라는 말이 그 무엇보다도 어울리지 않던 과거의 자신을…….

그래.

역시— 마도카 씨를 좋아했구나.

한 걸음, 두 걸음, 다시 거리를 벌렸다.

해는 이제 절반가량만 모습을 보이고 있다.

이도 저도 아닌 황혼이 지나가자, 곧 밤의 어둠이 찾아왔다.

소꿉친구는 풀에 간다
"잘 얼버무렸는걸."

아무리 돌이켜봐도 소름이 돋는 사실이지만, 중학교 3학년 때의 나에게는 한때 소위 여친이라 부르는 존재가 있었다.

그래봤자 그 녀석은 소위 소꿉친구라고 하는 녀석이며, 사귄 것도 거기서의 연장선에 가까웠다.

애초에 말이야. 한 번 생각해 봐.

맨션 옆집에 남매처럼 자라온, 내 부모님과도 잘 알고 지내는 여자애가 살고 있거든? 그런 상황에서 어떻게 여자를 집에 데려오겠냐고.

그래서 결국, 소거법에 따를 수밖에 없었어.

애초부터 나한테는 그 공전절후의 지뢰녀라는 선택지 뿐이었다—. 그런 별 안에서 태어났다는 이야기다.

만약, 우리가 소꿉친구가 아니었다면.

평범한 이웃에 불과했다면.

그딴 빌어먹을 결말을 맞이하지 않았겠지만— 이미 전부 끝난 일이다.

현실에서는 그 여자가 나를 따르게 됐고, 나 또한 그 녀석을 버리지 못했다.

지금만큼은 자신의 오지랖 넘치는 성격이 정말 싫어. ―듣고 있냐? 초등학생 시절의 나.

그건 초등학교 몇 학년 때의 일일까. 정확하게 기억하지는 못하지만, 아~ 아카츠키와 함께 풀장에 간 적이 있다. 보호자는 누구였을까. 아마 나나 그 녀석의 부모님 중 한 명만 따라와 주지 않았을까.

목적은 노는 게 아니다. 우리에게는 꽤 진지한 이유였다.

바로 아카츠키가 헤엄을 익히는 게 목적이다.

지금의 아카츠키는 운동신경이 끝내줘서 우락부락 열매를 먹은 전신 스포츠 인간이지만, 옛날에는 헤엄을 치지 못했다. 여름 방학에 실시하는 수영 검정 시험에 맞춰, 부처님보다 상냥하고 하느님만큼 빈틈없는 나는 이 불쌍한 소꿉친구에게 특훈을 시켜주자고 생각했다.

먼저 물에 들어간 나는 머뭇거리며 수면을 응시하는 아카츠키를 향해 손을 내밀었다.

―자. 잡아줄 테니까 무서워하지 않아도 돼.

―응…….

아카츠키는 내 손을 잡더니, 살금살금 물에 발을 담갔다.

이렇게 기특한 애였던 시절도 있구나. 감동하겠는걸. 지금이라면 내 얼굴을 발판 삼으며 물에 뛰어들었겠지.

─발, 닿았어?

─응. 괜찮아…….

나한테 매달리며 그렇게 말하는 동갑내기 여자애 덕분에 육체적으로 정신적으로 왜소하던 나는 자존심이 꽤 충족됐다. 좋겠네. 너의 그 어이없는 인정 욕구 탓에 무시무시한 사태가 벌어진다는 것을 몰라서 말이지!!

나는 아카츠키의 손을 잡아주며, 천천히 물에 얼굴을 집어넣는 연습을 시켰다. 초등학생인데도 이런 단계를 알고 있는 건, 태블릿 PC로 얻은 지식 덕분이다. 어린애는 어린애 나름대로 진지하다는 거지.

─무섭지 않아~. 힘 빼, 힘~.

하지만 역시 어린애는 어린애다. 집중력이 부족했다.

아카츠키의 손을 잡고 물장구를 시키면서, 주의를 다른 곳에 돌렸다.

꺄아~!! 새된 비명이 들려오더니, 첨벙! 하며 물이 사방으로 튀었다.

어른용 풀에 있는 커다란 워터 슬라이더에 시선을 빼앗겼다.

그리고 아카츠키는 그것을 눈치채지 못할 정도로 바보가 아니다.

─코~ 갔다 와도 돼.

아카츠키는 물에 젖은 얼굴로 나를 올려다보며 말했다.

─물장구 연습이라면, 혼자서도 할 수 있으니까…….

—너, 바보지?

나는 아카츠키의 손을 고쳐 쥐며 말했다.

—워터 슬라이더를 혼자 타봤자 재미없다고. 빨리 헤엄칠 수 있게 된 후, 같이 타러 가자.

—아…….

아카츠키는 내 얼굴을 올려다보더니, 시선을 좌우로 피하면서 턱까지 물에 담갔다.

—고, 마워…….

—됐어. 당연한 거잖아!

하지만 하루 만에 아카츠키는 헤엄을 익히지 못했다.

함께 목욕할 때 얼굴을 물에 집어넣는 연습을 시키거나, 수영 시간에도 연습을 도와주거나 한 덕분에, 여름 방학 막바지에는 10미터 정도 헤엄칠 수 있게 됐다.

결국 나는 그 여름에 워터 슬라이더를 즐기지 못했다.

타고 싶네, 하고 마음속으로 생각하면서도 말이다.

하지만…… 그때, 아카츠키를 내버려 두고 혼자 타러 갔더라도…… 하나도 재미없었을 게 틀림없다.

◆

우지 역에서 출발하는 타이요가오카행 버스는 사람들로 붐볐다. 아카츠키가 몸집이 작다는 것을 이용해 통로 옆자리에 슬쩍 앉자, 나는 그 옆에서 손잡이를 잡고 만원 승객이 자아내는 압력을 견뎠다.

"……이보게, 젊은 양반. 자리를 양보해 주지 않겠나?"

편안한 표정을 짓고 있는 미나미 아카츠키를 향해 심술을 부리듯 그렇게 말하자, 그녀는 더 심술궂은 미소를 머금었다.

"미안해~. 허우대만 멀쩡한 카와나미 씨. 그 겉보기만 그럴싸한 가짜 근육질 몸으로 계속 서 있으려니 힘들지?"

"……역시 지탱할 것도 없는데 흉근을 단련한 녀석의 말은 무게가 다른걸~."

"있어! 매일 지탱하고 있거든?! 폭신폭신에 출렁출렁이는 녀석을!"

불쌍해라. 환상통 같은 걸 느끼나 보네.

이렇게 나와 이 여자— 불구대천의 원수이자 못난 소꿉친구인 미나미 아카츠키가 만원 버스를 탄 것은 솔직하게 말해 놀러 가기 위해서다.

학생답게.

여름 방학답게.

젊은 남녀답게.

바로 풀장에 가는 길이다.

이리도 남매가 귀성해서 한가해졌으니, 심심풀이 삼아서 말이야. 물론 내가 말을 꺼낸 건 아니다. 집에서 여름 방학 숙제로부터 전력으로 눈을 돌리고 있을 때, 갑자기 아카츠키가 말을 꺼냈다.

―더우니까 풀장에 가자. 헌팅 대책 삼아 따라와.

누가 너 같은 땅딸보를 헌팅하겠냐고 말한 바람에 걷어차이긴 했지만, 기분 전환도 필요했고 이 녀석과 함께라면 괜한 부담을 느낄 필요도 없다.

무엇보다, 여름 방학의 풀장에는 커플이 잔뜩 있다.

그래서 같이 가기로 했다.

실은 나한테 말을 꺼내기 전에 다른 사람을 몇 명 불렀을 거라고 생각했는데, 아니나 다를까 단둘만의 풀장 데이트였다.

……흥, 데이트는 무슨.

나나 이 녀석과는 이제 인연이 없는 단어처럼 들리네.

나는 재빨리 수영복으로 갈아입은 후, 여자 탈의실로 이어지는 길 앞에서 아카츠키를 멍하니 기다렸다.

차례차례 모습을 드러내는 수영복 차림 여자애들은 참 눈부셨다. 나는 중학생 시절의 트라우마 때문에 여자애에게 호의를 받으면 몸 상태가 나빠지지만, 그렇다고 성욕이 없는 건 아니다.

뭐, 털이 난 원숭이 같던 중학생 시절에 비하면 나아진 편이지만 말이다. 그래도 걸을 때마다 가슴이 출렁거리는 사람이 눈앞을 지나가면, 오오? 하는 반응을 보인다.

근처에는 나 말고도 여친을 기다리는 것 같은 남자가 있지만, 다들 비슷했다. 대놓고 쳐다보면 문제 될 수도 있으니, 관심 없는 척하고 있는걸.

그런 와중에— 전혀 시선을 모으지 못하는 여자가 나타났다.

좀 노는(한물간 표현) 팔팔한(한물간 표현) 날라리(한물가기 직전)들에게 섞여서 터벅터벅 걷고 있는, 포니테일 헤어스타일의 땅딸보. 노란색 비키니 차림인 그녀는 방수 파우치에 들어있는 스마트폰을 목에 걸고 있다.

그 녀석은 나를 보더니, 딱히 서두르지도 않고 유유히 걸어왔다. 걸음걸이만큼은 나쁘지 않은걸.

"오래 기다렸지?"

"별로. 수영복 커플을 구경하다 보니 금방 지나갔어."

"징그러워. 죽어."

신랄한 말을 입에 담은 후, 아카츠키는 뭔가를 기다리듯 내 얼굴을 올려다보았다.

나는 이리도 미즈토가 아니다. 무슨 말을 할 타이밍인지 알고 있다.

아카츠키의 수영복은 소녀 느낌이 물씬 나는 분위기였으며, 가슴을 감싼 튜브탑에는 프릴이 잔뜩 달려 있다. 그것으로 부족한 곡선을 메우면서, 전체적인 실루엣을 아름답게 자아내고 있다.

하의에도 치마 느낌의 하늘거리는 천이 달려 있지만 매우

짧았으며, 건강미 넘치는 허벅지가 아낌없이 드러나고 있다. 아무래도 각선미는 자신 있는 것 같다.

한 마디로 총평을 하자면…….

"잘 얼버무렸는걸."

"뭘 말이야! 말해 봐!!"

"꾸에엑~!!"

아카츠키는 짧은 팔을 재빨리 뻗어서 내 목을 졸랐다. 항복, 항복! 이 괴력 꼬맹아!

다행히 아카츠키는 곧 내 목에서 팔을 떼더니, 흥 하고 코웃음을 치며 고개를 돌렸다. 하지만…….

힐끔. 힐끔힐끔.

내 가슴 언저리를 힐끔힐끔 쳐다보고 있다.

"뭐야? 드디어 내 가슴마저 부러워하게 된 거야?"

"헛소리 마, 바보야! ……딱히 그런 건 아냐. 부활동이라도 하면 좋겠다고 생각했을 뿐이거든?"

"아하~. 밤낮으로 근력운동을 하며 단련한 내 근육에 반했구나."

고등학교에서는 아무런 스포츠도 하지 않지만, 남자에게 최소한의 근육은 덕목이라 할 수 있다. 이리도 녀석도 근육이 조금만 붙는다면 엄청난 미남이 될 텐데, 정말 아깝다니깐.

뭐, 이 여자는 내 몸을 질리도록 봤지만 말이야.

그렇게 생각하고 있을 때, 아카츠키가 나를 올려다보며—

"—반했다, 고 말해도 되는 거야?"

마치 삐친 것 같은 어조로, 그렇게 말했다.

내 안에서 뭔가가 태동하는 것이 느껴지자…….

"……아, 봐주라…….."

수영복 차림으로는 두드러기가 돋아도 가릴 수가 없다.

"그럼 어이없는 소리 좀 하지 마."

가자, 하고 말한 아카츠키가 풀장을 향해 걸음을 옮겼다.

……젠장. 이건 좀 약은 거 아냐~? 저 녀석이 솔직하게 칭찬해 주기만 해도 나는 치명상을 입는 거잖아.

나는 영 석연치 않았기에, 조금은 갚아주고 싶어졌다.

"이봐."

"응?"

포니테일을 흔들며 뒤돌아본 아카츠키에게, 나는 말했다.

"네 수영복, 엄청 귀여운 것 같아."

"뭐……."

아카츠키는 한순간, 입을 벌리며 굳어버렸다.

하지만 곧 고개를 반대편으로 돌리더니…….

"……그래?"

……하고, 짤막하게 중얼거렸다.

……아~, 실수했다.

나는 왼팔을 살짝 매만졌다.

—결국, 나도 대미지를 입었잖아.

"흐응…… 더, 해 줘……."

"너…… 괜찮은 거야?"

"괜찮으니까…… 더 세게……. 이 정도로는, 하응, 전혀 기분 좋지 않아……."

"네가 해 달라고 한 거다? 각오해……."

나는 그렇게 말하면서, 아카츠키의 등에 댄 손에 체중을 실었다.

다리를 뻗은 아카츠키의 상체를, 지면을 향해 꾸욱~ 눌렀다.

"우와, 유연하네~. 너, 혹시 문어야?"

"흐흥. 체조부 애한테도 칭찬을 들었— 아야야야야얏! 너무 심하잖아!"

비명을 지르며 지면을 손바닥으로 두드리는 아카츠키를 보고 만족한 나는 그녀의 등에서 손을 뗐다. 훗, 평소 쌓인 울분을 갚아줬어.

상체를 일으킨 아카츠키는 내 얼굴을 지그시 올려다보더니…….

"자."

"어?"

내 손을 갑자기 잡아끌며, 지면에 쓰러뜨렸다.

그리고 아카츠키는 바닥에 엎드린 내 등 위에 올라탔다.

"너도 준비운동을 제대로 해야 하잖아?"

"아니, 이건 준비운동이 아니라— 우갸아아아아아아!!"

팔을 등 뒤편으로 당겨져 그대로 새우 꺾기 자세가 됐다.

아카츠키는 살점이 적당히 붙은 허벅지로 내 허리를 꽉 잡아서 도망치지 못 하게 했다. 아야야야야야! 등에서 우둑우둑 소리가 났어!

"한 번 더~, 어?"

딩동, 하는 소리가 들려오면서 고문이 끝났다.

무슨 일인가 싶어 뒤를 돌아보니, 아카츠키가 방수 파우치에 들어있는 스마트폰을 체크하고 있다. LINE이라도 온 걸까?

"아, 유메한테서다! 에헷, 헤헤헤헤……."

"징그러. —끄억!"

아카츠키는 웃으면서 내 뒤통수를 후려갈겼다. 자기도 항상 징그럽단 말을 입에 달고 살면서!

"헉."

갑자기 아카츠키가 호흡을 멈췄다.

눈을 화등잔만 하게 뜨더니, 스마트폰 화면을 뚫어지게 들여다보았다.

그러면서 금단 증상이 온 알코올 중독자처럼 몸을 부들부들 떨고 있다.

"왜 그래? 이리도 남매의 키스 사진이 잘못 송신된 거야?"

반쯤 기대에 찬 목소리로 그렇게 물었지만, 그럴 리가 없다. 커플 유튜버 같은 짓을 그 두 사람이 할 리가 없다고.

아카츠키는 떨리는 목소리로 중얼거렸다.

"수…… 수영복…… 수영복이……."

"뭐? 끈이라도 헐거워진 거야?"

나는 아카츠키의 다리 사이에서 몸을 뒤집은 후, 복근 운동을 하듯 상체를 일으켜서 아카츠키의 등을 쳐다보았다. 목 뒤편의 매듭과 튜브탑의 훅도 이상은 없었다.

내가 고개를 갸웃거리고 있을 때, 아카츠키는 내 품속에서 머리를 감싸 쥐었다.

"아, 아아아…… 어쩌지. 뭐라고 답장을 보내지……. 아무리 생각해도 역겨운 문장만 머릿속에 떠올라아아아……!"

"잘은 모르겠지만, 지금 뭘 하는지 보고하면 되는 거 아냐?"

"그거야!"

"우왓!"

아카츠키는 내 몸을 밀쳐내며 벌떡 일어서더니, 「여기서 잠시만 기다려!」 하고 말한 후에 어딘가로 달려갔다.

그리고 몇 분 후.

돌아온 아카츠키는 한 손에 아이스크림을 쥐고 있다. 민트 초코 맛 같다.

"웬 아이스크림? 그리고 내 몫은?"

"건전하게 여름을 만끽하고 있다는 어필…… 네 몫은 없어."

어필하고 자시고를 떠나 한창 여름을 만끽하는 중인데……

하긴, 이 녀석은 존재 자체가 건전하지 못하잖아.

아카츠키는 목에 걸고 있던 스마트폰용 방수 파우치를 나에게 떠넘겼다.

"찍어줘! 귀엽게!"

"피사체가 귀엽지 않으니까 무리 아닐까."

"그럼 귀여워질게! 지금부터!"

그렇게 선언한 아카츠키는 아이스크림을 얼굴 옆에 들고 반대 손으로 피스 사인을 날리면서 눈부신 미소를 머금었다.

……뭐랄까, 놀라울 정도로 변신이 빠른걸. 방금까지 콧구멍을 벌렁거리던 녀석이라는 게 믿기지 않아~.

"귀여워?"

"……아~ 그래. 귀엽다, 귀여워."

"진심으로 말해!!"

"귀~여~워~!!"

이걸 더 하는 건 고문이다.

잘은 모르겠지만, 빨리 끝내자고 생각한 나는 스마트폰을 들었다.

내려다보는 각도로 아카츠키를 향해 스마트폰을 든 후, 사진을 찍었다.

"자. 이제 됐지?"

"…… 뭐, 좋아! 송신!"

아카츠키는 내가 돌려준 스마트폰을 재빨리 조작한 후, 「휴우~」 하고 한숨을 내쉬면서 아이스크림을 핥아 먹었다.

"이걸로 오늘도 내 리얼충 여고생 이미지는 지켜졌어……."

"뭐?(웃음)"

"야, 왜 웃는 거야."

아카츠키가 아이스크림을 날름날름 핥아먹으면서 내 정강이에 공격을 날리자, 나는 아슬아슬하게 피했다. 그건 그렇고 리얼충 여고생이라니(웃음). 진짜 리얼충 여고생은 지금쯤 남친과 꽁냥대고 있을 거라고(웃음).

……어? 남친??

나는 뭔가가 신경 쓰여 아까 찍었던 사진을 떠올렸다.

"……저기 말이야. 아까 찍은 사진, 이리도 양에게 보냈지?"

"맞아. 그게 왜?"

"괜찮은 거야?"

"뭐가?"

"앵글이 완전히 남자가 찍어준 사진인 데다, 내 그림자도 들어갔거든."

"……."

먹다 만 민트 초코 아이스크림이 지면에 툭 떨어졌다.

아카츠키는 몇 초 동안 표정을 잃은 채 굳어 있더니— 곧 맹렬한 속도로 스마트폰을 조작했다.

"못 본 걸로 해 줘, 못 본 걸로 해 줘, 못 본 걸로 해 줘, 못 본 걸로 해 줘, 못 본 걸로 해 줘— 아아앗~!!"

아카츠키는 느닷없이 그 자리에 무너지듯 주저앉았다. 되게 바쁜 녀석이네. 여기가 시끌벅적한 풀장이 아니었다면 경찰에 신고당했을 거라고.

"……대체 왜 그런 거야, 유메……."

"왜 그래?"

"아까 사진을 지웠는데, 유메가 이미 캡처했대……."

이리도 양도 꽤 하는걸. 즉시 증거를 확보했어.

"너는 왜 태연한 건데?!"

"그야 둘이서 풀장에 온 건 사실이잖아. 친구한테 거짓말을 하는 건 좋지 않아."

"……싫지 않은 거야? 나와 사귄다는 오해를 받을지도 모르잖아."

"멍청아, 당연히 싫지. ……하지만 거짓말을 해 가며 숨길 정도의 일은 아니라는 거야."

"……그렇, 구나."

왠지 부끄러운걸. 나는 은근슬쩍 시선을 피했다.

공부 합숙 때 이런저런 속내를 털어놓기는 했지만, 그렇다고 예전 같은 사이로 되돌아간 건 아니다. 내 호감 알레르기는 낫지 않았고, 아카츠키를 좋아하는지 묻는다면 고개를 갸웃거릴 것 같다. 마치 연애라는 개념이 나한테서 떨어져나간 것만 같다.

하지만 우리가 소꿉친구라는 사실에는 변함이 없다. 그것을 부정할 마음은 없다.

"—푸풉!"

스마트폰을 보던 아카츠키가 갑자기 웃음을 터뜨렸다.

"왜 그래?"

"너는 보지 마!!"

내가 무심코 화면을 보려고 하자, 아카츠키는 허둥지둥 스마트폰을 가슴에 대며 숨겼다. 아, 그건 매너 위반이지.

"히가시라 양, 대체 뭐하는 거야…… 아하하!"

그 방해꾼 글래머녀가 또 푼수 짓을 한 것 같다. 즐거워 보여서 다행이네.

이 녀석은 원래 고립되기 쉬운 성격이라서, 친구가 생기기 시작한 것도 중학교에 들어간 후부터다. 아마 그때부터 사람과 거리를 두며 접하는 법을 익혔으리라. 서로에게 깊이 빠져들지 않으며 겉으로만 잘 지내는 법을 깨우치게 되었다.

한편으로, 한 번 마음을 허락한 인간에게는 깊이 빠져들며 의존하게 되는 점은 변하지 않았다— 그것을 눈치채지 못한 바람에 나는 따끔한 맛을 봤지만…….

이리도 양과 히가시라 녀석과는 적절한 거리를 유지하고 있는 것 같네.

그래도 이리도 양을 상대로 선을 넘을 뻔한 적이 있으니 계속 경계할 필요는 있겠지만, 중학생 때에 비하면 그나마 나아진 편이다.

이대로 갱생해서 이리도 남매를 방해하지 않는다면 최고겠는데 말이지. 그 두 사람이 시골에 간 지금은 아무 짓도 못 할 테니까, 이 틈에 그 두 사람 사이에 진전이 있으면 좋겠는데—.

"어어……?"

한동안 스마트폰을 조작하던 아카츠키가 미심쩍다는 듯 미간을 찌푸렸다.

"저기, 카와나미."

"뭐야, 미나미."

"……유메가 이리도를 이름으로 불렀어?"

"응? 그야 성이 같으니까—."

……어라?

그러고 보니 『그 녀석』이나 『동생』이라고만 불렀던 것 같은데…….

"……이봐. 설마 이름으로 부른 거야?!"

"나, 유메한테 가보고 올게……!"

"보내줄 수 없어!! 그리고 어디 있는지도 모르잖아~!!"

"갈~거~야~!!"

완전 갱생의 날은 멀고도 먼 것 같다.

"하아아아……."

내리쬐는 햇살이 젖은 몸을 말려주는 것을 느끼며, 나는 대자로 누웠다.

스트레스 발산이라는 명목으로 수영 승부에 어울려주다 보니, 이렇게 지치고 말았다. 평범한 물놀이 풀장에서 수영 선수급 스피드를 내지 말라고~.

한편 아카츠키는 피부가 물에 젖어 반짝이는 가운데, 수영복 엉덩이 부분에 손가락을 넣어서 위치를 고치고 있다. 아직 멀쩡해 보였다. 완전 체력 괴물이네.

"하아~, 목말라~. 마실 걸 사와야지~."

"내 것도 부탁해……."

"뭐~? 나 혼자 가라는 거야? 네가 왜 같이 왔는지 잊었어?"

"적당한 샌드백으로 삼기 위해서 아냐……?"

"헌, 팅, 대, 책!"

"아…… 확실히 걱정되긴 해……."

"응? 마음가짐이 참 대견하네."

"이 깨끗한 풀장이 헌팅남의 피로 물들 테니 말이야……."

"내 걱정 좀 해!"

아카츠키가 내 옆구리를 가볍게 걷어차며 「뭐 마실래?」 하고 묻자, 「콜라」 하고 대답했다. 「오케이」 하고 말한 아카츠키는 매점 혹은 자판기를 찾으러 갔다.

하아. 나는 상체를 일으켰다.

겉모습만 보면 영락없는 중학생인 여자애를 헌팅하는 로리콤은 없겠지. 만약 있더라도 그 녀석이라면 적당히 따돌리거나, 아니면 걷어차서 날려 버리면 된다. 이리도 양이나 히가시라 녀석이라면 걱정되겠지만 말이다. 특히 히가시라……엄청난 몸매를 소유한 그 녀석이 풀장에 온다면 어마어마하게 주목받을 거야…….

풀장에서 노닥거리는 커플을 쳐다보며 체력 회복에 힘쓰고 있을 때였다.

"저기, 혼자야?"

그런 목소리가 들렸다.

아~, 헌팅하나 보네. 하긴, 한여름의 풀장 하면 당연히 헌팅― 같은 생각을 하던 도중, 방금 들은 것이 여자 목소리라는 점에 생각이 미쳤다.

의아하게 생각하며 고개를 돌려보니, 섹시한 수영복을 입은 누님 두 명이 나란히 서 있는 모습이 눈에 들어왔다.

앉아있는 내 얼굴을 들여다보듯, 몸을 살짝 숙이면서 있다.

……오오?

"혼자 왔니? 드문 일도 다 있네."

"우리는 둘이서 왔는데 좀 심심해서 말이야~."

마치 과시하는 것처럼 잘 익은 열매가 네 개나 눈앞에서 출렁거렸다. 한 사람은 하얀 피부에 검은 머리카락을, 다른 한 사람은 살짝 태운 피부와 갈색 머리카락을 지녔다. 두 사람 다 건강미 넘치고 날씬한 몸매를 지녔으며, 어디 사는 누구 씨에게는 없는 모래시계 곡선의 몸을 면적이 작은 수영복으로 감싸고 있다.

서…… 설마, 이건…….

나는 숨을 삼키면서, 만에 하나 착각일 때에 대비해 두 누님에게 질문을 던졌다.

"저…… 저한테 말한 거예요……?"

"그래. 너야, 너."

"솔직하게 말하자면, 역헌팅이라는 거야. 아하하!"

역헌팅! 실존했구나…….

나조차도 처음 접하는 상황이었다. 어떻게 대응하면 좋을지 몰라 허둥대는 사이, 누님들은 내 양옆에 앉아서 도주로를 차단했다.

"저기. 너, 잘 보니 엄청 근육질이네?"

"날씬한 근육남이구나. 혹시 운동이라도 해?"

두 누님은 양옆에서 좋은 향기를 풍기며 내 어깨와 팔을 만졌다.

"그…… 그게…… 근력운동만 좀 해요……."

"흐음~! 노력의 결정체구나."

"고생해서 몸을 만들었는데, 혼자서 풀장에서 놀면 쓸쓸하지 않아? ……우리와 같이 놀지 않을래?"

귓가에서 그렇게 속삭인 갈색 피부 갈색 머리 누님이 내 팔뚝에 자신의 가슴을 댔다.

마치 짜기라도 한 것처럼 피부가 새하얀 검은 머리 누님도 내 팔을 끌어안으면서, 그 풍만한 가슴을 내 팔에 댔다.

오오, 우와아아아!

진…… 진심인 거야……! 가련한 고등학생에게 한여름의 추억을 만들어줄 심산이라고!

만약 내가 평범한 남자 고등학생이라면, 그대로 하자는 대로 했을 게 틀림없다. 정신을 못 차리는 사이에 어딘지도 모르는 방에 끌려간 후, 꿈만 같은 시간을 보냈으리라.

하지만 나에게는 그것이 허락되지 않는다.

"윽……."

온몸에 소름이 돋더니, 구역질이 나려고 했다.

양옆에서 나와 몸을 맞대고 있는 누님들에게서 느껴지는 호의가 내 오래된 상처를 후벼 파고 있다.

"저기, 괜찮지? 정말 재미있을 거야."

"돈은 우리가 전부 낼게~. 연락처만이라도 교환 안 할래?"

……이건, 위험해…….

이 체질이 된 후로 여성에게서 호의를 느낀 적이 없지는 않다……. 하지만 이건 그 중에서도 역대급이다……. 말대꾸를 하는 것도 힘들다…….

몸매에 신경을 쓰는 것이 후회될 지경이었다. 이런 일을 겪을 줄 알았으면, 아무도 쳐다보지 않을 것 같은 수수하고 꼴사나운 모습을 하는 편이 나았다······.

젠장······. 어떻게든 거절해야만 해······. 이러다간 배 속에 있는 점심을 토해 버릴 거야······.

"저쪽에 슬라이더가 있거든? 같이 타러 안 갈래?"

"좋은 생각이야~! 가자, 가자—."

"—뭐 하는 거야?"

누님들이 멋대로 이야기를 진행하고 있을 때, 조그마한 여자애가 태양을 등지며 모습을 보였다.

페트병과 캔 콜라를 양손에 쥔 그 사람은 바로, 미나미 아카츠키였다.

차가운 눈길로 나를 내려다보는 그 녀석을 본 누님들은 눈을 깜빡거리며 말했다.

"으음······."

"······여동생?"

지극히 당연한 그 반응에, 눈썹이 하늘로 치솟은 아카츠키가 선언했다.

"여친인데요. 무슨 문제라도 있나요?"

몇 초 동안 정적이 흘렀다.

이해에 시간이 필요했던 건지, 그제야 누님들은 내 몸에서 헐레벌떡 떨어졌다.

"정말~! 혼자가 아니었구나?!"

"여친이 있다고 했으면 바로 관뒀을 거야! 진짜야, 진짜!"

그리고 누님들은 「미안해~!」, 「금방 사라질게!」, 「남친 참 멋지네!」하며 아카츠키에게 사과를 한 후, 서둘러 사라졌다. 「아~, 사고쳤네~!」, 「진짜 취향이었는데~!」하는 목소리가 점점 멀어져갔다.

"……."

"……."

남겨진 나와 아카츠키는 한동안 서로를 응시했다.

일단, 살았다……고 봐도 될 것 같다.

소름과 구역질이 점점 잦아들었다. 말을 할 수 있게 되자, 나는 겨우 입을 열었다.

"미안…… 덕분에 살았—."

"새애애애애애애애애애애애빨간 거짓말이야."

"뭐?"

영문 모를 선언을 한 아카츠키는 내 옆에— 아까까지 누님들이 있던 자리에 앉았다.

"여친이란 말은 거짓말이야. 이제 와서 여친 행세할 생각 없어. 그러니까 걱정하지 마."

아카츠키는 퉁명한 어조로 그렇게 말하더니, 「자」하고 캔 콜라를 내밀었다.

나는 그것을 받으며 무심코 훗 하고 웃었다.

"나 말이야."

"응?"

"너 말고 다른 여자애와는 놀지 않을 거야."

"뭐어엇?"

아카츠키는 당황한 목소리로 그렇게 말하며 눈을 치켜떴다.

"어, 어어? 뭐, 뭐어? 무, 무슨 소리야?"

"어쩔 수 없잖아. 나를 차갑게 대하면서 어울려주는 여자애라곤, 너 뿐인걸."

"아…… 아하. 그런 의미구나……."

"만약 고백이라도 받는다면, 내 몸이 어떻게 될지 상상조차 안 돼."

캔 콜라를 따서 달콤한 탄산을 한 모금 마셨다. 그 덕분에 소름과 구역질이 깨끗하게 잦아들었다.

아카츠키는 무릎을 끌어안고 도끼눈으로 나를 흘겨보았다.

"짜증 나. 자기가 이성한테 그렇게 인기 있다고 생각해?"

"실제로 인기 있거든? 아까도 봤잖아."

"가지고 놀기 좋은 동정으로 보였을 뿐일걸?"

"연상에게도 사랑받다니, 나는 참 죄가 깊어. 내년에 선배가 되면 연하도 조심해야겠네~."

"멋대로 떠들라고 이 자의식 과잉아."

아카츠키는 자기 페트병 뚜껑을 열고 탄산음료를 마셨다.

옛날에는 탄산을 못 마셨는데 말이야.

헤엄도 그렇고, 커뮤니케이션 능력도 그렇고, 정신병자인 것도 그렇고…… 이 녀석의 성장력에는 감탄을 금할 수 없다.

언젠가는 이 녀석이 나를 두고 가는 일이 벌어질지도 몰라…….

"나를 버리지 말라고, 헌팅 대책."

"……가슴 쳐다보며 침만 질질 흘렸으면서~."

"안 흘렸어~! 내 새파랗게 질린 얼굴이 안 보이는 거냐!"

이런저런 일이 있었지만, 그 후에는 즐겁게 물놀이를 했다.

튜브를 타고 유수풀의 파도를 즐겼고, 수중 프로레슬링으로 자웅을 결했으며— 둘이서 워터 슬라이더도 탔다.

헤엄 연습을 하던 시절에만 해도 우리는 체격이 비슷했지만, 어느새 차이가 났다. 슬라이더의 출발 지점에서 앞뒤에 앉자, 아카츠키의 몸은 내 다리 사이에 쏙 들어갔다.

"너무 가벼워서 코스 이탈을 할 것만 같네."

"무서운 소리 하지 마!"

아카츠키는 내 손을 자기 허리에 두르더니…… 중얼거리듯 말했다.

"……꼭 잡아줘."

"오케이."

주문대로 날씬한 허리를 꼭 잡아준 덕분인지, 아카츠키가 머나먼 하늘 저편으로 날아가는 일 없이 무사히 골 지점에 도착했다.

　초등학생 시절의 숙제를 드디어 마쳤다.

　—이대로 끝났다면, 좋은 추억이 됐겠지만…….

　"저, 저기…… 저, 저쪽 좀 봐!"

　"응? 저쪽은— 윽."

　내가 얼굴을 찡그린 건, 슬슬 돌아가려고 샤워실로 향하고 있을 때였다.

　대기열이 없어서 잘됐다고 생각하고 있을 때…… 풀 쪽에서 위험한 이들이 다가오고 있다.

　클래스메이트다.

　낯익은 얼굴이다. 건방지게도 남녀 혼성 그룹으로 풀에 놀러 온 것 같다.

　나와 아카츠키가 단둘이 있는 모습을 저 녀석들이 본다면 어떻게 될까?

　말할 것도 없다. 공부 합숙 때의 일이 다시 벌어질 것이며, 이번에야말로 수습할 수 없어지리라.

　"큰일 났다……! 숨자!"

　거짓말을 해 가며 숨길 만큼 부끄러운 일은 아니라고 말했지만, 그것은 절도를 지키는 상대에 한해서의 이야기다. 아무래도 저 녀석들도 샤워실에 볼일이 있는지, 우리에게

곧장 다가오고 있다. 어딘가…… 어딘가에 숨어야 해……!

"빨리 들어가면 돼! 이쪽이야!"

"오오?!"

내가 우물쭈물하고 있을 때, 아카츠키가 내 손을 잡아끌었다.

어디에 가는 건가 했더니, 아카츠키는 빈 샤워실의 문을 열고 그 안에 나를 밀어 넣었다.

이어서 자기도 안에 들어왔다.

덜컹.

재빨리 문을 닫은 아카츠키가 「휴우」 하고 한숨을 내쉬었다.

"위험했어……."

"(아니, 이 상황이 더 위험하다고!)"

나는 무심코 작은 목소리로 태클을 걸었다.

탈의실 넓이의 좁은 밀실에, 우리는 단둘이 들어와 있다. 포옹을 할 수밖에 없을 정도로 좁은 공간이기에 몸을 뒤척이는 것도 힘들었다.

"(어, 어쩔 수 없잖아! 다른 방법이 생각 안 났단 말이야!)"

"(다른 샤워실에 들어가면 됐잖아! 텅텅 비었다고!)"

"(아.)"

"(이 멍청아!)"

바로 그때, 문밖에서 시끄럽게 잡담을 나누는 소리가 들려왔기에 우리는 입을 다물었다.

나는 문 반대편 벽에 등을 댔고 아카츠키는 내 가슴에 볼을 대듯 몸을 맞대고 있다. 숨을 죽이자, 이번에는 내 심장이 시끄러울 정도로 뛰었다. 명백하게 빨라진 심장 박동을 가슴에 얼굴을 댄 아카츠키가 눈치채지 못했을 리가 없다.

"(샤…… 샤워. 샤워기를 켜.)"

"(으, 응…….)"

샤워기를 켜지 않으면 이상하긴 할 거야. 나는 뒤편으로 손을 돌려 밸브를 돌렸다. 쏟아지는 온수가 쏴아아아 하는 물소리를 내면서, 내 심장 뛰는 소리를 아주 조금 숨겨줬다.

말라 있던 몸이 다시 물에 젖었다.

아카츠키의 포니테일이 목덜미에 들러붙는 게 느껴졌다. 그와 동시에, 그녀의 가녀린 허리에 닿은 내 손가락이 피부에 빨려 들어갔다. 옛날부터 이랬다. 이 녀석과 포옹하면 조그마하고 가녀린 이 애를 지켜주고 싶단 생각이 들었다. 하지만 손에 힘을 주면 상상 이상으로 굳건한 그녀의 심지가 나를 받아주는 것만 같다…….

"이봐. 너는 누구를 노리는 거야?", "뭐~? 그런 거 아니라고~."

문밖에서 목소리가 들려오자, 나는 몸이 딱딱하게 굳었다. 허리에 두른 팔에 힘을 주며, 젖은 피부와 피부를 더욱 밀착시켰다. 「앗」 하고 아카츠키가 작은 신음을 흘렸다.

"폼 잡지 마! 여름 방학 동안에 여친을 만들 거라며?", "그런

말은 했지만 말이야. 조바심 낼 것까지는 없단 생각이······",

"우와~. 이 녀석, 태도 바뀠네!"

작은 목소리는 샤워 소리가 가려줄 수 있다. 하지만 나는 불안해진 나머지, 아카츠키가 목소리를 내지 못하도록 그녀의 얼굴을 잡아서 내 가슴에 맞댔다. 아카츠키는 놀랐는지 손을 버둥거렸지만······ 곧 얌전히 내 등에 팔을 둘렀다.

내 왼발이 아카츠키의 다리 사이로 미끄러져 들어가자, 그녀는 내 허벅지에 앉는 자세가 됐다. 남자와의 명확한 차이점을 허벅지를 통해 느꼈지만, 나는 그 생각을 머리에서 쫓아냈다. 이 상황에서 여성과의 명확한 차이점을 아카츠키가 느끼게 할 수는 없다.

이 자식들아, 빨리 샤워실에 들어가. 그럼 나갈 수 있단 말이야······!

그렇게 빌고 있을 때, 「그러고 보니」 하는 목소리가 들려왔다.

"에로 만화를 보면 커플이 샤워실에서 야한 짓을 하잖아."

우리는 그 말을 듣고 온몸을 부르르 떨었다.

야, 야한 짓 하는 게 아냐! 때와 장소 정도는 구분한다고······!

"야, 인마! 안에 사람이 있다고!", "죄송해요! 이 녀석, 바보거든요!"

내 품속에 있는 아카츠미가 몸을 배배 꼬았다. 그녀의 얼굴을 볼 생각은 들지 않았다. 만약 본다면, 아마 큰일이 난다.

대답할 여유는 없었지만, 클래스메이트들은 깔깔 웃으면

서 샤워실에 들어간 것 같다.

잠시 상황을 살핀 후…… 내가 허리에 두른 팔에서 힘을 뺀 순간, 아카츠키는 나를 밀쳐내듯 몸을 뗐다.

당연한 반응이야……. 다급한 상황이기는 했지만 멋대로 끌어안았잖아. 사귀던 시절이라면 몰라도 헤어진 상대와— 그것도 내가 찬 상대한테 할 짓은 아냐~.

샤워기가 자아낸 김 속에서 아카츠키는 문에 등을 댄 채 고개를 숙이고 있다. 나는 솔직히 사과하려 했지만, 그 전에…….

"(……미, 미안해…….)"

아카츠키는 젖은 포니테일을 입술로 가져가며 표정을 숨겼다.

"(더는…… 못, 참겠어……!)"

가녀린 목소리로 그렇게 말하며 조용히 문을 열더니, 나를 두고 뛰쳐나갔다.

쏴아아아—, 하는 샤워 소리만이 내 귀에 들어왔다.

……못 참겠다니.

대체 뭘…….

"……우엑."

나는 천장을 향해 입을 벌린 후, 샤워기의 물줄기로 입을 헹궜다.

그건 내가 할 말이라고, 이 멍청아!!

◆

　돌아가는 길에는 당연히 거북한 분위기가 흘렀다.

　"……."

　"……."

　버스에서도 나란히 앉지 않았고, 앞뒤 자리에 앉았다.

　그렇게 대화를 나누지 않으며, 수십 분 동안 그저 들려오는 소음에만 귀를 기울였다.

　이대로 굳은 분위기 속에서 헤어지게 될 줄 알았지만……인간은 생리 현상을 이길 수 없다.

　전철로 갈아타고 좌석에 앉은 순간, 아카츠키가 꾸벅꾸벅 졸기 시작했다.

　아까부터 졸린 듯 눈을 비비더니, 슬슬 한계에 도달한 것 같다. 하긴, 그렇게 엄청난 속도로 수영을 했으니, 졸린 것도 당연했다.

　나는 맞은편 좌석에 앉으려다, 생각을 바꿨다.

　아카츠키의 옆에 앉으며 이렇게 말했다.

　"어깨, 빌려줄게."

　아카츠키는 나를 쳐다보지도 않으며…….

　"응……. 고마워~. 코~."

　졸음 섞인 목소리로 그렇게 말하며 내 어깨에 머리를 얹었다.

곧 곤한 숨소리가 들려왔다.

……하아. 정말, 나의 이 오지랖 넘치는 성격에 화가 났다.

풀장에 따라가지 않았다면 괜한 고생을 할 필요도 없었다. 집에서 축 늘어진 채 평화로운 하루를 보낼 수 있었다.

뭐, 하지만…….

그것보다…… 손이 많이 가는 이 소꿉친구를 상대해 주며 보낸 하루가 재밌다는 것은 말할 필요도 없다.

—아무래도 결국, 나도…….

이 여자를 버리는 건 도저히 무리 같다.

중학생 때 첫사랑을 하는 건, 세간의 기준으로 보면 늦은 편이라고 한다.

유치원생 때 선생님을, 혹은 초등학생 때 동급생을, 혹은— 자기도 모르는 사이에 친척을…….

그런 경우가 태반이며, 중학생이 될 때까지 짝사랑 한 번 안 했을 뿐만 아니라 첫사랑을 성취하는 인간은 극히 드문 존재 같다.

……물론 그중에는 고등학교 1학년이 될 때까지 연애 감정의 연 자도 몰랐던 애도 있지만 말이다.

그런 사람은 예외라 하겠다.

보통은 사춘기를 맞이하기 전에 연애 감정을 자각하는 게 보통이다.

그렇다면— 이리도 미즈토 또한 나를 좋아하기 이전에 누군가를 좋아했을지도 모른다.

……그릇이 작다는 건 안다.

그것은 도리에 어긋나거나 비도덕적인 일이 아니며, 지금
의 나와는 전혀 상관이 없는 일이다.

하지만— 하지만.

나는 꿈꿨다.

중학교 2학년 여름 방학 때부터 1년 반— 어쩌면, 지금 이
순간에 이를 때까지도 말이다.

나에게 있어서도, 그에게 있어서도, 그 밀월의 나날이야말
로 인생 첫사랑이었을 거란 꿈을.

설령 끝나버린 사랑일지라도.

첫사랑이란 이름의 특등석에는 내가 쭉 남아있을 거라고.

……내가 생각해도 참 징그럽네.

귀찮고, 성가시며, 부담스러운데다, 약해빠진—

—이런 여자에게 반한 남자가 있다는 게 도저히 믿기지
않아.

"……으으~."

나는 얇은 장지문 뒤편에 몸을 숨긴 채, 자신의 한심함에
떨고 있다.

슬며시 얼굴을 내밀어서 쳐다보는 건, 어둑어둑하고 먼지
가 쌓인 서재.

그 안쪽에서 낡은 책으로 된 산에 틀어박히듯 앉아있는

건, 내 의붓동생이자 전 남친인 이리도 미즈토다.

간단한 일이다.

미네아키 아저씨가 도와줬으면 하는 일이 있으니 미즈토를 불러와달라고 해서 나는 이곳에 있다.

그러니 말을 걸면 된다. 『미네아키 아저씨가 너를 찾아』 하고, 한 마디 건네면 된다.

그런데 벌써 몇 분이나— 어쩌면 몇십 분이나— 나는 천적에게 쫓기는 조그마한 동물처럼 이렇게 몸을 숨기고 있다.

독서에 집중하고 있는 건지, 미즈토는 내 존재를 전혀 눈치채지 못했다.

이제 그만 눈치 좀 채달라는 마음과 눈치채면 어쩌지라는 마음이 내 가슴속을 반씩 차지하며 소용돌이치고 있다.

커뮤니케이션 장애에 또 걸리고 말았다…….

중학생 때까지만 해도 남에게 말을 거는 걸 몇십 분이나 머뭇거리는 건 당연한 일이었고, 교무실에는 들어갈 엄두도 못 냈다. 하지만 연애라고 하는 최고의 훈련 덕분에 극복했다.

성격이 어두운 것은 타고 났으니 어쩔 수 없다고 포기했지만, 커뮤니케이션 능력은 대폭 개선됐다고 자부했다.

그런 내가 이런 추태를…….

열받는 일이지만, 원인은 안다. 어제, 강에서 돌아오는 길에 들었던 말이 원인인 게 틀림없다.

—잘 웃는 사람이었어.

그리움을 곱씹는 어조로 그렇게 중얼거린 미즈토는, 대체 누구의 얼굴을 떠올리고 있을까……. 일부러 확인해 볼 필요도 없다.

처음 만난 순간에 받았던 예감이 적중했다.

미즈토가 처음으로 좋아했던 상대는—.

"—어라? 유메, 뭐 하는 거야?"

흠칫한 나는 어깨를 부르르 떨며 뒤를 돌아보았다.

빨간 테 안경을 쓰고, 새하얀 원피스를 입은 미인— 마도카 씨가 의아한 눈길로 나를 쳐다보고 있다.

……흰색 원피스.

스무 살인데도 이런 옷이 어울린다니, 대단하네…….

그것보다 내 수상한 행동에 대한 변명부터 생각해야……!

"아, 그게~, 저…… 조, 좀, 넋이 나가 있었을 뿐이에요……."

결국, 적당한 변명은 생각나지 않았다.

내 커뮤니케이션 능력은 드디어 밑바닥까지 추락한 것 같다.

"어~, 괜찮아? 조심해~. 이 집에는 에어컨 없는 방이 많거든."

더워라~, 하고 말한 마도카 씨는 자기 목 언저리를 향해 손으로 부채질을 했다.

원피스의 옷깃 사이로 보인 목덜미에 땀방울이 맺혀 있는 모습이 왠지 요염해 보였다…….

"으음…… 아, 여기 있네."

나를 지나친 마도카 씨는 서재 안을 들여다보더니, 아무렇지도 않게…….

"미즈토~. 아저씨가 너를 찾아~."

몇십 분 동안 내가 해내지 못했던 일을 해냈다.

"응."

짤막하게 대답한 책을 덮으며 고개를 들더니…….

"……어?"

마도카 씨의 옆에 있는 나를 발견했다.

"있었구나."

"……그, 그러면 안 돼?"

멋쩍은 나머지 무심코 시비조로 대꾸했다.

평소와 다름없다고 생각한 건지, 미즈토는 딱히 개의치 않으며 말을 이었다.

"무슨 볼일 있어?"

볼일……이 있기는 했다.

하지만 방금 사라져버렸다…….

"아…… 아무것도 아냐!"

일방적으로 그렇게 말한 나는 그대로 복도를 달리며, 서재에서 멀어졌다.

아니, 도망쳤다.

미즈토와, 마도카 씨에게서.

딱히 뭔가가 변한 건 아니다.

나와 미즈토가 의붓남매라는 것도, 예전에 사귀었다는 것도 말이다.

그저…… 그에게, 내가 모르는 과거가 있다.

그런, 당연한 일을 이제야 눈치챘을 뿐이다.

뭐 어쨌다는 거야?

미즈토가 옛날에 마도카 씨를 좋아했든 간에─ 나 말고도 좋아하는 사람이 있든 간에…….

그딴 건…… 지금의 나와는 아무 상관 없잖아.

"아."

"아……."

긴 앞 머리카락 너머로 치쿠마는 동그란 눈을 살짝 치켜떴다.

도망치듯 서재에서 벗어난 후, 집안을 의미 없이 돌아다니던 나는 커다란 다다미방 구석에서 게임기를 들여다보고 있는 치쿠마를 발견했다.

이 방의 조금 떨어진 곳에 놓인 테이블에는 치쿠마의 아버지를 비롯한 아저씨들이 둘러앉아 이야기꽃을 피우고 있다.

대낮부터 혼자 있는 건 쓸쓸하지만, 이야기에 섞이지는 못하니 거리를 두고 있다…… 같은 걸까. 치쿠마는 낯을 가리지만, 미즈토처럼 고독을 사랑하거나 히가시라 양처럼 자기만의 길을 가는 것 같지는 않았다.

나는 친근감을 느끼면서 무릎을 끌어안는 자세로 앉아있는 치쿠마에게 다가갔다.

"괜찮아? 에어컨 바람이 너무 세지는 않아?"

"괘…… 괜찮, 아요……."

기어들어 가는 목소리로 그렇게 말한 치쿠마는 게임기로 얼굴을 숨겼다.

어머머. 경계하나 보네. 치쿠마는 내가 말을 걸면 항상 귀를 붉히며 고개를 돌린다니깐…….

으음…… 친밀도를 높이려면 옆에서 말을 거는 게 좋댔지?

옛날에 읽은 책의 내용을 떠올린 나는 치쿠마의 옆에 앉았다.

치쿠마는 흠칫 놀라며 몸을 떨었지만, 다행히 거리를 벌리지는 않았다. 다행이다.

"치쿠마는 게임을 좋아해?"

"취…… 취미라고 할 정도는……."

"나는 소설을 읽는 게 취미인데, 치쿠마는 책도 읽는 편이야?"

"……고, 공략본, 같은 걸……."

"어? 그게 뭐야?"

"게, 게임의…… 클리어하는 방법이나, 데이터 같은 게 실린 책……."

"재미있어?"

"······그, 그럭저럭······."

"그렇구나······."

······대화가 끊기고 말았다.

어, 어쩌지······. 초등학생 남자애와 어떤 이야기를 나누면 좋을지 모르겠어······.

세대와 성별이 다르니, 공통되는 화제가 거의 없었다······. 예전보다 다소 나아진 편이라고는 해도, 나는 미용사 수준의 압도적 커뮤니케이션 능력을 지니지는 못했다.

화제······ 화제······ 세대와 성별이 상관없는 공통되는 화제······.

"으음······ 좋아하는 애는 있어?"

내가 생각해도 참 안이한 질문이었다.

THE 그다지 만날 일 없는 친척 그 자체였다.

또 밋밋한 반응을 보이겠다고 생각하고 있을 때······.

"어엇?!"

치쿠마는 이제까지 들은 것 중에서 가장 큰 목소리를 내더니, 게임기에서 얼굴을 뗐다.

"조······ 좋아하는, 애······?"

"어? 응. 맞아. 좋아하는 애. 없어? 학교에 말이야."

"하······ 학교······."

치쿠마는 갑자기 목소리 톤을 낮추더니, 게임기를 향해 시선을 돌렸다.

"하, 학교에는…… 없, 어요."

"그렇구나. 귀여운 애는 없어?"

"모…… 몰라요. 얼굴, 기억 못, 하거든요……."

"아~, 이해해. 낯가림이 심하면 남의 얼굴을 못 쳐다보잖아."

끄덕끄덕끄덕! 하며, 치쿠마는 고개를 연거푸 끄덕이며 온 힘을 다해 동의를 표시했다.

아, 공통되는 화제를 찾았어.

"도시락 싸 오는 날에 젓가락을 깜빡했는데, 선생님한테 빌리러 갈 수가 없어서 곤란하거나……."

"(끄덕끄덕끄덕!)"

"산으로 소풍 갔는데, 이야기 나눌 친구가 없어서 자연만 실컷 즐긴다거나……."

"(끄덕끄덕끄덕!)"

"체육 시간에 조를 짜는 게 무리라서 자기 말고 남을 만한 사람을 미리 점찍어뒀지만, 결국 먼저 말을 꺼내지 못해 계속 기다린다거나……."

"(끄덕끄덕끄덕끄덕끄덕끄덕!!)"

엄청난 반응이다.

눈이 반짝이고 있다.

아무래도 생애 처음으로 자기를 이해해 주는 사람을 얻은 것 같다.

마도카 씨는 아싸 같은 외모를 한 진짜 인싸잖아……. 낯가림쟁이를 이해하지 못할 거야.

"낯가림이 심하면…… 학교에서 참 고생해……."

"네……."

"혹시 곤란한 일이 있으면 말해, 상담 상대가 되어줄게. 으음, 연락은…… 스마트폰, 있어?"

치쿠마는 허둥지둥 호주머니를 뒤지더니, 새 스마트폰을 꺼냈다. 오오, 요즘 애네.

"LINE…… ID 교환하는 법은 모르지? 가르쳐 줄게."

치쿠마는 기쁜 듯 고개를 끄덕이며 스마트폰을 내밀었다. 낯가림쟁이 특유의 속사정을 일일이 설명하지 않아도 되니 참 기쁜 것 같다.

……나도 그랬어.

미즈토와 처음으로 교류하게 됐을 때의 일이다. 내가 아무 말도 하지 않아도 상대방이 헤아려주자…….

처음으로 남과 제대로 교류하는 느낌이 들었다.

게다가 그 상대가 남자라니, 예전의 나는 상상도 못 할 일이다…….

……그때도 마도카 씨를 아직 좋아하고 있었을까?

내가 고백했을 때도, 실은…….

"……자, 다 됐어. 하는 방법은 알아?"

의미 없는 피해망상을 떨쳐내듯 치쿠마에게 스마트폰을

돌려주자, 그는 그것을 꼭 끌어안으면서 가녀린— 하지만, 이제까지 들은 것 중에서 가장 또렷한 목소리로 말했다.

"여, 연락…… 해도, 되, 나요?"

나는 빙그레 웃었다.

"할 수 있겠어? 직접 말이야."

"으으으……."

"아하하! 나도 직접 연락하는 건 잘 못 해!"

치쿠마는 몸을 웅크렸다. 아~, 귀여워라. 이 귀여움을 조금이라도 좋으니 그 퉁명남이 본받았으면—.

"—환담 중에 실례할게."

가시 돋친 목소리가 들려온다 싶더니, 벽 쪽에 앉아있던 우리 앞에 그림자가 드리워졌다.

고개를 들어보았다.

미즈토가 차갑기 그지없는 눈길로 나를 내려다보고 있다.

"……꽤 친해졌나 보네."

그 가시 돋친 목소리에 무심코 긴장한 나는 마찬가지로 가시 돋친 목소리로 대꾸했다.

"뭐야? 그럼 안 돼?"

"그런 건 아냐. ……연하를 대할 때는 태도가 싹 달라진다고 생각했을 뿐이야."

"뭐? 딱히 그렇진 않거든?"

"……그렇게 생각한다면 됐어."

……뭐야? 왜 이러는 건데?

하고 싶은 말이 있으면 딱 잘라서 해 보란 말이야.

그렇게 자기만 뭐든 다 아는 척을 한다니깐……!

"……무슨 일인데? 비아냥거리려고 일부러 말 건 거야?"

"별일 없어. 그냥—."

코웃음을 친 미즈토는 성가시다는 투로 말했다.

"—마도카 씨가 너희가 어쩌고 있는지 보고 오래서, 와본 것뿐이야."

그 한 마디에, 내 안의 무언가가 끊어졌다.

"……마도카 씨가 시키면 뭐든 다 하는 거야?"

"……, 뭐?"

내가 한 말에는 일일이 비아냥거리면서…….

순순히 부탁을 들어준 적이, 단 한 번도 없으면서…….

왜.

왜 마도카 씨의 말은 이렇게 간단히—.

"……딱히 볼일 없으면 다른 데 가."

언성을 높이는 걸, 겨우겨우 참았다.

"나 같은 건 신경 쓰지 말고, 사랑하는 마도카 씨와 이야기 나누지 그래?"

미즈토는 한동안 입을 다물며 나를 내려다봤다.

그리고 잠시 후, 작게 한숨을 내쉬었다.

마치, 나한테 질렸다는 듯…….

"알았어."

차가운 어조로 그렇게 말한 미즈토는 다른 곳으로 갔다.

나는 그저 자기 무릎을 쳐다보기만 할 뿐이었다.

"……"

옆에서 숨을 삼키는 기척이 느껴지자, 그제야 치쿠마의 존재를 떠올렸다.

치쿠마는 겁먹은 듯 내 얼굴을 힐끔힐끔 쳐다보고 있다.

"아……! 미, 미안해. 무서웠지……?"

나는 다급히 표정을 풀었다.

하아, 정말. 어린애 앞에서 뭐 하는 거야……!

"방금은 딱히 다툰 건 아냐. 진짜야. 원래 우리는 항상 이래."

변명을 늘어놓자, 마음이 서서히 잦아들었다.

그렇다. ─이 정도는 항상 있는 일이다.

"그러니까…… 부모님한테는 말하지 마. 우리끼리의 비밀이야!"

입술 앞에 검지를 대며 쉿~ 하고 말하자, 치쿠마는 연거푸 고개를 끄덕였다.

그 후로 내 시선에서 벗어나려는 듯 고개를 숙인 치쿠마는 자기 귀를 두 손으로 꼭 눌렀다.

『여보세요~. 유메 양~?』

스마트폰 너머에서 느긋한 목소리가 들려오자, 나는 왠지 안심이 됐다.

"갑자기 전화해서 미안해, 히가시라 양. 잠시 괜찮아?"

『괜찮…… 하읏! 아요…… 아앙!』

"……정말 괜찮은 것 맞아?"

이상한 소리가 때때로 섞이면서, 목소리가 가까워졌다 멀어졌다 하고 있는데 말이다.

『괜찮아요오…… 하아~. 지금, 근력운동을 하고 있거든 요…….』

"근력운동? 히가시라 양과 가장 거리가 먼 말 같은데……."

『엄마가 학교 안 간다고 뒹굴뒹굴하기만 하다간 커다란 가슴이 축 처질 거라고……. 네 자랑거리는 그것뿐이니 신경 좀 쓰라며…… 안 그러면 밥 안 준대요…….』

"전부터 생각한 건데, 히가시라 양의 어머니는 꽤 강렬하신 분이네."

딸한테『네 존재의의는 큼지막한 가슴뿐이다』라고 대놓고 말하는 부모가 세상에 있는 거야?

『허억~. 팔굽혀펴기를 다섯 개나 했어요! 오늘은 끝~.』

"나도 그것보다는 많이 해……."

『그것보다 유메 양, 무슨 일이에요?』

내 말이 깔끔하게 무시당했다.

나는 툇마루에서 여름 하늘을 올려다보며, 잠깐 말을 골랐다.

"……아니, 뭐하나 싶어서 말이야. 어제 수영복 사건도 있잖아."

『떠올리고 싶지 않아요.』

"평소에 미즈토 앞에서 별의별 짓을 다 하면서, 그런 건 또 신경 쓰이나 보네."

『그야 부끄러운걸요! 가슴팍에「히가시라」라고 큼지막하게 적혀 있다고요! 완전 어린애 같잖아요!』

"……잠깐만. 그게 신경 쓰인 거야?"

『어? 그것 말고 신경 쓸 게 있나요?』

이봐이봐이봐.

금방이라도 삐져나올 것 같은 가슴이라던가, 수영복이 파고 들어간 사타구니 부분이라던가…….

"히가시라 양은 미즈토에게 알몸을 보여줘도 부끄럽지 않을 것 같네……. 전에는 팬티를 보여주고 얼굴을 붉혔잖아……."

『에이, 알몸을 보여주면 부끄러울 거예요.』

"아, 그렇구나."

『그래서 저는 수학여행 때도 목욕 안 했어요.』

"……아, 동성 포함이구나."

상대가 미즈토라서, 혹은 남자라서가 아닌 거네.

『유메 양과 함께 목욕하는 거라면 고민 좀 해 보겠지만요……. 들어갈 곳은 쏙 들어간 THE 미소녀 체형이잖아요. ……우헤헤헤.』

"히가시라 양, 좀 징그럽거든?"

『어이쿠, 죄송해요.』

"……그리고 나 따위는 아무것도 아냐."

가슴 깊은 곳에서 거무튀튀한 무언가가 샘솟는 것을 느끼면서, 나는 퉁명스레 말했다.

"몸이 가녀린 건 근육이 없어서야. 가슴을 키우려고 노력한 것도 아닌걸."

『방금 발언, 미나미 양 앞에서 했다간 살해당할 거예요.』

"아, 위험하겠네."

미즈토를 쫓아내고, 치쿠마와도 헤어져서…… 혼자가 됐다.

나…… 왜, 히가시라 양에게 전화를 걸었을까.

이해해 줄 거라고, 생각한 것이려나.

미즈토를 좋아하는 그녀라면— 나의 한심한 미련이 철철 넘치는 마음에 공감해 줄 거라고…….

"……나, 지금 이리도 쪽의 시골에 와있어."

『네, 알아요~. 수상한 풍습이 있나요? 혹은 먼 옛날부터 전해져 내려오는 불길한 노래 같은 건요?』

"유감이지만 양쪽 다 없었어……."

조금 기대한 건 사실이다.

"이리도 아버지 쪽 친척이 모인 자리인데 말이야."

『네~.』

"실은 그 안에…… 엄청 예쁜 대학생 언니가 있어."

『오오?』

약간 기묘한 반응이었다.

놀란 것도, 불안을 느낀 것도 아니었다.

『혹시, 미즈토 씨의 첫사랑인가요?』

"……그럴지도 몰라."

『오오~!』

"저기. 왜 그런 리액션을 하는 거야?"

『어릴 적의 미즈토 씨는 정말 귀여웠을 거잖아요. 오네쇼
타[2], 좋아해요.』

"응……???"

무슨 소리를 하는 건지 모르겠다.

『안 그래도 귀여운 미즈토 씨가 조그마해진다면 무지 귀
여울 거잖아요! 무지 귀여운 미즈토 씨가 예쁜 누나에게 보
살펴진다면, 정말…… 음란! 음란 그 자체예요!』

모, 모르겠어…….

이 애는 왜 이렇게 흥분하는 걸까…….

"충격 안 받은 거야……? 미즈토한테 좋아하는 사람이 있
었다는 거잖아."

#2 오네쇼타(おねショタ) 일본어로 누나를 뜻하는 お姉さん(오네상)과 ショタ(쇼타)를 합성
한 일본어로, 누나 캐릭터와 쇼타 캐릭터 간의 연상연하 커플링.

『왜요? 그 퉁명한 미즈토 씨가 가까운 누나에게 아련한 연정을 품었다니, 가슴 뛰는 게 당연하지 않나요?』

"그, 그렇구나……."

으, 으음……. 연애관이랄까, 가치관이 너무 달라서 눈곱만큼도 공감이 안 된다…….

『유메 양은.』

담담한 어조로— 히가시라 양이 불쑥 말했다.

『제가 어떤 반응을 보이길 바란 건가요?』

"……뭐?"

두근, 하며 심장이 뛰었다.

마치…… 마음속 깊은 곳을 꿰뚫린 것만 같다.

『그게…… 왠지 아까부터, 원하는 걸 얻지 못한 분위기란 느낌이 들었어요. 제가 착각한 거라면 죄송해요!』

원하는 걸— 얻지 못했다.

……아아…….

나는…… 동병상련을 느끼고 싶었던 걸까.

히가시라 양을 지금의 나와 같은 심정으로 만들어서—

상처 입히고.

슬프게 만들어서.

—동정, 받고 싶었던 걸까.

……정말, ……한심해…….

"……미안해. 그럴 생각은 없었어……. 그냥 잡담 삼아 이야기한 거야."

『그런가요. 그럼 괜찮─.』

『─이사나~!! 운동 열심히 하고 있냐~!!』

『햐우아아아아아아앗?!』

갑자기 다른 목소리가 멀찍이서 들려오나 싶더니, 히가시라 양이 괴성을 지르며 허둥대는 소리가 들려왔다.

"무, 무슨 일이야? 괜찮아?"

『어, 엄마의 순찰이에요……! 죄, 죄송해요, 유메 양! 저는 가슴 탄력 유지라는 소임을 다해야만 해요……!』

"아, 으, 응. 힘내……?"

『이만 끊을게요!』

통화가 끊겼다.

……히가시라 양이 괴짜인 건, 혹시 어머니를 닮아서일까?

"통화 끝났어?"

"햐우앗?!"

갑자기 머리 위편에서 목소리가 들려오자, 나는 히가시라 양 같은 비명을 질렀다.

고개를 들어보자, 마도카 씨가 안경 너머의 장난기 섞인 눈길로 나를 쳐다보고 있다.

"『햐우앗?!』이란 비명~. 참 귀엽네~♪"

"무…… 무슨 일이에요, 마도카 씨……."

솔직히 말해, 지금은 가능하면 이야기를 나누고 싶지 않은 상대인데…….

마도카 씨는 선 채로 말을 이었다.

"내일 축제에 가자는 말은 했지?"

"아, 네……."

내일은 역 쪽 마을에서 큰 여름 축제가 열린다고 한다.

그 다음날— 그러니까 모레는 돌아갈 예정이니, 여기서의 마지막 이벤트라 할 수 있다.

……하지만 지금 상태에서는 도저히 즐길 기분이 들지 않는데…….

"나츠메 할머니가 말이지? 내일 입을 유카타를 빌려주신다고 하네~."

"그런가요."

"그래. 그러니까 나와 같이 유카타 고르자!"

"아, 네."

……어?

반사적으로 대답하고 말았는데…….

마도카 씨와 함께?

지금?

……단둘이서?

"좋아~! 레츠고~!"

내 실수를 제대로 인식하기도 전에, 마도카 씨가 내 손을 잡아끌며 걸음을 옮겼다.

"억수로 많으니까, 마음에 드는 걸 골라 보그라~."

나츠메 씨는 그렇게 말하면서 장지문을 닫았다.

"고마워~. 할머니~!"

닫힌 장지문을 향해 그렇게 외친 마도카 씨는 「좋아」 하고 말하며 허리에 손을 댔다.

그 앞에는 곱게 갠 유카타가 몇 벌이나 놓여 있다.

평소 같으면 이 아름다운 유카타를 보고 텐션이 상승했을지도 모르지만, 지금의 나에게는 그럴 여유가 없었다.

"유메 양은 어느 걸 입을래? 날씬하고 머리카락이 기니까, 어떤 전통복이든 잘 어울릴 것 같네~."

"저는……."

전에 입었던 건…… 감색 유카타였다.

안 그래도 거북한데, 기분이 더 가라앉았다.

전에 유카타를 입었던 건, 작년 여름 방학 때다.

다투고, 연락이 끊어져서, 여름 방학인데도 아무런 약속을 잡지 않았다. ……하지만, 그 남자가 알아서 와주기를 기대하며 여름 축제에 갔던 바로 그때…….

"유메 양."

"우왓!"

고개를 들어보니, 마도카 씨의 얼굴이 눈앞에 있다.

"……축제, 혹시 싫어해?"

마도카 씨가 걱정 섞인 어조로 그렇게 묻자, 나는 기분이 더 가라앉았다.

마도카 씨는 아무 잘못 없다.

미즈토도 잘못은 없다.

잘못이 있는 건 나 뿐이다.

내가…… 약한 게 잘못이다.

"그게…… 좋지 않은 추억이 있어서요."

"그렇구나~. 하긴, 축제에서 트러블이 발생하지 않는 게 드문 일일 거야. 일행과 떨어져서 미아가 되는 건 물론이고, 넘어져서 무릎이 까지거나 신발 끈이 끊어지기도 하잖아. 리스크의 온퍼레이드라니깐."

히히히~ 하고 웃음을 흘린 마도카 씨는 별일 아니라는 듯 말을 이었다.

"나도 남친과 데이트하러 갔을 때, 이런저런 일이 있었어~."

"……, 어?"

너무 자연스럽게 흘러나온 말이라, 바로 반응하지 못했다.

어? 어어?

방금, 뭐라고 했지……?

"나…… 남친?"

"어? 응. 남친."

"이…… 있나요?"

"있거든~? 어~? 없는 것처럼 보였어?"

의미심장하게 웃는 마도카 씨는 여자가 보기에도 아름다울 뿐만 아니라, 성격도 활발하며 매력적이다.

그러니 없는 게 말이 안 된다.

거기까지는 생각하지 않았다. 친척 언니라고 인식했기 때문일까. 아니면…….

"저…… 저기, 언제부터……?"

"응~? 뭐, 대학에 들어간 후부터니까…… 1년 반 정도 됐을 거야. 고등학생 때는 다른 남친과 사귀었어."

"다른 남친?!"

"그래. 그 인간과는 여러모로 맞지 않아서, 금방 헤어졌다니깐. 히히히."

세련된 빨간 테 안경을 쓴 고서점 점원 같은 지적인 얼굴로,『여러모로 맞지 않아서』같은 소리를 하고 있다.

겉모습 사기꾼에도 정도라는 게 있는 법이다.

친척이 아니라면, 나와 얽힐 일이 없는 타입이다…….

"그렇게 놀랄 것 없잖아~. 나는 조신한 편이거든? 내 주위의 친구들은 더 장난 아냐. 고등학교 3년 동안 두 자릿수 남자와 사귄 애도 있어. 그에 비해 내가 고등학생 때 사귄 사람은 두 명밖에 안 되니까, 엄청 조신한 편이네~."

"어? 두 명……? 그럼 대학교에 들어가서 사귄 남친은 세 명째……?"

"아, 그 녀석은 말이지? 실은 처음 사귀었던 남친이야."

"세 명째가 첫 번째……?"

"다시 사귀기로 했어~. 한 번 헤어졌지만, 대학교에서 재회하고 말이지."

무심코 온몸이 굳어지는 게 느껴졌다.

다시…… 사귀기로 했다.

"그건…… 어째서, 인가요?"

나는 목이 마르는 것을 느끼며 목소리를 쥐어 짜내서 물었다.

"한 번 헤어졌다는 건…… 싫어하게 되어서…… 아닌가요?"

"그렇기는 해. 저 인간은 절대 무리, 꼴도 보기 싫다고 생각했어. 당시에는 말이지."

자조하듯 그렇게 말한 마도카 씨는 「히히」 하고 웃었다.

"시간이 흐르고 재회하니……『뭐, 됐어』싶지 뭐야. 옛날에 화냈던 것도 아무렇지 않게 느껴졌어."

"아무렇지 않게……?"

"그 녀석은 정말 한심하고, 믿음직하지 못한, 진짜 못난 녀석이거든~. 그런 점 때문에 화나서 확 헤어진 거야. 하지만 대학에 들어가면 인간관계가 리셋된다고나 할까, 친구가 없어져 버리잖아? 그런 곳에서 재회하니, 다시 어울려 다니게 됐어. 그러다 보니……."

마도카 씨는 파란색을 띤 선명한 유카타를 펼쳐보며 말했다.

"한심한 부분도, 믿음직하지 못한 부분도, 못난 부분도……
『그런 건 내가 알아서 할 테니 됐어』하고 생각하게 되지 뭐
야. 오히려 그런 부분이 귀엽게 느껴지더라니깐……."

"……저기, 실례인 줄 알면서 묻는 건데……."

"응~?"

"마도카 씨는, 혹시…… 못난 인간에게 쉽게 걸려드는 타
입, 인가요……?"

"……역시 그렇게 생각해……?"

방금 들은 이야기로는 그렇게 생각할 수밖에 없었다.

"친구한테도 자주 그런 말 들어……. 전에 사귀다 금방 헤
어졌던 남친은 말이지? 공부도 운동도 전부 잘하는 완벽한
녀석이었어. 너무 빈틈이 없으니까 거꾸로 화가 나서 헤어졌
다니깐. 차인 후에도 깔끔하게 물러나는 걸 보고 더 열받았
어……. 나한테 집착하지 않는 거냐 싶지 뭐야. 예전 남친은
미련이 철철 넘치는지 엄청나게 매달렸거든."

완벽해 보이는 마도카 씨에게도 의외로 문제점이 있는 느
낌이다.

그 점을 안 나는 왠지 안심됐다.

"뭐, 인간은 남의 모든 면을 다 좋아할 수는 없을 거야~."

거울 앞에서 유카타를 몸에 대보던 마도카 씨가 말했다.

"아무리 좋아하는 상대한테도 마음에 안 드는 구석이 한
두 개 정도는 있어. 그러니 세기의 커플도 헤어지는 거지.

……하지만 그걸 극복하고 나면, 꽤 관용적이 된다고나 할
까? 싫어하는 부분은 여전히 싫어하지만, 어쩔 수 없지~ 하
며 넘어가게 돼."

"……어쩔 수 없지……."

"그래. 나는 지금 그런 상태야. 얼마 전에도 남친이 게임
에 과금하고 싶으니 돈 좀 빌려달라고 해서, 엉덩이를 확 걷
어찼다니깐. 히히히히!"

아무리 좋아하는 상대한테도, 마음에 들지 않는 구석이
한두 군데는 있다.

그러니…… 세기의 커플도 헤어진다.

마도카 씨의 묵직한 말이 내 마음 깊은 곳까지 빠져들었다.

……그건 그렇고, 마도카 씨의 장래가 좀 걱정돼.

"그러니까, 유메 양."

마도카 씨는 자기 몸에 대보던 유카타를 내 몸에 대보면
서 미소 지었다.

"미즈토와 무슨 일이 있던 건지는 모르겠지만…… 유메
양도 사소한 건 신경 쓰지 않아도 돼. 이 세상에는 아무래
도 상관없는 녀석과 싫은 녀석이 훨씬 많으니까, 싫은 구석
도 있지만 좋은 구석도 있는 사람이라면 충분히 오케이야!"

생각해 보면 당연한 일이었다.

그것도 그럴 것이 상대는 살아있는 인간이다.

자기 이상과 망상이 구현된 존재는 아니다.

고고하고, 자기한테만 상냥한 줄 알았던 사람이, 갑자기 사소한 일로 질투하는 것도 당연한 일이며—

아무와도 얽히지 않으며, 자기와 만나기 전에는 완전한 고독 속에 있던 것 같은 인간에게, 첫사랑이 있는 것도— 역시, 당연한 일이다.

상대는 아이돌이 아니다.

같은 장소에서, 같은 처지인, 평범한 인간이다.

겨우 질투나 첫사랑으로 경멸했다간…… 한도 끝도 없다.

알고 있다.

그런 건— 애초부터 알고 있다.

"……딱히, 미즈토가 뭘 한 건 아니에요."

고개를 숙이자, 유독 화려한 유카타가 눈에 들어왔다.

"저는 그저…… 저 자신의 왜소함 때문에 풀이 죽었을 뿐이에요."

내가 마도카 씨처럼 천성이 밝은 사람이라면…… 이런 사소한 일로 충격을 받지 않는다.

그럴 권리는 없다. 자격도 없다. 도리에도 어긋난다.

나라는 인간이 지긋지긋할 정도로 부정적이며, 구제할 길 없을 만큼 왜소한 것이…… 나쁘다.

"……으음~."

마도카 씨는 내 몸에서 유카타를 떼더니, 곤란하다는 듯 고개를 갸웃거렸다.

"유메 양— 여기, 먼지가 많은 것 같지 않아?"

"네?"

갑작스러운 화제 전환에 나는 고개를 들었다.

마도카 씨는 씨익 하고 장난꾸러기 같은 미소를 머금었다.

"유카타를 고른 다음, 같이 목욕하자."

먼저 들어가 있으라는 말에, 나는 몸에 물을 끼얹고 넓은 욕조에 어깨까지 담갔다.

물방울이 맺힌 천장을 올려다보며, 사고회로가 정지되어 있다는 사실을 눈치챘다.

……이 상황은, 뭐지?

탈의실을 보니, 불투명 유리 너머에서 마도카 씨가 머리를 말아 올리는 모습이 눈에 들어왔다. 이미 옷을 벗은 건지, 육감적이고 아름다운 몸매가 비쳐 보이고 있다.

—뭘 하냐고? 여자끼리의 비밀 이야기♪

그렇게 말한 마도카 씨는 즐거운 듯 웃고 있지만…….

나는 물속에서 무릎을 꼭 끌어안았다.

엄마 이외의 사람과 같이 목욕하는 건…… 중학교 수학여행 이후로 처음일까?

단둘이서 목욕하는 건, 어쩌면 처음일지도 모른다.

왜, 왜 긴장하는 거야……! 상대는 아카츠키 양이 아니잖아!

"기다리게 해서 미안해~."

드르륵하며 문이 열리더니, 마도카 씨가 안으로 들어왔다.

수건으로 몸을 가릴 생각 같은 건 눈곱만큼도 없는 것 같다.

오히려 과시하듯 잘록한 허리에 손을 대며, 눈부신 나신을 훤히 드러냈다.

수영복을 입었을 때부터 몸매가 좋다는 건 눈치챘지만……
허리는 쏙 들어갔고, 엉덩이는 탄력적이며, 늘씬한 두 다리에서는 군살을 찾아볼 수 없었다.

무엇보다 엄청난 것은 자칭 F컵인 가슴이다. 브래지어나 수영복 같은 지지대가 없는데도, 뒤집어둔 그릇처럼 봉긋했다. 게다가 몸을 움직일 때마다 부드럽게 흔들리는 모습을 보니, 물리법칙에 문제가 생긴 게 아닌가 싶은 생각이 들었다.

"어때?"

마도카 씨가 우쭐하는 표정을 짓자, 나는 솔직하게 답했다.

"아름다워요……."

"고마워~! 그러는 유메 양도 참 예쁘거든? 호리호리한 게 참 부러워~! 여자의 이상적인 체형이라니깐."

"아, 과, 과찬이에요……."

나는 몸을 웅크렸다. 마도카 씨에게 칭찬을 받아 황송했다.

마도카 씨는 욕조 안의 물을 몸에 끼얹은 후, 「자, 좀 옆으로 옮겨~」 하면서 내가 있는 욕조 안으로 들어왔다.

그때, 나는 무심코 상대방의 사타구니를 쳐다보았다.

깔끔하게 손질을 해 둔 건, 역시 보여줄 기회가 있기 때문일까……?

"휴우~."

마도카 씨가 나와 마주 앉으며 물에 몸을 담그자, 첨벙 하며 흘러넘친 물이 배수구로 흘러갔다.

이 집의 욕조는 넓은 편이지만, 두 명이 한 번에 들어가기엔 좁았다. 내가 무릎을 끌어안으며 앉자, 발끝이 마도카 씨의 허벅지에 살짝 닿으면서 내 가슴을 뛰게 했다.

"하아~. 해방된 기분이야~."

그렇게 말한 마도카 씨의 복숭아 같은 가슴이 물 위에 둥실둥실 떠 있다.

저렇게 크면, 꽤 무거워 보인다.

욕조 안은 일상에서, 저 무게에서 가장 해방되는 순간일게 틀림없다.

"히히히. 그렇게 신경 쓰여?"

내 시선을 눈치챈 마도카 씨는 자기 가슴을 아래편에서 잡더니, 살짝 들어 올렸다.

"만져볼래?"

"어…… 아, 아니, 그건 좀……."

"돈 안 받을게~."

"……그, 그럼……."

너무 사양하는 것도 실례일 것 같아 나는 머뭇거리며 손을 뻗었다.

살짝 닿은 손가락이 그대로 파고들었다. 그리고 떼자, 마치 달라붙은 것처럼 손가락에 피부가 딸려왔다.

오오~. 남의 걸 만지면, 이런 느낌이구나…….

앞에서 주무르거나, 옆에서 모아 보고 있을 때였다.

"─하응."

마도카 씨가 요염한 신음을 흘렸다.

첨벙! 하며, 나는 허둥지둥 거리를 벌렸다.

"죄, 죄송해요!"

"히히히히! 농담이야, 농담!"

까, 깜짝 놀랐어…….

나는 여자애와 이렇게 신체접촉을 해 본 적이 거의 없다. 히가시라 양이 등장했으니, 어쩌면 미즈토보다도 경험이 부족할지도 모른다.

마도카 씨는 욕조 가장자리에 올린 팔로 턱을 괴더니…….

"그럼, 현기증이 나기 전에 본론에 들어갈까~."

……하고, 선언했다.

"여기서라면 속내를 털어놓을 수 있잖아. 옷과 함께 체면 같은 건 내던지고 말이지."

"……털어놓을 속내 같은 건 없는데요."

"에이~. 있잖아. 미즈토를 좋아해? 싫어해?"

그 단도직입적인 질문에, 나는 즉시 답하지는 못했다.

한때 좋아했던 것은 사실이다.

한때 싫어했던 것은 사실이다.

……지금은 과연, 어느쪽일까…….

"저기 말이지? 나, 좀 생각해 봤어."

"뭘 말인가요……?"

"만약 나였다면, 하고 말이야."

천장에서 떨어진 물방울이 욕조 안에 떨어지자, 찰랑하는 소리를 내며 수면이 흔들렸다.

"내가 고등학생 때, 동갑내기 남자애와 한 지붕 아래에서 살게 된다면— 엄청 큰일일 거다 싶지 뭐야. 신경 써야 할 일만 해도 한둘이 아닌데, 좋든 싫든 의식하게 될 테니까……. 하지만 어른들은 의외로 가볍게 받아들이고 있는 것 같았어. 그건 유메 양과 미즈토의 노력이 이뤄낸 성과 아닐까?"

사실 우리의 관계는 마도카 씨가 상상하는 것보다 훨씬 복잡했다.

하지만…… 그 특수한 관계가 없었다면, 지금의 이 가정은 존재하지 않을 게 분명하다.

나와 그가 처음부터 서로를 알고 있기 때문에, 지금의 평화로운 가족이 존재한다— 요즘 들어서는, 그런 생각이 들었다…….

"마도카 씨라면, 어땠을 것 같아요? 만약 남자애와 같이 살게 된다면……."

"상대에 따라 다르겠지만…… 뭐, 미즈토였다면 좋아하게 되지 않았을까?"

"네?"

아무렇지 않은 듯 내뱉은 그 말에, 나는 눈을 깜빡였다.

"……그, 그건…… 상대가 미즈토라서……."

"솔직히 말해, 얼굴 때문이야."

"얼굴."

뜬금없는 말을 입에 담으며 마도카 씨가 「히히히」 하고 웃었다.

"그 애, 귀엽게 생겼는걸. 같은 반일 뿐이라면 눈치 못 챌지도 모르지만, 같이 살게 된다면 좋든 싫든 눈치챌 게 뻔하잖아? 그리고 실제로 유메 양이 딱히 스트레스를 받지 않으며 지내는 것을 보면, 성격적으로 문제가 없겠네. 그럼 의식할 수밖에 없어. 그런 상황에서는 수수한 분위기도 플러스로 작용할 거잖아. 『나만이 그의 본질을 안다』란 우월감은 그 어떤 여자애든 필패 확정일걸?"

……반박할 수가 없었다.

찔리는 구석이 너무 많았다.

상상에 불과하지만, 히가시라 양도 나와 마찬가지로 침묵에 잠긴 느낌이 들었다.

"그건 미즈토도 마찬가지일 거야. 한 지붕 아래에서 유메 같은 미소녀와 같이 산다면…… 진짜, 난리일걸?"

"난리라뇨……?"

"미성년자에게는 알려줄 수 없어~♪"

귀까지 빨개진 나는 입을 물속에 담그며 보글보글하고 거품을 냈다.

이 넉 달 동안 치명적일 만큼 거북한 상황에 직면하지는 않았지만…… 역시 그 냉혈남한테도 그런 욕구가 있을까.

……있긴 할 거야. 야한 소설도 가지고 있는걸.

그러고 보니, 위험했던 순간도 있었어.

하지만…… 그건, 이 생활을 시작한 지 얼마 안 됐던 시절의 일이다.

지금의 이 생활에 익숙하지 않던 시절.

그리고— 아직, 히가시라 양과 만나지 않았던 시절.

"……제가 없더라도…… 그라면 괜찮을 거예요."

물 밖으로 입을 내민 나는 자명한 진실을 입에 담았다.

"그에게는…… 저보다 훨씬 사이좋은 여자애가 있으니까요."

"아, 히가시라란 애? 이야기는 들었어. 전 여친 같은 건데, 여름 방학 이후로 자주 집에 드나든다며?"

"전 여친이라는 건, 어른들의 착각이지만요……."

"그래? 그럼 뭐야?"

"히가시라 양은 그의 여자 사람 친구인데…… 전에 그에게 고백했다가 차였어요."

"아~, 오호라. 그래서 다시 친구 사이로 돌아간 거구나. 그런 타입이네."

"그런 타입이라뇨?"

"드물게 있어. 우정과 연애 사이에서 왔다 갔다 하는 애 말이야. 사랑의 라이벌 같은 거면 진짜 골치 아프다니깐. 『차였으면 순순히 퇴장하란 말이야~!』하고 외쳐주고 싶은 심정이야."

"아, 아니…… 히가시라 양은 나쁘지 않은데요……."

"그래서 더 성가신 거야. ……아, 방금 사랑의 라이벌이라는 걸 인정한 거야?"

"이, 인정 안 했어요……!"

"고집 세네."

마도카 씨는 놀리듯 웃었다.

"기왕이면 처음부터 끝까지 평범한 친구 사이였으면 좋았을 거야. 아무래도 괜한 참견을 해서 그 애의 연심을 자극한 녀석이 있는 것 같네."

"윽."

"어라?"

"……죄송해요, 저예요……."

"상황이 더 복잡해졌네."

마도카 씨는 으음~ 하며 커다란 가슴을 받치듯 팔짱을 꼈다.

"아하~. 그 애를 응원한 바람에 유메 양은 적극적으로 어프로치를 하기 어려워졌구나……."

"……아니, 애초에 어프로치 같은 걸 할 필요는 없는데요."

"하지만 그 애와 미즈토가 꽁냥거리는 걸 보면, 가슴이 부글부글 끓지 않아?"

"……."

"오, 정곡을 찔렸구나~."

"으윽! ……하지만, 그건……."

그저— 미련에 불과하다.

사귀던 시절의 독점욕을 아직 질질 끌고 있을 뿐이다.

"……하다못해 히가시라 양의 고백이 성공했다면, 그나마 나았을지도……."

"유메 양, 아까부터 변명만 늘어놓네."

"네?"

턱을 괸 마도카 씨는 약간 진지한 목소리로 말했다.

"미즈토한테 사이 좋은 여자애가 있다는 건, 결국은 변명 아냐? 『그렇게 된다면 내가 미즈토와 연애하지 않아도 된다』는 변명—."

내가.

그 남자와.

연애하지 않아도— 된다.

"이건 내 억측이거든? 그걸 염두에 두고 들어줬으면 하는

데…… 아마, 유메 양이 가장 소중하게 여기는 사람은 어머니일 거야."

"어머니……."

"그래. 유메 양은 자기평가가 참 낮아. 그래서 참는 게 버릇이 됐어. 유니 씨와 미네아키 아저씨가 헤어지지 않게 하는 것만 생각하고 있지? 그러니 미즈토와 사귀면 안 된다고 생각해. 뭐, 이해가 안 되는 건 아냐. 사내 연애조차도 금지하는 회사가 있을 정도니까, 가족 간의 연애가 얼마나 성가실지는 말할 필요도 없어~."

뭐, 나는 피가 이어지지 않은 남매가 생긴 적 없지만, 하고 마도카 씨는 말했다.

"하지만 유메 양. 그 변명, 얼버무림에는 시간제한이 있어."

"네……?"

"가족끼리니까 거꾸로 눈치채기 어려우려나. 하지만 『그 순간』은 분명 찾아와. 『그 순간』이 오면, 어른을 변명으로 삼을 수 없게 돼. 유메 양도, 미즈토도, 결정을 내릴 수밖에 없을 거야."

너무나도 확신에 찬 어조였기에 나는 의문을 입에 담았다.

"『그 순간』이…… 뭔가요? 대체, 무슨 일이 일어나는 건데요……?"

"으음…… 그건 『그 순간』이 찾아왔을 때의 즐거움으로 남겨둘까?"

마도카 씨는 히히, 하고 장난꾸러기 같은 웃음을 흘렸다.

"이런 알쏭달쏭한 코멘트, 한 번쯤 말해 보고 싶었다니깐."

애매모호하게 얼버무릴 수 없게 되는,『그 순간』.

지금의 나는 상상도 할 수 없다.

하지만 마도카 씨는 아무런 근거도 없이 그런 말을 한 게 아니다— 나는 눈치채지 못했지만, 그것은 누가 봐도 명백할 만큼 꼭 찾아올 거란…… 생각이 들었다.

"뭐, 여름방학 숙제와 같아. 개학식 날이 다가와서 허둥대기 전에, 꾸준히 해 두는 편이 좋을걸?"

마도카 씨는 으음~ 하며 가슴을 펴듯 기지개를 켰다.

"『그 순간』이 오기 전에, 마음은 정해 두는 편이 좋지 않겠어? 가족이나 친구 같은 주위의 일들은 제쳐두고 말이지."

"하지만…… 그걸, 어떻게……."

"간단하잖아. 같이 있을 때 가슴이 뛰거나, 키스하고 싶단 생각이 들면 좋아하는 것 아니겠어?"

"……그게, 성욕과 어떻게 다르죠?"

나는 자기가 고집을 부리고 있다는 것을 자각했다.

마치 뭔가를 지키려는 듯, 나는 말을 이었다.

"애초에 연애 감정이라는 건 자손을 남기고 싶단 본능이잖아요. 가슴이 두근거리는 것과 성욕이 솟구치는 것이 구체적으로 어떻게 다른가요?"

"어이쿠. 귀찮은 이야기를 꺼내 들었네. 으음~, 일단 연애 감정은 자손을 남기려는 본능과 달라. 그렇지 않다면 동성애를 전부 부정하는 거잖아."

"······그건, 그래요."

"연애와 성욕이 어떻게 다른가······. 아마 인류가 수천 년 동안 계속 고민해 온 문제겠지만, 일단 내 대답을 말해 주자면—."

마도카 씨는 욕조 가장자리에 올려둔 팔에 머리를 툭 올려두더니······.

놀리듯 웃으면서— 베갯머리에서 속삭이는 어조로 말했다.

"—나는 야한 짓을 한 직후에도, 남친의 얼굴을 바라보면서『좋아해~』하고 생각하거든?"

"야한······!"

미수로 끝났던 순간이나, 어른들이 없었을 때 덮쳐졌던 것을 무심코 떠올리자— 목욕물의 온도가 느껴지지 않을 만큼 온몸이 달아올랐다.

"히히히히! 자극이 너무 강했나 보네~?"

마도카 씨는 첨벙 하는 소리를 내며 욕조에서 몸을 일으켰다.

풍만한 가슴에서, 마치 빗물이 차양에서 흘러내리듯 물방울이 방울져 떨어졌다.

"지금 바로 답을 내놓으란 건 아냐.『꾸준히 해 두라』고 내가 말했지? 그러기 위해서라도— 일단, 괜히 피하지는 말란 거야!"

"하, 하지만……."

그럴 수 있다면, 고생하지 않는다.

마도카 씨는 또, 히히 하고 웃었다.

그 웃음소리가 나한테는 천사가 부는 종말의 나팔 소리처럼 느껴졌다.

"괜찮아. 이 언니만 믿어!"

"그럼, 잠시만 여기서 기다려!"

마도카 씨는 그렇게 말한 후, 장지문을 닫았다.

목욕을 마친 후, 마도카 씨가 나를 데려온 곳은 살풍경한 방이었다.

장롱과 빈 책장이 있을 뿐인 빈방 같았다. 다다미가 깨끗한 것을 보면, 청소는 꾸준히 하는 것 같았다.

그렇게 많은 사람이 묵고 있는데도, 아직 빈방이 있는 건가…… 이 집이 대저택이라는 것을 새삼 느꼈다.

천장에는 낡은 백열전등이 달려 있지만 불은 꺼져 있다.

끈이 달리지 않았기에, 나는 카디건 위로 팔을 문지르면서 전등 스위치를 찾았다.

여름이라도 밤에는 추우니까, 옷 따뜻하게 입어— 하고 마도카 씨가 말했는데, 몸이 차갑게 식을 정도로 오래 걸리는 일인 걸까. 아무래도 나와 미즈토를 화해시켜 주려는 것 같았는데……

아, 찾았다.

나는 벽에 있던 스위치를 눌렀다.

……하지만, 천장의 전구는 빛을 뿜지 않았다.

아무래도 이 방의 비추는 것은 장지문 너머에서 스며드는 달빛뿐인 것 같다.

"―여기야, 여기."

그 달빛이 두 사람의 그림자를 자아냈다.

한 사람은 마도카 씨.

다른 한 사람은…… 아마, 미즈토.

"미안해~! 내가 부탁한 일인데 말이야!"

"……됐어요. 어차피 여기까지 왔는걸요."

"고마워~! 아마 금방 찾을 수 있을 거야!"

아무래도 뭔가를 찾는다는 구실로 여기까지 데려온 것 같다.

아하……. 거기에 나도 동참해서 작업 중에 자연스럽게 대화를 나눌 수 있게 만들려는 걸까.

역시 마도카 씨. 적절한 아이디어다.

……역시 마도카 씨의 부탁은 순순히 들어주는구나.

"자, 들어가! 들어가!"

장지문이 열렸다.

미즈토는 안에 있는 나를 보더니, 미간을 살짝 찌푸렸다.

하지만 마도카 씨는 미즈토의 등을 밀어서, 억지로 다다미방에 집어넣었다.

"저 장롱 안에 있을 거야! 유메 양도 찾아봐 줘! 부탁할게~!"

"……하아."

애매모호한 반응을 보인 미즈토는 나한테는 눈길도 주지 않으면서 장롱을 향해 다가갔다.

반응이 정말 별로였다.

인사 정도는 하는 게 어때?

—나는 그렇게 따지고 싶은 마음을 억누르며, 장롱을 향해 돌아서려 했다.

바로 그때였다.

"—아! 아야야! 아야야야야야야~~~!"

무시무시하게 어설픈 비명을 지르면서, 마도카 씨는 배를 감싸 쥐었다.

"가, 갑자기 배가 아프네~. 나, 화장실 좀 다녀올게~!"

그 엉망진창인 연기를 보며 넋이 나가 있을 때, 마도카 씨는 복도로 나가면서 장지문을 닫았다.

그리고, 실내에 있는 우리를 향해 외쳤다.

"나, 30분은 절대 돌아오지 않을 거야! 아저씨와 아주머니도 저어어어얼대~ 이 근처를 얼씬하지 않을 거야! 그러니까 두 사람 다, 내가 돌아올 때까지 절대, 저어어얼대, 이 방에서 나오지 마!"

그럼 이만! 하고 말한 마도카 씨는 배가 아픈 사람이라는 게 믿기지 않을 만큼 가벼운 발걸음으로 이 자리를 벗어났다.

"……."

"……."

달빛만이 비추는 어두운 실내에서 어처구니없는 침묵만 이 흘렀다.

—어, 어설퍼~~~!!!!

아까 말한 『역시 마도카 씨』를 돌려줘. 뭐 이렇게 조잡한 세팅이 다 있지? 히가시라 양이라도 이것보다는 더 신경을 쓸 거야!

마도카 씨…… 의외로 거짓말을 잘 못 하는 타입 같다.

"……하아. 그렇게 된 거냐……."

한숨을 내쉰 미즈토는 꺼내 들던 서류를 다시 장롱에 넣 었다.

이곳에 끌려온 이유가 구실에 지나지 않는다는 것을 눈치 챈 것이리라.

"30분……."

미즈토는 호주머니에서 스마트폰을 꺼내 시간을 확인했 다. 이 방에는 시계가 없다.

그리고 비교적 밝은 장지문 근처에 앉더니, 그대로 스마트 폰을 조작하기 시작했다.

마도카 씨의 세팅에 어울려줄 생각이 없는 것 같다…….

"……뭐, 할 말 없어?"

내가 조용히 묻자, 미즈토는 힐끔 나를 쳐다보더니…….

"할 말이 있는 건, 너잖아."

곧, 그 시선은 다시 스마트폰을 향했다.

"내가 니를 무조건 배려해 줘야 할 의리 같은 건, 이제 없어."

그렇다.

화가 날 정도로 옳은 말이다.

사귀던 시절이라면, 관계를 유지하기 위해 양보하는 경우가 있을지도 모른다.

하지만 우리는 남매다. 끊으려야 끊을 수 없는 관계다.

무리하며 고개를 숙여야만 할 이유는 어디에도 존재하지 않는다.

그러니 이야기를 먼저 꺼내야 하는 건, 잘못했다는 생각을 하고 있는…… 바로 나다.

하지만— 알 수가 없었다.

어떻게 말을 꺼내면 될까.

현재 내 안에는 어떤 문제가 있고, 어떻게 하면 그것이 해결될까.

오늘로, 이 집에 온 지 사흘째다.

첫날에는, 오래된 서재에서 이 남자의 근원을 처음 접했다.

둘째 날에는, 친척들 사이에 섞여 가족으로서의 관계를 발견한 느낌을 받았다.

하지만 셋째 날에는…… 자신의 그릇이 얼마나 작은지, 깨달았다.

그렇다. 나는 이런 인간이다.

부정적이고, 겁쟁이에, 관용과 거리가 먼, 도량이 작은 인간이다.

분명, 미즈토도 질렸다고 생각한다.

결국 중학생 때 헤어졌던 것도, 내 그릇이 작다는 것이 직접적인 원인이었다.

떠올려봐도, 떠올려봐도, 내가 잘못한 일만 생각났다. 요령이 없고, 눈치가 없으며, 태도가 나쁠 뿐만 아니라, 대응도 미숙했다. ―지금 이런 상황에 부닥친 것도, 내 자업자득이나 다름없다.

그래서― 이미 잊어버렸어야만 하는 마음을 이렇게 질질 끌고 있는 중이다.

―아아…… 그래.

왠지 알 것 같다.

무엇이 문제인가. 어떻게 해결해야 하는가.

나는 지금 그와 어떤 이야기를 주고받아야 하는가.

하지만 용기가 필요했다.

독서 중인 미즈토에게 말을 걸 때보다도, 미즈토의 근원을 접할 때보다도…….

왜냐하면, 이것은 상처를 헤집는 짓이나 다름없다.

완전히 아물 일 없는, 딱지만 붙어 있을 뿐인 내 마음의 상처를 후벼파는 짓이다.

그래도 내가, 우리가, 미래로 나아가기 위해서는—.

첫사랑이란 이름의 상처를 받아들여야만 한다.

나는 벽 쪽에 앉은 미즈토의 앞에 앉았다.

미즈토는 스마트폰에서 눈을 떼지 않았다.

그래서— 나는 두 번 다시 쓸 일이 없을 거라 여겼던 호칭을 입에 담았다.

"이리도."

스마트폰을 조작하는 손가락이 움직임을 멈췄다.

"이리도."

당혹스러운 눈동자가 힐끔거리며 나를 향했다.

"이리도."

나는 마주했어야만 했다.

대치했어야만 했다.

가슴 속에 엄연히 남아있는 이 감정에서 벗어난 척도, 극복한 척도 하지 말고……

내버려 두는 게 가능할 리가 없다.

"이리도. 이리도. 이리도—."

더— 더 부르고 싶었다.

더 많이.

더 실컷.

1년 반은, 짧아.

여름 방학, 함께 보내고 싶었어.

두 번째 크리스마스도. 밸런타인데이도.

세 번째도, 네 번째도, 다섯 번째도.

더 쭉, 함께 있고 싶었는데—.

"—이리, 도—."

입술이 떨렸고, 혀가 꼬였다.

그래도 부족했다.

턱없이 부족했다.

이렇게, 이렇게 불러도, 하나도, 하나도—.

"—이리, 도—."

헤어지자.

그 말을 들었을 때, 어깨의 짐을 내려놓은 느낌이 들었다.

드디어 끝나는구나.

겨우 끝나는구나.

이 괴로운 마음이, 슬픈 마음이, 쓸쓸한 마음이.

진심으로…… 그렇게 생각했다.

하지만.

가능했을지도 모르는 나날이 머릿속을 스쳤다.

보낼 수 있었을지도 모르는 시간이 머릿속을 스쳤다.

만들었을지도 모르는 추억이 뇌리를 스쳤다.

분명 즐거웠을 것 같다.

분명 행복했을 것 같다.

아무리 괴로워도, 슬퍼도, 쓸쓸해도, 그 순간을 맞이할 수 있었다면⋯⋯.

아아─.

─헤어지지 말 걸, 그랬다.

후회했다.

헤어지고 나서, 남매가 되고 나서, 처음으로 명확하게─ 후회가 들었다.

그딴 다툼은 아무것도 아닌데.

역시 좋아한단 사실을 깨닫는 건, 간단했을 텐데.

같이 놀며, 같이 있었다면.

누군가가 양보하며 여름 방학에 전화를 했다면.

크리스마스에 선물을 준비했다면.

밸런타인데이에 초콜릿을 만들었다면.

─헤어지자는 말을 들었을 때, 싫다고 대답했다면.

기회는 얼마든지 있었다.

무한히 있었다. 무수히 있었다.

그 모든 것을 나는 놓쳤다.

상냥한 이리도가 어떻게든 해 줄 거라고─ 어리석게도 기대하며⋯⋯.

바보다. 나는 정말 바보다.

새로운 반, 친구, 수험공부 같은 건, 전부 아무것도 하지 않으려는 변명에 불과했다.

가장 원했던 것은 따로 있는데…….

그런 식으로 도망치기만 한 바람에, 이제 와서 미련에 휩싸이고 말았다.

"—이리도—."

대답해 주지 않아도 된다. 내가 멋대로 마침표를 찍으려 하는 것뿐이다.

대답해 주지 않아도 된다. 이 마음의 파도를 넘으면, 나는 분명 앞으로 나아갈 수 있다.

대답해 주지 않아도 된다. 네가 말한 것처럼, 그럴 의리 같은 건 없다.

그러니 울지 마라. 동정을 사게 된다.

그러니 울지 마라. 위로받았다간 또 예전으로 돌아가고 만다.

그러니 울지 마라.

눈물을 닦아줄 사람은— 내 손으로 밀쳐내 버렸으니까.

"—아야이."

한순간, 환청을 들었다고 생각했다.

그것도 그렇게…… 그가, 그 호칭으로 나를 부를 리가 없다.

하지만 다음 순간, 내 볼을 상냥히 감싸 주는 손가락이, 이게 현실이란 사실을 알려줬다.

"……지금만이야."

무릎으로 선 미즈토가 손이 닿을 거리까지 다가와 있다.

"지금만…… 예전으로 돌아가 주겠어, 아야이."

그의 뒤편에, 전원이 꺼진 스마트폰이 굴러다니고 있다.

이 방에는 시계가 없다.

스마트폰 말고는 시간을 확인할 방법이 없다.

오늘이, 몇 년인지, 몇 월인지, 며칠인지—.

나도, 미즈토도, 알 수 없다.

"……우…… 아아……!"

다음 순간, 나는 오열을 흘리며—.

미즈토의 품에 온 힘을 다해 안겨들었다.

"이리도— 이리도, 이리도, 이리도—!"

"아야이."

미즈토는 상냥히 나를 부르며, 내 등을 상냥히 보듬어 줬다.

아마, 사과할 수 있을 것 같다.

그때 괜히 질투해서 미안해. 화해 못 해 미안해.

그렇게…… 이 1년간을 처음부터 다시 시작하는 것도 가능하리라.

하지만 나도, 그도, 그러지 않았다.

왜냐하면…… 이미 끝났으니까.

전부, 전부, 끝나버렸으니까.

끝났기에 시작할 수 있던 것도, 존재했다.

이 1년을…… 없었던 일로 할 수는 없다.

실연의 상처를, 자신을 찬 남자에게 위로받은 히가시라 양의 심정을 지금이라면 아주 조금 이해할 수 있다.

이 미련은. 곪은 상처는.

같은 것을 가진 이만이, 핥아줄 수 있다.

내가 동정할 사람은, 동정받을 사람은 히가시라 양이 아니라—.

—이 세상에 단 한 명, 이리도뿐, 이다.

우리는 달빛 아래에서 한동안 포옹을 나눴다.

키스는 하지 않았다.

왜냐하면 나는 전 여친이고, 그는 전 남친이니까.

"한 5분 남았나."

미즈토는 전원을 켜서 스마트폰을 보고 그렇게 중얼거렸다.

마도카 씨가 선언한 30분까지 앞으로 5분 남았다.

아까 그렇게 조잡한 행동을 선보였던 마도카 씨라면, 플러스마이너스 몇 분쯤도 가능할 것 같은데…….

울다 지친 나는 벽에 등을 맡긴 채, 손거울을 쳐다봤다.

우와아…… 눈이 새빨개졌어……. 이래서야 엉엉 울었다는 게 확 티 나겠네.

"그런데, 결국……."

내 옆에 앉은 미즈토가 세운 무릎 위에 팔을 얹어놓으며 물었다.

"뭐가 마음에 안 들어서 나를 피한 거야? 아직도 모르겠어."

아. ……그러고 보니, 아무 이야기도 안 했구나.

미즈토의 시점에서 본다면, 나는 갑자기 옛날 호칭으로 자기를 부르며 울음을 터뜨린 여자다.

……용케 아까 같은 대응을 했다 싶었다.

초능력자일까? 눈치가 좋은 데도 정도라는 게 있다.

그런 면을— 응. 좋아했어.

지나간 일이지만 말이야.

"……그냥 넘어가 줘. 내 마음속에서는 이미 마무리된 일이야."

"내 마음속에서는 아직 소화 불량 상태거든. 배 속에서 덩어리진 채 굴러다니고 있어."

"그냥 확 싸버리면 안 돼?"

"변비야. 누구누구 씨 때문에 스트레스를 엄청나게 받았거든."

말투가 참 심술궂다니깐.

그런 면은 싫어했어. 옛날부터 말이야.

"하아……."

나는 가늘게 숨을 내쉰 후, 어두운 천장을 올려다보며 마음을 다졌다.

"……첫사랑."

"응?"

"네 첫사랑이 마도카 씨라는 걸 알고…… 좀, 울컥했어."

하아, 정말! 부끄러워! 이딴 흑역사를 본인 입으로 털어놓게 만들지 좀 마!

어떤 식으로 놀림을 당하려나 싶어 전전긍긍하며, 옆을 힐끔 쳐다보았다.

그러자…….

미즈토는 미심쩍은 듯 미간을 찌푸리며 고개를 갸웃거렸다.

"첫사랑……? 마도카 씨가? 내?"

"어?"

어…… 진짜로 당혹스러워하고 있네?

"아, 아닌 거야……?"

"마도카 씨를 좋아한 적이 없는데 말이야."

"하, 하지만, 남자는 친척 누나를 좋아하기 마련이라고……."

"그건 일반론이야."

"아니…… 마, 맞아. 마도카 씨의 말이라면 군소리 안 하며 들어주잖아! 내가 무슨 부탁을 해도 무시하면서!"

"그야 마도카 씨는 고집이 세거든."

미즈토는 어처구니없다는 듯 한숨을 내쉬었다.

"너도 반쯤 억지로 이 방에 끌려온 거 아니었어?"

"……아."

듣고 보니 그랬다.

"마도카 씨는 유일하게 나와 나이가 비슷한 친척이라서 옛날부터 자주 이야기를 나눴지만, 딱히 좋아한 적은 없어. 오히려 눈치 없이 들러붙을 때마다 성가시게 느꼈다니깐."

이제는 익숙해졌지, 하고 미즈토는 말했다.

"어제 이상한 질문을 한다 했더니, 그런 착각을 한 거냐……. 너란 애는 기본 스펙이 나쁘지 않은데, 꼭 중요한 순간에 얼간이가 된다니깐."

"으윽……."

이번에는, 전면적으로 내가 잘못했다.

바로 그때, 누군가의 발소리가 들려왔다. 마도카 씨가 돌아오는 걸지도 모른다.

미즈토는 몸을 일으키더니, 달빛을 받으며 나를 내려다봤다.

"이제 괜찮지? **유메**."

들으란 듯 일부러 쓴 그 호칭에, 나 또한 이렇게 답했다.

"응. 걱정해 줘서 고마워, **미즈토**."

친해져서 서로를 이름으로 부르는 게 아니다.

그저, 성이 같아졌을 뿐이다.

그뿐인, 무미건조한 호칭의 진화.

"……후훗."

왠지 갑자기 우스워졌다.

이제 와서, 실감한 걸지도 모른다.

이렇게 다 큰 후에, 이렇게 다 큰 남매가 생겼다는 사실을─.

"……그거 봐. 그래서 내가 말한 거잖아."

"뭐?"

갑자기 입을 연 미즈토를 쳐다보니, 의붓동생은 뭔가를 얼버무리듯 발소리가 들려오는 장지문을 응시했다.

"─첫사랑은 잘 웃는 사람이라고…… 내가 말했잖아, 바보야."

그 순간.

나는 이 방의 전등이 켜지지 않는단 사실에 대해 진심으로 감사했다.

전 연인은 귀성한다④
첫 키스로 선언하다

이제 와서는 젊은 날의 치기라고 말할 수밖에 없겠지만, 중학교 2학년 때부터 중학교 3학년 때까지 나에게는 소위 남친이라 부르는 존재가 있었다.

정말 즐거운 시간이었다.

그렇다. 이제는 고집스럽게 부정하지 않겠다.

이리도 미즈토의 여친이었던 시간— 적어도 중학교 3학년 여름 방학 전까지, 나는 정말 행복했다.

그 행복의 절정은— 돌이켜보면, 분명 그날이다.

크리스마스가 아니다. 밸런타인데이도 아니다. 딱히 특별한 날은 아니다.

아무 날도 아닌 평일.

평소처럼 따로 교실에 들어가고, 일부러 학교 밖에서 합류한 후, 함께 하교하던 그 날.

사귀기 시작하고 시간이 꽤 흘러서, 손을 잡고 걷는 데도 익숙해지기 시작한— 다음 스텝을 의식하기 시작한 시절의 어느 날이다.

『첫 키스는 언제쯤?』

어젯밤, 인터넷에서 본 기사의 제목이 내 뇌리에서 떠나지 않았다.

●번째 데이트. 사귀기 시작하고 ×개월 같은 신뢰할 수 있을지 알 수 없는 애매모호한 숫자를 떠올리며, 손을 맞잡고 걷는 남친의 얼굴을 힐끔힐끔 쳐다보았다.

슬슬…… 때가 된 걸지도 모른다.

인터넷 기사에 적힌 조건은 대부분 클리어했다.

슬슬…… 해도 괜찮지 않을까?

익숙한 통학로를 걷고 있는데도 너무 긴장됐다.

힘이 들어간 손, 그리고 손바닥에 맺힌 땀 때문에 그가 눈치채는 건 아닐까 싶어 조마조마했다.

그와 동시에…… 이런 내 마음을 눈치챈 그가 먼저 말을 꺼내주길 기대하기도 했다.

하지만 나는 안다.

아무리 어리석은 나라도 이 정도면 눈치챘다.

이리도 미즈토는 자기가 먼저 키스를 하잔 말을 절대 꺼내지 않을 거란 사실을…….

그렇다면 내가 말을 꺼낼 수밖에 없을까……?

하지만 대체 어떻게……?

그렇게 십여 분간 우물쭈물하는 사이, 어느새 헤어져야 하는 장소에 도착했다.

평소 같으면 쓸쓸하다고 느끼지 않는다.

집에 돌아가서도 스마트폰으로 이야기를 나눌 것이고, 내일 또 만날 수 있다.

하지만, 이 날은—.

—그럼, 내일 봐.

이리도는 가볍게 손을 흔들며 돌아섰다.

그 순간— 완전히 무의식적으로…….

나는 손을 뻗어서 이리도의 팔을 잡았다.

—어?

이리도는 영문을 모르겠다는 듯 나를 돌아보았다.

나는…… 결국, 아무 말도 하지 못했다.

지그시.

지이이이이이이……그시.

그의 눈을 응시할 수밖에 없었다.

눈치채.

눈치채.

눈치채.

그렇게 빌며— 결심을 굳힌 후…….

눈을 감고, 고개를 살며시 들어 올렸다.

이렇게까지 했는데 안 해 준다면, 확 죽어버릴 수밖에 없다. 그야말로 배수의 진이다.

심장이 터질 것만 같을 정도로 빨리 뛰더니, 온몸이 돌이 된 것처럼 딱딱하게 굳었다.

그 몇 초보다 시간이 길게 느껴졌던 적이, 나는 아직도 없다.

눈을 감은 건 실패할 거라고 생각했기 때문이다.

하다못해 눈을 뜨고 있었다면 이리도의 반응을 살펴볼 수 있었다.

하지만 이제 와서 눈을 뜨면 완전히 망할 게 뻔했다.

아아아, 어쩌지! 어쩌지! 이리도, 거기 있지? 하긴, 내가 팔을 잡고 있잖아. 괜찮지?! 나만 여기 두고 휙 가버리는 건—

입술에 따뜻한 무언가가 닿았다.

그 순간, 온몸을 옥죄고 있던 긴장감이 흘러내리듯 사라지더니…….

미친 듯 뛰던 심장의 고동 또한, 평온한 리듬으로 변해서 내 온몸을 감쌌다.

톡, 하고 이빨이 닿았다.

그러자 자연스럽게 우리는 입술을 뗐다.

나는 그제야 눈을 떠서— 붉은 노을에 물든 남친의 얼굴을 쳐다보았다.

—의…….

기분 좋은 열기가 얼굴까지 치밀어 오르는 것을 느낀 나는 입술을 은근슬쩍 손으로 가리며…….

—의외로…… 어렵, 네.

얼버무리듯 에헤헤 하고 웃자, 그도 옅은 미소를 머금었다.

—앞으로 같이 능숙해지면 돼.

이 순간이다.

내 인생에서 가장 행복했던 순간은…….

앞으로 이 사람도 몇 번이나, 언제까지나, 이런 일을 할 수 있다.

그렇게 생각하니, 이런 마음이 세상에 존재했다는 것이 믿기지 않을 만큼 가슴이 푸근해졌다.

나는 집에 돌아간 후, 이날의 날짜를 스마트폰 패스워드로 삼았다.

그렇게 해 두면, 이 가장 행복한 기분이 영원토록 이어질 느낌이 들었다.

……그럴 리가 없는데 말이야.

매사에는 반드시 끝이 존재한다.

어찌 보면 이것은 상징적인 에피소드였다.

나란 인간은, 자기가 하고 싶다고 생각한 일조차도 남에게 떠넘기고 만다.

—그러니까.

너는 혼자서 여름 축제에 가게 된 거야— 아야이 유메.

"유메 양…… 좋아!"

유카타를 입은 마도카 씨가 내 몸을 머리끝부터 발끝까지 훑듯 살펴보더니, 흥분한 어조로 그렇게 말했다.

"이 날씬한 몸매, 전통복을 입기 위해 태어났다고 해도 과언이 아닌 스타일……! 좋아! 완벽해! 그야말로 요조숙녀!! 저기, 다음에는 19세기 낭만주의 느낌의 옷을 안 입어볼래?! 복장이라면 내가 준비할 수 있어!"

"아, 아뇨……. 유카타로 충분해요……."

나는 마도카 씨의 기세에 살짝 질리면서, 거울에 비친 자신의 모습을 봤다.

미즈토와 첫 데이트는 여름 축제 때 했는데, 그때 입었던 유카타는 감색을 베이스로 한 차분한 느낌의 옷이었다.

하지만 이번에 마도카 씨가 골라준 것은 흰색 천에 빨간색 꽃무늬가 새겨진 화려한 유카타였다.

"그야말로 지상에 피어난 불꽃 폭죽! 이걸로 올해 불꽃 축제는 폭망이야! 다들 유메만 쳐다볼 게 틀림없거든!!"

"아니, 저기…… 저를 놀리는 거죠?"

"솔직한 심정인데……."

입술을 삐죽 내민 마도카 씨가 입은 것은 나와 정반대 느낌의 밤하늘에 녹아 들어갈 것 같은 감색 유카타였다. 그녀말로는 「들러리가 눈에 띄면 안 되잖아!」란다.

"자, 자, 자~. 가자, 가자, 가자~. 미즈토가 기다리고 있을 거야~."

"왜 미즈토를 언급하는 건데요……."

"오케이~ 오케이~. 유메 양이 뭐라고 하든 내가 반응을 보고 싶으니까 가자!"

유카타를 입는 것을 도와준 마도카 씨의 말을 딱 잘라 거부할 수는 없었기에 나는 마도카 씨에게 등을 떠밀리며 현관을 나섰다.

문밖에는 차가 있었다.

축제는 역이 있는 마을에서 하니까, 미네아키 아저씨가 차로 태워다 주기로 했다. 겸사겸사 엄마와 데이트하려는 것 같다.

차 앞에서는 미즈토와 치쿠마가 기다리고 있었다.

두 사람은 현관에서 나오는 우리를 돌아보았다.

두 사람을 향해 나를 민 마도카 씨는 내 어깨 너머에서 얼굴을 내밀더니, 히죽 웃으면서 미즈토에게 시선을 보냈다.

"어때? 어때? 예쁘지~?"

미즈토는 평소처럼 졸린 눈길로 나를 쳐다보았다.

내 유카타 차림을 평가하듯—.

—쥐색 유카타 차림으로 말이다.

"……사."

"응?"

어리둥절해 하는 마도카 씨를 내버려 둔 채, 나는 유카타를 입은 미즈토를 향해 비틀비틀 다가갔다.

"사, 사진…… 사진 찍어도 돼?!"

유카타 너무 잘 어울려—!!!!!!!

뭐야? 이 남자, 뭐야?! 전통복을 입기 위해 이 세상에 태어난 거야? 호리호리한 골격과 매끄러운 어깨선, 그리고 전체적인 몸매가 심플한 무지 유카타와 아름다운 조화를 자아내고 있어! 기, 기록으로 남겨야…… 내 스마트폰 안에 집어넣어서 보호해야만 해……!!

미즈토는 눈을 가늘게 뜨고 나한테서 한 걸음 물러났다.

"……왠지 징그러우니까 싫어."

"왜! 하나도 징그럽지 않거든?! 이 세상에 어깨를 나란히 할 사람이 없을 것 같을 정도로 멋지단 말이야!! 아무리 너라도, 너의 유카타 차림을 무시한다면 나도 생각이 있어!!"

"네 이야기야! 네 지금 짓거리는 징그럽기 그지없다고!!"

처벌받을 녀석! 확 멋대로 찍을 거야!!

두루주머니에서 스마트폰을 꺼내는 내 등 뒤에서, 마도카 씨가 쓴웃음을 흘리는 것 같은 느낌이 들었다.

"유메 양은 나한테 뭐라 할 자격 없네……."

"그럼 우리는 차를 세워놓고 올게."

"다들, 조심히 다녀와~!"

우리를 내려준 엄마와 미네아키 아저씨는 차를 몰고 빈자리가 거의 없는 주차장으로 들어갔다.

나는 다시 주위를 둘러보았다.

"사람 참 많네요……"

"그렇지~? 주눅 든다니깐. 그 한계촌락에서 수십 분 거리인데 이렇게 사람이 많잖아."

원래 역 주변은 도회지라는 느낌을 받았다.

상업시설이 있는 빌딩이 흔히 눈에 들어왔고, 길을 오가는 사람도 적지 않았다. 하지만 이렇게 많지는 않았다.

보행로를 가득 채우고 있는 사람, 사람, 사람.

한 방향으로 나아가는 그 인파에는 비집고 들어갈 틈조차 없었다.

대체 어디에 이렇게 많은 사람이 있던 걸까.

"여기 축제는 이 근처에서 꽤 유명한 축에 들어~. 전철을 타고 오는 사람도 많다니깐. 물론 교토의 축제만큼은 아니지만 말이야."

"불꽃도 쏜다고 했죠? 그렇게 엄청난가요?"

"꽤 봐줄 만해~. 그리고 이 축제를 연 신사는 영험하기로 소문났거든."

"영험?"

마도카 씨는 「히히」 하고 의미심장하게 웃었다.

"인, 연, 을, 이, 어, 준, 대♪"

"……저와는 상관없어요."

"어~? 인연을 이어준다는 건 연애 성취만 가리키는 게 아닌데 말이지~? 누구와의 뭘 떠올리며 상관없다고 말한 걸까~? 이 언니한테만 가르쳐줘~."

"으윽……."

저, 점점 더 짜증스러워져…….

"히히히! 아무튼 이 근처에서 몇 안 되는 데이트 스팟이야. 꼭 참배를 해야 하는 것도 아니니까, 평범하게 축제를 즐기는 게 어때?"

그렇게 말한 마도카 씨는 「자, 치쿠마」 하면서 치쿠마에게 손을 내밀었다. 치쿠마는 순순히 그 손을 잡았다.

"떨어지기라도 하면 성가실 테니 말이야."

마도카 씨는 옅은 미소를 머금으며 나와 미즈토를 쳐다보았다. 그 의도는 명확했다.

미즈토는 가볍게 한숨을 내쉬더니…….

"떨어질 만큼 어린애는 아냐. 그리고 혹시 떨어진다면 그냥 돌아—"

나는 미즈토가 끝까지 말을 잇기도 전에 그의 왼손을 움켜잡았다.

미즈토는 잡힌 손을 보더니, 내 얼굴을 쳐다보았다.

"……이게 무슨 짓이야?"

"동생이 미아가 된다면 그건 누나 책임인걸. 마도카 씨, 제 말 맞죠?"

"물론이지!"

나는 마도카 씨와 시선을 마주하며 웃음을 흘렸다.

미즈토 군, 이 정도로 고집을 부릴 단계는 이미 지났거든요?

미즈토는 겸연쩍은 듯 고개를 돌리며 말했다.

"……알았어. 손잡으면 될 거 아냐."

"누나 말 잘 듣는 착한 아이네."

"시끄러워……."

나는 낮은 웃음을 흘리면서, 미즈토와 어깨를 나란히 하며 걸었다.

어제 미즈토 앞에서 엉엉 운 덕분인지, 마음이 가벼워진 느낌이 들었다.

짊어지고 있던 짐을 내려놓은 것 같달까…… 전보다 순수하게, 미즈토를 대할 수 있게 된 느낌이 들었다.

전 남친이라는 속성을 떼어놓고 본다면, 이 남자는 그저 놀릴 맛이 있는 커뮤니케이션 장애남이다.

안내를 맡은 마도카 씨와 치쿠마를 놓치지 않도록 신경 쓰면서, 나는 옆에 있는 미즈토에게 작은 목소리로 물었다.

"오늘, 왜 같이 온 거야? 이렇게 사람들로 북적이는 곳은 딱 질색 아니었어?"

"그딴 걸 좋아하는 녀석이 세상천지에 어디 있겠냐고. ……매년, 마도카 씨에게 억지로 끌려와. 지금은 저항하는 걸 포기했을 뿐이야."

"흐음……."

내 유카타 차림을 보고 싶었던 것 아냐? 하고 놀리려다, 나는 참았다.

유카타와 여름 축제. 그 두 가지와 관련된 마지막 기억은 쓰디썼다.

중학교 3학년 때의 여름 방학.

그 직전에 다퉜던 바람에 우리의 관계는 삐걱거리고 있었고, 모처럼의 방학인데 아무런 약속도 잡지 않았다.

그래도 나는…… 일말의 희망을 품으며, 유카타 차림으로 축제에 갔다.

그날로부터 딱 1년 전, 이 남자와 첫 데이트를 했던 축제다.

어쩌면, 그도 왔을지 모른다고— 그리고 나를 찾아줄지도 모른다고, 그런 헛된 희망을 품었다.

결과는 뻔했다.

축제가 끝나는 그 순간까지 나는 혼자 있었다.

분명, 이 남자는 꿈에도 알지 못할— 그것이 나의 마지막 유카타와 여름 축제에 얽힌 추억이다.

그날의 쓸쓸함, 외로움, 끝을 예감케 하는 슬픔— 미련은 소화할 수 있지만, 그 상처만은 평생 아물지 않을지도 모른다.

인파에 휘말려 신사의 참배길 같은 장소에 들어서자, 휘황찬란한 노점이 줄지어 있다.

타코야키, 솜사탕, 오이 절임, 초콜릿 바나나, 오코노미야키, 오이 절임, 야키소바, 닭튀김, 오이, 오이, 오이—.

"오이가 많지 않아요?"

"어찌 된 건지, 매년 많다니깐~."

마도카 씨는 깔깔 웃으며 말했다.

막대에 꽂힌 오이가, 소쿠리에 놓여 있는 가게가 몇 곳이나 있다. 타코야키와 야키소바를 파는 가게 못지않게 있다. 이렇게 인기 있는 거야?

"두 사람은 뭐 먹고 싶은 거 있어~? 할머니한테 군자금을 받았으니까, 팍팍 써도 돼~!"

"노점은 꽤 비싸잖아……. 차라리 편의점에 가는 게 낫겠다 싶어."

"그런 걱정 마시옵소서! 여기는 시골이라서 편의점이 거의 없답니다! 히히히!"

비싸단 말은 부정 안 하는구나…….

뭐, 이런 건 카페 커피와 마찬가지로 장소와 분위기 값이 포함되는 법이다. 노점에서 산 타코야키와 푸드코트에서 산 타코야키는 종류가 다르다고 봐야 한다.

"망설여지면 내 지인 가게에 갈까? 올해도 하는 것 같거든."

"네? 지인? ……마도카 씨는 1년에 한 번밖에 안 오죠? 지인이 이 근처에 살 리가 없지 않아요?"

"잘 봐둬. 저게 진정한 인싸야."

"내가 가짜라는 투로 말하지 말아줄래?"

"엄연한 사실이잖아."

"그러니까 말하지 말라는 거야!"

"냄새나는 것에 뚜껑 덮어둔다고 달라질 건 없어."

내는 그 전략으로 고등학교 생활하고 있데이!

마도카 씨의 뒤를 따라가자, 이윽고 어느 노점에 도착했다.

"안녕~! 올해도 하나 보네~!"

"오~, 마도카 양! 여전히, 미인이네~!"

"히히히~. 땡큐."

……수상한 인도 사람이었다.

일부러 저러나 싶을 만큼 어설픈 일본어로 말하는, 인도인 아저씨였다.

피부가 좀 검을 뿐이니 인도인인지 확실치는 않지만……저 사람이 마도카 씨와 이야기를 나누며 국자로 젓고 있는 냄비 안의 내용물은 카레여서…….

"여기서 파는 카레 탄두리 치킨, 참 맛있어. 두 사람도 먹어보는 게 어때?"

그렇게 말한 마도카 씨의 옆에서, 치쿠마가 조그마한 손을 뻗어서 수상한 인도 사람에게 동전을 건넸다.

"오~, 치쿠마 군! 고마워! 우리 카레, 인도에서 먹는 것보다, 맛있어~!"

마치 일본인이 생각하는 전형적인 인도인을 실체화한 것 같은 사람이네…… 하고 내가 생각하는 사이, 치쿠마는 딱히 주눅 들지 않으며 카레에 적신 탄두리 치킨을 받았다. 아무래도 익숙해 보였다.

"그럼…… 한번 먹어볼게요."

"오케이~! 아저씨, 2인분 줘~!"

"오케이~!"

미즈토의 몫도 추가됐지만, 본인이 불평을 하지 않는 걸 보면 괜찮아 보인다.

곧 우리도 카레 탄두리 치킨을 받았다.

유카타가 더러워지지 않도록 조심하며 베어 물자, 치킨의 식감과 함께 강렬한 향신료의 풍미가 입안에 퍼져나갔다.

"……마, 맛있어……."

"그렇지~?! 파는 음식은 맛있어! 언동은 수상하지만!"

"수상하지~ 않아~!"

마도카 씨도 수상하다고 생각하는구나…….

내 옆에서는 미즈토가 아무 말 없이 탄두리 치킨을 먹고 있다. 표정은 알 수가 없다.

"맛있어?"

"뭐……."

"똑바로 말해."

"……."

거꾸로 입을 다물고 말았다. 그렇게까지 내 말을 듣는 게 싫은 걸까.

"우와, 치쿠마. 입가가 엉망이잖아. 닦아줄 테니까 움직이지 마."

"내, 내가 닦…… 우읍."

마도카 씨가 치쿠마의 입가를 티슈로 닦아줬다. 치쿠마는 부끄러운지 버둥거리며 저항했다. 그러고 보니 바비큐 파티 때는 내가 닦아줬지.

멍하니 쳐다보고 있을 때, 마도카 씨는 나에게 은근슬쩍 눈짓을 보냈다.

……헉.

나는 퍼뜩 고개를 돌려서, 미즈토의 입가에 묻어 있는 카레를 발견했다.

"미즈토—."

"……."

내가 티슈를 꺼내려던 순간, 미즈토는 손가락으로 볼을 문질렀다.

크으윽, 너무 늦었다! 강에서는 성공했는데!

"너는 대체 무슨 게임을 하는 거야?"

"그게, 마도카 씨와 같은 짓을 하면 내가 누나인 게 되잖아."

"안 돼."

"돼!"

외동딸로 지금까지 살아온 나는 남매라는 관계에 대해 손으로 더듬듯 찾아 나가고 있다.

하지만 지금은 마도카 씨라는 본보기가 있기에, 누나다운 행동을 간단히 취할 수 있다!

그러다 보면 자연스럽게 주위에서도 나를 누나라고 여기게 된다. 본보기가 없는 미즈토는 나와 같은 방법을 써먹을 수 없다. 후후후……

"……히히. 오호라……."

수상한 인도인의 가게에서 벗어난 우리는 참배길을 따라 이동했다.

이제는 사람들이 너무 많아 몸도 꿈쩍일 수 없을 정도로, 그런 상태가 쭉 이어지고 있다. 길 끝이 보이지 않을 지경이다.

"아, 치쿠마. 저기 과녁 쏘기 가게가 있네. 해 볼래~?"

마도카 씨가 그렇게 말하자, 치쿠마는 과녁 쏘기 가게를 쳐다봤다. 안쪽 선반에 있는 경품을 보더니, 「앗」하고 작게 말했다.

그 선반에는 1등상으로 보이는 게임 소프트가 놓여 있다.

……뭐, 보통 저런 건 따지 못하게 되어 있지만 말이야.

"하…… 할래……."

"좋아~! 이 누나와 함께 대박을 노리자!"

돈을 주고 총을 받은 치쿠마가 몸을 쑥 내밀더니, 게임 소프트를 향해 총구를 들었다.

하지만, 총구가 마구 흔들리고 있다. 팔의 근력이 부족한 것 같다.

저래서야 명중시키지 못할 거라고 생각하고 있을 때……

"하아, 정말. 자, 똑바로 들어~."

마도카 씨는 웃음을 흘리며 그렇게 말하더니, 뒤에서 안아주는 자세로 치쿠마의 팔을 지탱해 줬다.

"누, 누나…… 혼자서, 할 수 있어……."

"사양하지 마! 자, 똑바로 조준하는 거다~?"

……나, 남매는 저런 짓도 하는 거야?

가, 가슴이 밀착된데다, 귀에 숨결이 닿을 것 같은 거리에서— 아, 하지만 그래. 남매니까 딱히 신경 쓰지 않는—.

치쿠마가 든 총에서 펑 하며 탄환이 발사됐다.

하지만 유감스럽게도 그 탄환은 옆으로 빗나가더니, 경품에 명중하지 않은 채 지면에 떨어졌다.

"으~, 아쉽네~."

"으으……."

"으음~. 이대로 끝낼 수는 없지. ……그러니까, 미즈토!"

느닷없이 지명을 받은 미즈토는 눈을 치켜떴다.

"치쿠마의 복수, 플리즈~! 유메 양도 서포트해 주는 거다? 누, 나, 로, 서~♪"

히히, 하고 웃음을 흘리는 마도카 씨의 얼굴을 본 나는 함정에 빠졌단 사실을 눈치챘다.

마, 마도카 씨…… 내가 본보기로 삼고 있단 말을 듣고 일부러……!

"……어쩔 수 없지. 딱 한 번만 할게."

미즈토는 눈치를 못 챈 건지, 아쉬워하는 치쿠마를 힐끔쳐다보며 과녁 쏘기 가게 아저씨에게 돈을 건네주고 말았다.

총을 손에 쥔 미즈토가 몸을 앞으로 내밀었다.

그 뒤편에서 내가 딱딱하게 굳어 있을 때, 마도카 씨가 슬그머니 다가와서 귓속말을 했다.

"(누나가 되어 가지고 뭐 하는 거야~? 동생을 도와줘야지~.)"

"(아, 아니, 하지만, 이건……!)"

"(어라~, 이상하네? 평, 범, 한, 동생을 뒤에서 포옹해 줄뿐인데, 유메는 뭘 신경 쓰는 걸까~?)"

마, 마도카 씨…… 성격 참 나쁘네!

퇴로를 차단당한 나는 어쩔 수 없이 미즈토의 등 뒤로 다가갔다.

아무 문제도 없다면 도와줄 필요가 없다고 우길 수 있겠지만, 역시 만성 운동 부족 쭉정이남답게, 치쿠마와 마찬가지로 총구가 흔들리고 있다.

이대로는 치쿠마의 복수는 무리다.

그, 그래……. 치쿠마를 위해서…….

나는 마음을 다진 후, 등 뒤에서 손을 뻗어 미즈토의 팔을 지탱해 줬다.

"어…… 이봐?!"

"이, 이, 이쪽 보지 마! 조준이나 해!"

뒤를 돌아보려고 하는 미즈토의 얼굴을 앞쪽으로 돌렸다.

나는 그와 동시에 유카타의 소매 밖으로 뻗어 나온 미즈토의 손목에 내 손을 살며시 댔다.

……가늘지만, 힘줄이 불거진 손…… 여자애와는 역시 달랐다.

이 남자도 같은 생각을 하고 있을까.

내 손이 닿았을 때…… 남자애와는 다르네, 하고 말이다.

"오른쪽으로 좀 어긋나지 않았어?"

"그렇지 않아."

"어긋났어!"

"그거 되게 시끄럽네. 이러면 됐어?"

"왼쪽으로 너무 갔어!"

그렇게 다툰 끝에— 드디어 조준이 끝났다.

이제 방아쇠를 당기기만 하면 된다.

……하지만…….

나는 노점의 카운터를 짚은 손이 부들부들 떨리고 있는 것을 느꼈다.

최대한 몸이— 특히 가슴이 미즈토의 등에 닿지 않도록, 팔을 뻗고 있지만…… 조준에 너무 시간이 걸린 탓에, 힘이…….

"좋아……."

미즈토는 숨을 삼키며 손가락에 힘을 줬다.

바로 그 순간, 내 팔에 한계가 찾아왔다.

"앗."

—미리 말해 두겠다.

확실히 우리는 중학생 때, 발정기인 원숭이처럼 틈만 나면 키스를 했다. 그것은 엄연한 사실이다.

하지만 맹세컨대, 그 이상의 일은— 즉, 그러니까…… 만지거나…… 주무르거나…… 같은 짓은 결단코, 결단코 한 적이 없다!

무심코 팔꿈치가 굽혀지면서, 자세가 무너지더니—.

미즈토의 어깨뼈 언저리에 내 가슴이 닿았다.

"앗?!"

그 순간, 미즈토의 몸이 흠칫했고…….

그 직후, 총구에서 펑 하며 탄환이 발사됐다.

원래 조준보다 꽤 위쪽으로 날아간 탄환은 그대로 완만한 포물선을 그렸다.

"아~."

뒤편에 있는 마도카 씨가 아쉬운 목소리를 냈다.

시, 실수했어……. 이건 내 탓이야…….

잠깐 그렇게 생각했지만…….

톡.

완만한 포물선을 그리며 날아간 탄환은 원래 노리던 게임 소프트의 아래편에 있는 하얀 토끼 캐릭터 봉제 인형을 맞췄다.

털썩, 하면서 봉제 인형이 선반에서 떨어졌다.

"오, 명중했네!"

과녁 쏘기 가게의 아저씨가 봉제 인형을 줍더니, 「자!」 하며 미즈토가 든 총과 교환했다.

우리는 스포츠 소년 같은 인상의 토끼 봉제 인형을 한동안 아무 말 없이 쳐다보았다.

"……마지막에 일부러 그런 거야?"

미즈토가 불쑥 말했다.

"이, 일부러 그랬을 리가 없잖아……! 팔이 저려서……."

"그래. 의붓남매가 변태가 아니라니 안심이 되네."

"변……?! 그, 그러는 너야말로 왜 반응하는 거야……! 그 정도는…… 히가시라 양 덕분에 익숙해졌을 거 아냐……!"

"……너와 그 녀석은 엄연히 다르잖아."

"뭐?"

"히가시라는 아무 생각 없이 들러붙지만, 너한테서는 긴장이 느껴졌어. 긴장 좀 풀어!"

"뭐……! 그, 그럼 내가 히가시라 양보다 남자한테 익숙하지 않다는 것 같잖아! 네가 민감한 것뿐이거든?! 이 내숭 색골!"

"자, 두 사람 다 가게 영업을 방해하지 마~."

마도카 씨에게 등을 떠밀린 우리는 일단 길에서 벗어났다. 어둑어둑한 그곳에는 웅크리고 앉아서 타코야키나 야키소바를 먹는 사람들이 몇 명이나 있다.

나는 토끼 봉제 인형을 안고 있는 미즈토를 쳐다보았다.

"안 어울려……."

"말 안 해도 알아. 마음속으로 중얼거리지도 못하는 거냐."

"풉. 괜찮지 않아? 좀 다가가기 쉬워질 것 같아."

"그래도 들고 다닐 것 같냐?! 나는 마음속에 어둠을 품은 로리 캐릭터가 아니라고!"

그 비유는 이해가 안 됐지만, 어쨌든 미즈토와 봉제 인형이란 조합은 별로였다. 히가시라 양도 미즈토의 방에서 이렇게 귀여운 게 놓여 있다면 『어? 반전 매력을 노리나요? 너무 티나지 않나요? 요즘은 그런 뻔한 건 유행 안 해요』 같은 소리를 할 것이라 생각한다.

그런 생각을 하고 있을 때, 치쿠마가 미즈토의 봉제 인형을 뚫어지게 쳐다보고 있었다.

그러고 보니, 원래 치쿠마의 복수를 해 주려고 한 거였지?

하지만 남자애가 이런 귀여운 봉제 인형을 받고 좋아할까……?

"응?"

그 시선을 눈치챈 미즈토는 눈을 가늘게 뜨며 봉제 인형의 얼굴을 다시 쳐다보았다.

"아…… 그래."

그리고 그렇게 중얼거리더니…….

"자."

……하며, 치쿠마에게 봉제 인형을 떠넘겼다.

치쿠마는 반사적으로 봉제 인형을 받더니, 커다란 눈을 깜빡이면서 미즈토의 얼굴을 올려다보았다.

"아…… 으음……."

"나는 필요 없으니까, 네가 가져."

미즈토가 퉁명한 어조로 그렇게 말하자, 치쿠마는 봉제 인형을 꼭 끌어안았다.

"고…… 고마워……."

으음…… 어울리네.

치쿠마는 귀엽게 생겨서 그런지, 봉제 인형이 잘 어울렸다.

그리고 입가를 씰룩거리는 것을 보면 정말 가지고 싶어 했던 것 같다.

나는 미즈토에게 몰래 물어봤다.

"(어떻게 안 거야?)"

"(저 봉제 인형, 게임 캐릭터거든.)"

"(뭐? 그래?)"

"(포켓몬. 치쿠마가 전에 하는 걸 본 적 있어.)"

아…… 듣고 보니 그런 것 같다.

기뻐하는 치쿠마에게서 시선을 뗀 나는 퉁명한 의붓동생을 쳐다봤다.

"(의외로 꼼꼼히 살펴보고 있네. 이야기는 안 나누면서 말이야.)"

"(……성격이 저래선, 고생도 많을 거잖아.)"

미즈토는 딱히 낯을 가리진 않지만, 집단에 녹아 들어가지 못하는 타입이다.

내가 치쿠마에게 친근감을 느끼는 것처럼 이 남자도 치쿠마를 신경 써 주는 것 같다…….

그렇다면 말을 거는 편이 좋을 텐데 말이다.

치쿠마가 자기를 존경한다는 걸 알면 이 녀석은 어떤 표정을 지을까?

"(너, 형으로서도 참 서투네.)"

"(『도』는 뭐야. 내가 또 뭐에 서툴다는 건데?)"

"(역시 내 오빠로 삼을 수는 없겠단 생각이 들어.)"

"(너를 내 누나로 삼는 것보단 나을 거야.)"

정말 한 마디도 안 진다니깐. 조금은 치쿠마의 솔직함을 본받았으면 좋겠다.

언짢은 듯 코웃음을 치는 미즈토의 얼굴을 쳐다보며, 나는 빙긋 웃었다.

"불꽃놀이는 몇 시쯤에 시작되나요?"

그 후에도, 우리는 마도카 씨를 따라서 노점을 돌아보았다.

타코야키와 솜사탕 같은 먹거리는 물론이고 금붕어 건지기도 해 봤으며, 자동 손금점 기계 같은 수상한 기계에 손을 넣어봤나. 연애운 최고조라는 헛소리를 하는 걸 보면, 이 기계는 엉터리인 게 틀림없다.

느릿느릿하게나마 신사 본당에 다가가고 있으니, 참배도 할 수 있을 것 같다. ─인연의 신에게는 딱히 볼일이 없지만 말이다. 오히려 한 대 때려주고 싶다.

그것보다 이렇게 사람이 많아서야 장소를 미리 확보해 두지 않으면 불꽃을 제대로 감상할 수 없을 것 같아서, 나는 마도카 씨에게 물어봤다.

"으음~. 아마 여덟 시일 거야."

마도카 씨는 롤리팝 캔디를 핥아먹으며 말을 이었다.

"장소 확보라면 부탁해 뒀으니까, 걱정 안 해도 돼."

"부탁해 뒀다고요?"

"어, 어른들이 저기 있네."

마도카 씨가 그렇게 말하자, 나는 그 시선을 쫓았다.

사무소로 보이는 건물 앞에서는 엄마와 미네아키 아저씨가 처음 보는 어른과 이야기를 나누고 있다.

두 분은 오붓하게 데이트할 거라고 했는데…….

"누구와 이야기를 나누는 거죠?"

"저 할머니는 누구더라~. 우리 집은 옛날에 이 지방의 유지였다잖아. 그래서 이 지역의 여러 가문과 교류해."

그럼 엄마가 인사를 하고 있는 걸까. 아니면 우연히 마주친 바람에 이야기를 나누고 있는 걸지도 모른다.

나도 가보는 편이 좋을까……?

"─앗, 유메~! 미즈토 군~!"

엄마가 우리를 보더니, 손을 흔들었다.

나는 맞잡고 있던 미즈토의 손을 은근슬쩍 놨다. 두 분 앞에서 손을 잡고 있다간 일이 성가셔질 게 뻔했다.

마도카 씨와 치쿠마와 함께 두 분이 있는 곳으로 가보니…….

"마침 잘됐네! 케도인 씨, 제 딸인 유메예요."

"어머, 귀여운 아가씨네. 유카타가 참 어울려. 요즘 애들답지 않은걸……."

"감사합니다. 이리도 유메라고 해요……."

소개를 받지 못해 누구인지는 모르겠지만, 기품이 느껴지는 할머니였다. 왠지 상류층 같아 보였다.

"시집 걱정은 안 해도 될 테니 참 부럽네. 우리 손녀는 서른이 다 되어 가는데 아직도 영……."

"네~? 에이, 요즘 서른이면 아직 한창이죠~! 괜찮아요!"

마도카 씨는 아까 자기 입으로 『누구더라~』 하고 말했던 상대에게 서슴없이 말을 건넸다. 좋게 말하면 용감하지만, 나쁘게 말하면 무신경했다. 저 성격 좀 나눠줬으면 좋겠다.

"미즈토 군에게도 아버지 이외의 가족이 생겼구나."

그 기품 있는 할머니는 부드러운 미소를 머금으며 나를 쳐다봤다.

"남 일이지만, 나츠메에게 이야기를 듣고 걱정했단다. 너도 환경이 바뀌어서 고생이 많겠지만, 미즈토 군을 잘 부탁할게."

"……네."

고개를 끄덕이면서도 나는 약간의 위화감을 느꼈다.

마치 미즈토는 누군가가 버팀목이 되어주지 않으면 살아갈 수 없는 불쌍한 존재라는 것 같은 말투였다.

내가 아는 이리도 미즈토란, 주위와 얽히지 않는 대신에 뭐든 혼자서 다 해내는 타입의 인간이다.

불쌍한 사람이라고 생각해 본 적이 단 한 번도 없다.

진짜로 같은 인간을 말하는 게 맞는지, 모르겠다…….

"타네사토 여러분을 위해, 불꽃이 잘 보이는 장소를 잡아 뒀답니다. 안내해 드릴게요."

"매년 감사합니다."

"너희는 어떻게 하겠니? 불꽃놀이가 시작될 때까지 시간이 좀 있는데—."

어떻게 하지, 하고 생각하며 뒤돌아보았다.

바로 그때, 눈치챘다.

방금까지 곁에 있던 미즈토가 어느새 꽤 떨어진 곳에 있더니…….

스륵, 하고— 인파에 녹아들 듯, 사라졌다.

"아……."

도망친 것이 아니다.

꺼리는 것이 아니다.

그야말로— 녹아서 사라졌다.

내 눈에는 그렇게 보였다.

처음부터 존재하지 않았던 것처럼 미즈토는 이 세상에서 사라졌다.

"아…… 또 사라졌네."

마도카 씨가 뒤늦게 눈치채더니, 곤란해 보이는 눈빛을 머금었다.

"왜일까……. 미즈토는 불꽃놀이가 시작될 때, 혼자 어딘가로 가버린다니깐."

바로 그때였다.

내 머릿속에 최근 며칠 동안의 일이 떠올랐다.

—첫째 날.

미즈토가 연회에서 빠져나갈 때, 미네아키 아저씨는 『고맙구나』 하고 말했다.

지금이라면 알 수 있다. 분명 그 말은 『어울려줘서 고맙다』라는 의미다.

그 연회가 미즈토에게 있어 즐겁지 않은 자리라는 것을 친아버지인 아저씨만은 알고 있다.

—둘째 날.

미즈토는 철두철미하게 스스로 바비큐 파티에 참가하려 하지 않았다.

쭉 책의 세계에 빠져 고개를 들지 않았으며…….

그리고 내가 다가간 후에야, 겨우 자리에서 일어났다.

—셋째 날.

미즈토는 치쿠마와 이야기를 나누는 나를 보고, 명백하게 언짢아했다.

마치 장난감을 빼앗긴 어린애 같다.

하지만 치쿠마를 싫어하는 것 같지는 않았다. 왜냐하면—.

—오늘.

미즈토는 친척 사람들을 무시하지 않았다.

실은 치쿠마를 살펴보며 신경을 써 줬다. 아예 관심이 없었다면 봉제 인형을 건네주자는 생각도 못 했다.

그 외에도 생각나는 게 있다.

—어머니의 날, 친어머니의 불단 앞에서 짓고 있던 무표정.

—미즈토의 마음속에 존재하는 자신의 자리를 잃는 것을 그 무엇보다 두려워한 히가시라 양.

—그런 히가시라 양을 미즈토가 찬 이유, 『자리가 채워져 있다』.

그리고.

―아야이.

―그게…….

―실은, 스마트폰의 배터리가 곧 바닥날 것 같아.

그때, 충전을 할 수 없는 환경에 있던 거라면.

나는 스마트폰을 봤다.

8월 12일, 오후 7시 26분.

그렇다.

그렇다, 그렇다, 그렇다.

나는 몰랐다. 당시의 나는 몰랐다.

2년 전의 나는.

이 시기에 그가 시골로 돌아가며, 그곳의 여름 축제에 간다는 것을 몰랐다.

『저는 당신이 잡아주기를 바랐습니다.』

평범한 클래스메이트였던 시절.

여친이었던 시절.

그리고 가족이 된 후의 일.

다양한 입장에서 본, 다양한 이리도 미즈토가.

퍼즐 조각이 맞춰지듯 합쳐지면서 입체적인 형상을 자아냈다.

나는 몰랐다.

연인 사이가 된 정도로 알 수 있을 리가 없다.

사람의 모습은 그 모든 것에 존재해야만 할 의미가 있다.

그는 어쩔 수가 없었다.

전부 자연스러운 우연이었다.

주위가 그렇게 받아들였고, 그렇게 원했으며, 그렇게 말했다.

본인도 그것을 받아들였다.

그리하여 이리도 미즈토란 인간이 완성됐다.

그러니 분명 그것은 저항이었다.

끈질긴 발버둥이었다.

아야이 유메와의 인연이 그에게 있어 유일한 무기였다.

무엇과 싸우냐고?

뻔하다.

신이 설치한 함정.

즉, 운명이었다.

"저……."

그러니까.

그와 함께 그 천적에게 희롱당했던 나는 자연스럽게 중얼거렸다.

"다녀올게요."

그 말을 들은 마도카 씨가, 곧 히죽 웃었다.

"응. 다녀와."

그때의 착신 이력은 아직 이 스마트폰에 남아있다.

◆ 이리도 미즈토 ◆

철이 들었을 때부터 실감이 없었다.

무엇을 해도 남일처럼 느껴졌다.

무엇을 봐도 거짓처럼 느껴졌다.

사람이 인생이라 부르는 것, 그 전부가 모니터 너머에 존재하는 것처럼 느껴졌다.

딱히 『인간 실격』을 자처하려는 건 아니다.

그저, 공감할 수가 없었다.

클래스메이트가 기뻐하거나, 슬퍼하거나, 화낼 때, 그것을 자기 일처럼 느낄 수가 없었다.

아마, 알고 있기 때문이다.

다행이네.

불쌍하네.

그런 말을 건네준들, 그저 공허하게 느껴질 뿐이란 것을.

왜냐하면, 나는 수도 없이 들었다.

—무사히 태어나서 다행이네.

—어머니가 안 계셔서 불쌍하네.

몇 번이나— 몇 번이나— 몇 번이나, 몇 번이나, 몇 번이나, 몇 번이나.

내가 알 바 아니다.

정말로 내가 알 바 아니다.

그저, 병범히 이곳에 있을 뿐인데, 숨을 쉬고 있을 뿐인데, 왜 칭찬을 받거나 불쌍하게 여겨져야만 하는 걸까?

모르겠다.

모르기 때문에, 내 안의 공허한 구멍이 점점 커져만 갔다.

그 구멍 안을 내가 본 것과 들은 것이 전부 소리 없이 지나쳐가기만 했다…….

그런 와중에…… 단 하나, 리얼하게 느껴진 것이 바로 문자로 된 세계였다.

증조할아버지의 『시베리아의 무희』를 처음 읽고 느꼈던 충격은 지금도 잊을 수 없다.

흑백의 문자로만 이뤄져 있을 뿐이지만, 그 안에는 그 어떤 대작 영화보다 선명한 인생이 존재했고, 감정이 존재했으며, 인간이 존재했다.

무엇을 봐도 공감할 수 없었던 나는, 문자로 변환된 세계를 접하고서야 비로소 마음의 충족을 깨달았다.

『무희』로 인간이 얼마나 약한지를 알았다.

『라쇼몽』으로 인간의 아집을 알았다.

『산월기』로 인간의 자존심을 알았다.

그리고 『마음』으로 인간의 마음을 알았다.

현실과 허구의 관계도는 뒤집혀 있었다.

나에게 있어서는 허구의 세계야말로 진짜이며, 현실의 세계가 가짜였으니까.

그래서…… 아야이 유메와의 일도 처음에는 우연에 지나지 않았다.

변덕 삼아 말을 걸어봤다.

도서실에서 만날 때도 모니터 너머로 이야기를 나누는 느낌이었다.

하지만…… 그렇다. 결정적이었던 것은 첫 데이트 삼아 여름 축제에 갔을 때다.

굼뜬 그 녀석이 나와 떨어져서 미아가 된 후, 스마트폰 너머로 우는소리를 하기 시작했을 때…….

솔직히 말해— 짜증이 치솟았다.

이렇게 약한 인간이 다 있을까.

남이 없으면 숨도 제대로 못 쉴 것 같은 이런 인간이 말이다.

분명 내가 버린다면, 그녀는 어디인지도 모르는 어둠 속에서 계속 울고 있을 거라고 생각한다.

아아—.

—정말, 불쌍하다.

그 순간, 그제야, ⋯⋯자신을 향한 것의 정체를 깨달았다.

아야이가 굼뜬 것도, 약해빠진 것도, 남이 도와주지 않으면 아무것도 못 하는 것도, 전부 알고 있지만— 그래도 그것은 정보에 불과했다.

소설을 읽을 때처럼— 아니, 그것보다 더 강렬하게 내 마음에 새겨진 것.

그게 너였어, 아야이.

나에게 있어 너만이 현실로 느껴지는 인간인 거야.

알아. 잠시 마음이 흔들렸을 뿐이야. 뇌가 일으킨 착각이야.

전부 끝난 지금은 확연하게 알아.

하지만—

—어째선지, 당시의 감각이 아직도 이 마음에 낙인처럼 새겨져 있어.

어째서일까. 원래대로 되돌아갈 뿐인데.

어째서일까. 곤란할 일은 전혀 없는데.

어째서일까.

지나간 사랑이 끝나질 않아—

◆ 이리도 유메 ◆

참배길에서 벗어난 곳에 좁은 분기 루트가 있다.

확신이 있는 건 아니다.

그저 직감에 따라, 나는 인파를 벗어나 그 길에 들어섰다.

납작한 돌로 포장되어 있을 뿐인 숲속의 샛길.

익숙하지 않은 짚신을 신고 이 길을 나아가자, 그곳에는 조그마한 사당이 있었다.

주위는 어두웠다.

아까까지 본 축제 조명이 환상처럼 느껴질 만큼, 이 좁은 경내는 어둠에 휩싸여 있다. 낡은 등롱이 있지만, 쓰이지 않는 것 같다. 그 대신, 하늘에서 쏟아지는 달빛이 농구 코트 넓이의 이 경내를 비췄다.

경내의 중심을 가르고 지나가는 참배길의 끝.

예배당으로 이어지는 계단에 이리도 미즈토가 앉아있다.

미즈토는 아무것도 하지 않으며, 멍하니 밤하늘을 올려다보고 있다.

그래서 나는 존재를 주장하듯 짚신으로 바닥을 차며 그에게 다가갔다.

"어두운 곳을 참 좋아하나 보네."

빈정거림으로 가득 찬 그 말은 지금의 나다웠다.

"콩나물의 환생이라도 돼? 아까도 장난감 총 들고 팔이 후들거렸잖아."

밤하늘을 향한 시선을 나에게로 돌린 미즈토는 미간을 희미하게 찌푸렸다.

그래. 이쪽을 봐.

멀리해도 돼. 싫어해도 돼.

나는 이제 네 여친이 아닌걸.

"……비꼬는 소리를 하러 일부러 온 거야? 친척하고도 잘 못 지내는 외로운 녀석이라고 말이야."

"무슨 소리야. 그런 건 옛날부터 알고 있어. 말해 봤자 시 간 낭비거든?"

"흥."

한 걸음, 두 걸음, 세 걸음.

다가가면 갈수록, 그의 숨결이, 체취가, 온기가, 강렬하게 느껴졌다.

몸이 약한 어머니한테서 무사히 태어난 것이 기적이라고, 나는 생각하지 않는다.

그런 건, 그저 최선을 다한 결과다. 이리도 카나 씨가 최 선을 다해, 온 힘을 다해, 열심히 아이를 낳은 결과다. 태어 났을 뿐인 이 녀석은 칭찬받을 이유가 없다.

어머니란 존재를 몰라서 불쌍하다고, 나는 생각하지 않는다.

확실히, 나는 아버지가 없어서 불쌍할지도 모른다. 왜냐 하면, 알기 때문이다. 가족 전원이 함께하는 생활을 알고 있는데, 어느 날 갑자기 그것을 잃었다. 그때의 슬픔을 알고 있다.

하지만 애초부터 몰랐다면 이야기가 달라진다.

그는 어머니가 존재하는 생활을 애초부터 모른다. 그것을 빼앗긴 게 아니다.

그렇다면 어머니가 없어서 불쌍하다는 건, 가치관의 강요에 지나지 않는다.

사랑을 모르는 인간에게, 사랑을 해 본 적이 없으니 인생을 손해 봤다 같은 소리를 늘어놓는 것이나 마찬가지다.

자신이 아는 것을 모른다고 해서, 일방적으로 연민을 강요하고 있을 뿐이다.

『다행이네』도, 『불쌍하네』도, 전부 그에게는 남일이다.

자신의 내면에서 샘솟은 것이 아니다.

인격에도 양자역학 같은 관측자 효과가 존재한다면— 타인의 시선이 인간을 형태 짓는다면— 틀에 박힌 『어머니가 없어서 불쌍한 아이』란 캐릭터는 그에게 있어 거대한 허무로 변했을 게 틀림없다.

—하지만…… 어째선지 끝까지 다 읽었어.

—태어나서 처음으로 혼자 힘으로 끝까지 읽은 이야기야…….

어떤 작가가 한 말이다. 『소설이 써져서 읽히는 건, 인생이 단 한 번뿐이라는 사실에 대한 항의라고 생각합니다』.

그 말대로 항의다. 말주변이 없는 내가 논리에 맞춰 추리를 늘어놓는 명탐정을 동경하듯. 그는 멋대로 허무로 가득 채워진 자신의 인생에 항의하기 위해 자기 이외의 인생에 매료되었다.

이리도 미즈토는 아무것도 가지고 있지 않았다.

남에게서 빌린 것으로 자신의 공백을 채웠다.

애초부터 몰랐다면 불쌍하지 않다.

슬프지도, 쓸쓸하지도 않다.

그 무엇도 가지지 못했기에 그 무엇도 잃을 염려가 없다.

하지만 단 하나, 그가 잃어버린 것이 있다.

그것이 유일하게 그에게 있어 기적적이며 불쌍한 일이다.

안 그래? 미즈토.

―잃어버렸던 사랑이^것, 이렇게 눈앞에 서 있잖아.

"……2년 전."

예배당 앞에 앉은 미즈토에게 다가가며, 나는 말했다.

"여름 축제에서 우리는 첫 데이트를 했어. 그때, 미아가 된 나는 전화로 너한테 우는 소리를 늘어놓았고……."

"뭐……?"

미즈토는 당혹스러워했지만, 나는 두려워하지 않았다.

"그로부터 며칠 후였지? 밤에 네가 나한테 전화를 한 적이 있지?"

바람이 불자, 나뭇잎 스치는 소리가 사방으로 퍼져나갔다.

"기억해. 네 목소리 너머로 나뭇잎 스치는 소리가 들렸어. ……여기, 였구나."

그때도 너는 이 인적없는 사당에, 혼자 있었다.

하지만 그해에는…… 나에게, 전화를 했다.

"너—."

나는 빙그레, 2년 전에는 짓지 못했던 미소를 머금었다.

"—나를, 정말 좋아했지?"

지금까지 고백을 한 건 나라고 생각했다.

하지만…… 그렇지 않았다.

왜냐하면, 항상 혼자 있던 장소와 시간에 나만을 초대했으니까. —그 행위가 고백이 아니라면, 대체 무엇이 고백일까.

미즈토는 아무 말도 하지 않았다.

퉁명한 표정으로 고개를 돌리고 있는 그의 앞에서, 나는 스마트폰을 힐끔 쳐다보며 시간을 확인했다.

오후 여덟 시, 라고 했었지?

나는 미즈토가 앉은 계단에 올라서며, 그의 옆에 앉았다.

우리 둘 사이의 거리는 주먹 두 개 정도다.

이것이 지금의 우리에게 있어 적당한 거리다.

"저기, 기억해?"

별빛이 흩뿌려진 하늘을 올려다보며, 나는 입을 열었다.

"사귀기 시작하고, 처음으로 등교했던 날. 내가 부끄러워한 바람에 따로 학교에 들어갔잖아. ……그때, 같이 교실에 들어갔다면 뭔가가 달라졌을까?"

"……"

대답은 없었다. 나는 말을 이었다.

"저기, 기억해? 처음으로 휴일에 데이트했을 때, 나는 미니스커트를 입었잖아. 네 반응이 좀 밋밋하다 했더니, 후훗, 헤어질 때 밖에서는 노출을 자제하라고 나한테 말했지? 의외로 귀여운 구석이 있다고 생각했어."

"……"

"저기, 기억해? 체육 시간에 축구를 할 때, 경천동지할 정도의 운동 몸치라는 게 드러났잖아. 남친의 활약을 기대하고 있었는데, 진짜 실망했다니깐. 뭐, 대신 친근감을 느끼기도 했지만 말이야."

"……"

"저기, 기억해? 중간고사 전에 같이 공부했었지? 틈만 나면 연애질하느라 공부에 집중하지 못했어. 내가 네 지우개를 주워서 간직한 것도 이때일 거야……"

"……"

추억이 끊임없이 샘솟았다.

누군가가 강요한 것도 아니다.

누군가에게서 빌린 것도 아니다.

우리가 직접 만들어낸 추억이다.

"11월이었을까? 네가 감기에 걸린 내 병문안을 왔었잖아. 지금 생각해 보면, 너는 내 잠옷 차림을 보고 싶었던 거지? 진짜 내숭 색골이라니깐."

"……."

"기말고사 때, 중간고사 때 망친 성적을 만회하기로 했지? 그래서 남들의 눈길이 있는 도서관에서 공부했는데…… 결국, 참지를 못해서…… 하아, 정말. 그때는 제정신이 아니었어. 어린애라고는 해도, 남한테 그런 모습을 보여주다니……."

"……."

"크리스마스에는 연인답게 데이트했잖아. 하지만 중요한 순간에 낯가림이 발휘된 바람에 선물을 못 줬어……. 네가 밤에 집 앞까지 찾아와줬을 땐…… 응. 정말, 기뻤다니깐……."

"……."

"아마, 봄방학 때였을 거야. 네가 나를 자기 방으로 부른 건 말이야. 나, 진짜 긴장했거든? 하지만 너는 아무렇지 않아 보였고…… 결국, 끝까지 아무 일도 없었잖아. 그렇고 그런 목적으로 나를 불렀으면서 말이야. 지금 생각해 보면, 당시의 나를 상대로 용케 그런 마음이 들었다 싶어. 내 입으로 이런 말을 하는 건 좀 그렇지만, 그때는 완전 유아 체형이었거든?"

"……."

"그것 말고도 고서점 순례도 했고, 옆자리가 됐을 때는 남들 몰래 메모를 주고받기도 했잖아. 그때는 좀 가슴이 뛰었지만 즐거웠어……."

"……."

"저기."

아무 말 없는 전 남친에게 나는 물었다.

"처음 키스한 게— 언제였는지, 기억해?"

나는 기억한다.

석양에 물는 통학로에서 행복으로 가슴 속이 가득 찼던 그날.

단 한 번도, 잊은 적이 없다.

옆을 쳐다보았다.

미즈토는 종잡을 수 없는 눈길로, 밤하늘을 올려다보고 있다.

그의 입술이— 희미하게 벌어지더니…….

"……10월, 27일."

별하늘에 던지듯, 살며시 숨을 토했다.

"사귀기 시작하고…… 딱 두 달이 지났을 때였을 거야."

"역시 기억하는구나."

"알고 있었어?"

"그야 강에서 내 스마트폰의 패스워드를 풀었잖아."

"……날짜를 패스워드로 삼는 건, 관두는 편이 좋을 거야."

"그렇지만 말이야. 네가 바로 『1027』을 입력한 건, 너도 그 날짜를 패스워드로 해 둬서 아냐?"

미즈토는 묵비권을 행사했다. 하지만 그 침묵은 대답이나 다름없었다.

"그래. 딱 두 달째였어. 이 기회를 놓치면 석 달이 될 때까지 기다려야 할 것 같아서, 좀 조바심이 났지 뭐야."

"나는 잡지나 인터넷의 미심쩍은 정보를 덜컥 믿은 건 줄 알았어."

"윽. ……뭐, 뭐어, 참고 정도는 했어. 어디까지나 참고야."

"하지만 그런 매뉴얼이 없었다면, 너는 그런 대담한 짓을 평생 못했을 거야."

"매뉴얼 인간이라 되게 미안하네! 내 갸륵한 노력을 칭찬해 줘!"

"참 잘했어요. 키스할 때 표정도 엄청 연습했지?"

"뭐…… 그걸 어떻게 아는 거야……?"

"보자마자 알았어. 네가 첫 시도에 그렇게 그럴싸한 표정을 지을 리가 없거든."

"너무하네! 나도 때로는 애드리브가 잘 풀린 적이 있단 말이야!"

"그럴 때는 보통 내가 도와줬잖아."

"아~, 되게 생색내네. 그런 소리를 안 해야 좋은 남자 아냐?"

"이제 와서 너한테 좋은 남자가 된다고 무슨 이득이 있는데?"

"그것도 그래. 득 될 게 없어. 더 경멸할 일도 없고 말이야."

"그거야말로 내가 할 말이야."

머뭇거리지도, 말문이 막히지도 않으며 술술 말했다.

우리의, 우리만의, 누가 떠넘긴 것이 아닌 말을…….

"이참에 한마디 하자면 말이야. 네가 처음으로 미니스커트를 입고 데이트를 하러 왔을 때 말인데……."

"아, 네가 꼴사나운 독점욕을 드러냈을 때 말이구나."

"그때 말이야! 어디까지나 미니스커트가 하도 안 어울려서—."

"아~, 네. 제 잠옷 차림을 보려고 집까지 쳐들어온 사람이 무슨 소리 하는 건지 모르겠네요~."

"아니, 그것도 말이야. 남친으로서 병문안을 갔을 뿐……."

"흐음? 그런 것치고는 지금도 잠옷 차림으로 걸어 다닐 때마다 시선이 느껴지거든요?"

"그건 진짜로 네 자의식 과잉이라고!"

"앗, 『그건』이라고 말했어! 『진짜로』라고 말했어! 역시 내 잠옷 차림을 보고 싶었던 거잖아, 이 내숭 색골아!"

"누가……."

"아아~. 얼간이 남친을 두면 고생한다니깐. 네가 미적지근한 바람에 첫 체험 기회도 날려버렸잖아."

"그렇게 서로가 딱딱하게 굳은 상태에서 해 봤자, 어차피 실패했을 거야."

"앗……?! 그건 하면 안 되는 말이거든?!"

아무짝에도 쓸모없는 대화.

클래스메이트가 교실에서 나눌 것 같은.

가족들이 거실에서 나눌 것 같은.

하지만 여기까지 도달하는데 우리는 얼마나 걸린 걸까.

그는 얼마나 걸린 걸까.

"저기."

"왜?"

"왜, 나를 여친으로 삼은 거야?"

대화의 틈을 이용해, 나는 물었다. 2년 동안, 결국 물어보지 못했던 질문을…….

미즈토는 잠시 생각에 잠긴 후, 입을 열었다.

"아마, 네가 아니었어도 괜찮았을 거야."

"뭐?"

"이런 건 그저 운, 단순한 우연이잖아? 만약 너보다 히가시라와 먼저 만났다면…… 너와 사귀진 않았을 거야."

"……그래."

그것도 그럴 것이, 필요가 없다.

히가시라 양을 먼저 만났다면, 내가 들어갈 여지는 존재하지 않았으리라.

"하지만 현실에서— 내가 만난 사람은 너였어."

미즈토는 또렷한 어조로 말했다.

"단순한 의자 뺏기 놀이— 선착순의 원칙이야. 이유가 있다면, 아마 그게 다일 거야. ……만족했어?"

"……응."

의자 뺏기 놀이, 선착순.

우연히 먼저 만났을 뿐.

그걸로 됐다. 충분하다.

왜냐하면— 그런 것을 운명이라고 부를 테니까.

"슬슬 시간이 됐네."

"응?"

"2년 만에 이뤄지는 비원이야."

그리고 나에게는 1년 만에 이뤄지는 비원이다.

작년 여름 방학, 희망적 관측에 매달린 내 앞에 그는 나타나지 않았다.

4월에 했던 수족관 데이트에서 떨어졌을 때도, 그는 나를 찾아냈다.

하지만 오늘— 그를 찾은 건, 나다.

분명, 누구도 믿어 의심치 않는다.

이리도 유메가, 아야이 유메를 넘어섰다는 것을.

오후 여덟 시 정각.

스케줄에 변동은 없었다.

밤하늘 한복판에 빛으로 된 꽃이 피어났다.

두웅 하는 둔탁한 소리에 온몸이 떨렸다.

나와 미즈토가, 화려한 빛에 휘감기며 온갖 색깔로 물들었다.

연이어 발사된 불꽃은 생각했던 것보다 더 박력 있고…….

아무래도 이 낡은 사당은 미즈토만 아는 명당 같다.

그 어디보다도 아름다운 불꽃을 감상할 수 있는 장소라는 걸 알면서도, 누구에게도 전하지 않으며 매년 홀로 이 아름다운 하늘을 바라봤다.

하지만— 흥, 꼴 좋다.

혼자 전세 내는 건 올해로 끝이다.

"드디어— 둘이서 봤네."

극채색으로 물든 그의 얼굴을 쳐다보며, 나는 장난스럽게 말했다.

정말, 진짜로 알기 어렵다.

귀찮고, 성가시며, 고집이 세다.

내가 헤아려주지 않으면, 아무것도 알 수가 없다. 표정에도 드러나지 않는 데다, 말로 표현하지도 않으니 말이다. 정말, 이런 녀석에게 여친이 있었다는 게 믿기지 않는다.

오래가지 못한 게 당연했다.

1년 반 정도면 오래 버틴 편이다.

가족이라도 되지 않는 한— 이런 남자의 곁에 계속 있는 건, 무리다.

"응……."

하지만, 그 덕분에.

이 남자와 만나고, 단 한 번도 본 적 없는 표정을 보게 됐다.

"……응……."

신음에 가까운 목소리는 불꽃의 굉음에 묻혔다.

또한 불꽃의 섬광이 경내의 어둠을, 그의 표정을, 전부 묻어버렸다.

그러니— 여기에서만 알 수 있었다.

같이 이 장소에 있고.

주먹 두 개 정도 떨어진 거리에 나란히 앉아서.

그의 얼굴을 쳐다볼 수 있는 이곳이 아니었다면—.

—미즈토의 볼을 타고 흐르는 이슬을, 눈치챌 수 없었다.

아아, 생각났다.

나는 대체 몇 번이나 그의 앞에서 우는소리를 하며, 꼴사납게 울었던가.

그에 반해, 그가 우는 모습을 단 한 번이라도 봤던가.

그래서일까. 내 마음은 처음 느끼는 감정에 사로잡혔다.

두근두근하고 가슴이 뛰는 건 아니었다.

그렇다고 행복이 샘솟지도 않았다.

긴장 탓에 몸이 굳지도, 얼굴을 붉힌 것도 아니며, 어디까지나 평상심인 채로······.

푸근한 열기가 나를 안아주듯, 내 온몸을 감쌌다.

스멀스멀, 욕구가 자극을 받았다.

그렇다, 이것은 욕구다. 인류의 본능이다.

그러니— 확인해야 한다.

불꽃은 그렇게 오랫동안 이어지지 않는다.

밤하늘을 수놓는 빛이 사라지면, 경내에 어둠이 되돌아

온다.

빛에 익숙해진 눈은 어둠을 더 깊숙하게 만들며, 옆에 있

는 그의 모습조차 어렴풋이 보였다.

그래서 **예전**과 다르게 목소리를 냈다.

"저기…… 이쪽을 봐."

"응?"

그의 머리가 움직였다.

아아— 이렇게 무방비하면 어떻게 해.

그렇게 방심하면…… 잡아먹혀도 불평은 못 하겠네?

나는 양손으로 미즈토의 얼굴을 잡았다.

"윽?! 잠깐—."

말을 끝까지 잇게 두지 않겠어.

괜찮아.

어두워도, 네 입술이 어디 있는진, 알아.

내 입술이, 그리운 감촉을 느꼈다.

얼굴은 오른편으로 살짝 기울였다.
이빨이 닿는 일 같은 건, 이제 없다.
3초에 한 번씩 숨 쉴 필요도 이번에는 없다.
왜냐하면, 너를 놓치고 싶지 않으니까.
4초— 잃어버린 시간을 되찾는다.
5초— 1년 전, 연락하지 않게 된 후부터 이제까지의.
6초— 8월, 9월, 10월.
7초— 생일, 크리스마스, 정월.
8초— 밸런타인데이, 화이트데이, 졸업식.
9초— 의붓남매가 됐으며.
10초— 헤어졌는데도 계속 서로에게 휘둘리고.
입술을, 천천히 뗐다.
존재했을지도 모르는 시간이 완전히 채워졌다.
나는 현재를 따라잡았다—.

─하지만 가슴이 여전히 잔잔히 뛰고 있다.

욕구는 충분히 채워졌다.

헤어져 지낸 기간의 몫은 완전히 되찾았다.

가슴 속에 응어리져 있던 미련은…… 이제, 어디에도 존재하지 않는다.

어둠에 눈이 익었다.

놀라서 굳어버린 미즈토의 얼굴이 눈앞에 있다.

그렇다. 놀라라, 당황해라, 고민해라.

너한테 있어서는 아직 미련에 지날지도 모른다.

지나간 사랑에 지나지 않을지도 모른다.

지금은 그걸로 됐다. 얼마든지 과거와 노닥거려도 된다.

하지만.

설령 네가, 아무리 아야이 유메를 좋아하더라도─.

─이리도 유메가 반드시, 네 마음을 사로잡고 말겠다.

방금 키스는, 선언이다.

아야이 유메가 아니라, 이리도 유메로서의 선언.

생애 두 번째 첫 키스로 너에게 선전포고를 한다.

히가시라 양을 차면서 말한 네 마음속에 하나뿐인 자리—.

—그 자리에 앉아있는 여자를 반드시 쫓아내 버리겠다고 말이다.

나는 빙긋 웃은 후, 딱딱하게 굳어버린 미즈토를 내버려 둔 채 계단에서 몸을 일으켰다.

그리고 이제까지 등지고 있던 사당을 쳐다보았다.

설마, 같은 남자를 두 번이나 좋아하게 될 줄은 몰랐어.

이것도 신이 설치한 함정— 즉, 운명인 걸까.

이 빌어먹을 신.

……지금만큼은 아주 조금 감사해요.

"돌아가자, 미즈토."

앉아있는 미즈토에게 손을 내밀자, 그는 눈을 껌뻑이며 자기 입술을 살며시 만졌다.

"뭐? 아니……."

"빨리! 다른 사람들이 걱정할 거야!"

당황한 미즈토의 손을 잡고 억지로 일으켰다.

바로 그때, 뒤편의 풀이 부스럭거린 느낌이 들었지만…… 지금은 웬일로 당황한 미즈토를 잡아당기는데 정신이 팔려 있었다.

"—아! 두 사람 다 돌아왔어~!"

아까 다른 사람들과 헤어졌던 사무소로 돌아와 보니, 마도카 씨가 기다리고 있었다.

그 뒤편에는 치쿠마도 있었다. ……어? 이유는 모르겠지만, 유카타 자락에 나뭇잎이 붙어 있다.

"하아~, 다행이야. 두 사람까지 미아가 되면 어쩌나 했어."

"네? 저희까지……라뇨?"

"실은 아까까지 치쿠마도 미아였거든— 아얏?!"

치쿠마가 항의하듯 마도카 씨의 등을 때렸다. 신기한 일도 다 있다. 얌전한 치쿠마가 폭력에 의존하다니 말이다. 마도카 씨도 「어? 치쿠마, 왜 그러니?」 하며 당황했다.

고개를 갸웃거리면서도, 나와 미즈토를 번갈아 쳐다본 마도카 씨는 나에게 귓속말로 물었다.

"(혹시, 잘 풀렸어?)"

"(……첫걸음은 뗀 것 같다고 생각해요.)"

"(오오! 나이스! 무슨 일 있으면 언제든 연락해! 나는 응원—.)"

바로 그때, 치쿠마가 마도카 씨의 정강이를 세게 걷어찼다.

"아얏?! 정말! 치쿠마, 왜 이러는 거야?! 혹시 반항기니?!"

치쿠마는 나와 미즈토를 힐끔 쳐다보더니, 입술을 깨물며 고개를 숙였다.

왜 저러지……? 기분 나쁠 일이라도 있나?

그런 동생을 본 마도카 씨는 「아」 하며 입을 벌렸다.

"어……? 정말? 그런 거야?"

치쿠마는 고개를 숙인 채, 유카타 소매로 눈가를 훔치기
시작했다.

"아, 아아~. 뭐랄까, 애도의 뜻을 표할 수밖에 없달까……."

그래도 누나인 마도카 씨는 치쿠마가 보인 영문 모를 행
동의 이유를 눈치챈 것 같다.

마도카 씨는 동생을 안아주더니, 갓난아기를 달래듯 등을
두드려줬다.

"괜찮아~, 치쿠마. 그런 경험을 통해 좋은 남자가 되는
거야. 내 남친 같은 못난 인간이 안 돼!"

마도카 씨는 조용히 흐느끼는 치쿠마를 끈기 있게 달랬다.

나는 옆에 있는 미즈토에게 몰래 물었다.

"(저기, 무슨 일인 걸까? 치쿠마가 왜 우는 거야?)"

"(글쎄……?)"

아무래도 우리는 진짜 남매에게는 미치지 못하는 것 같다.

뭐, 나로서는 그편이 낫지만 말이야.

◆

작별은 간단히 마쳤다.

"그럼 안녕! 또 같이 놀자~!! 자, 치쿠마도 인사해야지?"

"……."

"언제까지 토라져 있을 거야? 지금 제대로 인사를 안 하면 연락하기도 힘들어질걸?"

문 앞에서 차에 타기 전, 누나에게 등을 떠밀린 치쿠마는 머뭇거리며 내 앞에 섰다.

그리고 내 얼굴을 힐끔 쳐다보고 고개를 돌리길 반복한 후…….

"저, 저기……."

"응. 왜 그래?"

"……사…… 상담할 일, 있으면, 연락…… 해도, 될까요……?"

낯가림 전문가끼리니까, 상담할 일이 있으면 연락하란 말을 했던 것을 떠올렸다.

나는 주저 없이 미소를 지으며 말했다.

"물론이야. 기다릴 테니까 언제든지 연락 줘."

그러자 치쿠마는 긴장한 건지, 얼굴을 붉히면서…….

"고…… 고마, 워요!"

웬일인지 큰 목소리로 그렇게 말하며 고개를 숙인 후, 마도카 씨에게로 뛰어갔다.

"오~. 잘했다, 잘했어. ······하지만, 가능성 없는데 질질 끌면 너만 괴로울걸~?"

"으으······."

"아, 미안해! 아직 상처가 안 아물었구나! 한동안은 이걸로 안 놀릴게!"

남매는 그런 식으로 시끄럽게 떠들며 차에 타더니, 역이 있는 방향으로 사라졌다······.

이제 우리도 타네사토 선조에게 성묘를 마친 후, 이곳을 떠날 예정이다.

"정말 고맙데이, 유메 양. 미즈토를 잘 부탁하께."

헤어질 때, 미소를 지으며 그렇게 말한 나츠메 씨를 향해 나도 미소 지었다.

"그는 보기보다 강한 사람이니까, 제가 없더라도 괜찮을 거예요."

"응? 그릤나?"

"그래도 저한테 맡겨주세요. ······보기보다 외로움을 많이 타는 것 같으니까요."

뒷부분은 미즈토에게 들리지 않도록 작은 목소리로 말하자, 나츠메 씨는 빙긋 웃었다.

"그럼 안심이데이."

그리고 차에 다가가자, 기다리고 있던 미즈토가 미심쩍은 표정으로 물었다.

"할머니와 무슨 이야기를 한 거야?"

"어떤 이야기일 것 같아?"

응~? 하면서 고개를 내민 내가 그렇게 되묻자, 미즈토는 몸을 젖히며 한 걸음 물러났다.

"너…… 좀, 이상해."

"그렇지 않아. 정보가 낡은 거 아냐?"

"뭐?"

바로 그때, 차에서 미네아키 아저씨의 목소리가 들려왔다.

"슬슬 출발하자~!"

네, 하고 대답한 나는 차량의 문에 손을 댔다.

그리고 문을 열기 전, 나는 돌아보았다.

전 남친이자, 의붓남매이자, 좋아하는 사람에게…….

비아냥이 가득 담긴 미소를 지으며 말했다.

"걱정하지 마. 우리는 남매잖아, 미즈토 씨."

"……당연하잖아. 유메 양."

과거가 돌아올 일은 없다.

당시의 행복이 되살아나지는 않는다.

하지만 새롭게 시작할 수는 있다.

예를 들자면— 이런 식으로 말이다.

속편, 제작 결정.

상세한 내용은 후속 정보를 기다려주십시오.

거실에 가보니, 미즈토 씨가 소파에서 잠을 자고 있어요.

어라? 하며 저는 고개를 갸웃거렸어요.

오늘은 미즈토 씨의 집에서 함께 영화―『너의 이름은.』을 봤어요.

영화를 다 본 미즈토 씨는 잠이 들어버렸지만, 제 기억으로는 유메 양의 허벅지를 베개 삼고 있었는데…….

제가 화장실에 간 사이에 유메 양은 다른 곳에 간 걸까요?

저는 고개를 갸웃거리며 소파에 다가가서, 곤히 잠든 미즈토 씨를 내려다봤어요.

이 시추에이션은 역시 백설공주를 떠올리게 하네요.

독을 먹고 쓰러진 백설공주가 왕자님의 키스로 부활하는…….

으음, 그렇다면―.

지금 키스를 한다면, 미즈토 씨도 바로 깨어날까요?

한번은 유메 양에게 주의를 받고 관뒀어요.

하지만 유메 양도 지금은 이 자리에 없어요. 브레이크가 부재중이에요.

……미즈토 씨. 이렇게 무방비하게 있으면 어떻게 해요.

이렇게 방심해서야…… 잡아먹혀도 불평은 못 할걸요?

혹시, 유혹하는 거예요? 자기가 차놓고 먼저 말을 꺼낼 수 없으니, 간접적으로 저한테 덮쳐달라고 하는 건가요?

뭐, 이건 변명이에요. 욕망을 억누르지 못하는 변명…….

하지만 어떻게 참느냔 말이에요.

미즈토 씨의 입술은 얇고, 부드러워 보이는 게, 여자애 입술처럼 예뻐요—.

제가 아무리 안 된다고 해도, 저 얼굴에 빨려 들어가고 말거라고요—.

가녀린 숨결이 입술에 닿았어요.

심장이 쿵쾅쿵쾅 뛰는 게, 금방이라도 터질 것 같아요.

어쩌면, 고백할 때보다 더 긴장했을지도 몰라요.

칭찬해 주세요, 미즈토 씨.

혀를 집어넣는 건 참을 테니까, 칭찬해 주세요.

그리고 부탁인데…….

앞으로 1초만, 깨지 말아주세요—.

그렇게 저는 인생 첫 키스를

"삭제~~~!!!"

갑자기 부끄러워진 저는 태블릿 PC에 입력한 문장을 삭제했어요.

푸하~ 하고 숨을 내쉬면서 제 방의 천장을 올려다봤어요.

으으음……. 역시 실존 인물, 그것도 친구와의 망상 소설을 쓰려니 부끄럽네요. 예정으로는 여기서부터 그야말로 에로틱하기 그지없는 신으로 이어갈 생각이었는데…….

그날의 『할 수 있었을지도』라는 감정이 계속 남아서 확 소설로 담아볼까 했는데, 아무래도 이건 금단의 수법 같아요.

그래요. 얼간이 같다고 비웃고 싶으면 비웃어주세요.

확실히 저는 그날, 유메 양이 자리를 비운 사이에 거실로 돌아갔어요.

하지만 잠든 미즈토 씨에게 입을 맞추려다, 『아, 무리』란 생각이 들어서 관두고 말았어요.

제 인생 첫 — 어쩌면 마지막일지도 모를 — 키스 기회였는데!

……그래도 잠든 상대에게 그런 짓을 하는 건 안 되는걸요. 그건 범죄라고요.

"하아……."

미즈토 씨, 빨리 시골에서 돌아와 주세요~.

보고 싶어서 보고 싶어서[#3] 온몸이 떨려요. ……아, 이런 문장을 올렸다간 『나이 들통나』 같은 소리를 팔로워 분들에게 들겠네요. 들통 안 나요! 윗세대 아저씨들이 옛날 콘텐츠 이

#3 보고 싶어서 보고 싶어서(会いたくて 会いたくて) 2010년에 발매한 일본 여성 가수 니시노 카나의 노래.

야기를 계속 늘어놓는 게 문제라고요!

"……미즈토 씨……."

저는 허그 베개를 꼭 안은 채, 침대 위에서 뒹굴뒹굴했어요.

미즈토 씨. 저의 친구.

당신을 생각하면 가슴이 두근거려요. 내일은 무슨 이야기를 할까. 그 책은 읽어봤을까. 그 이야기가 마음에 들었을까.

이 마음은 분명 사랑일 거라고 생각해요.

하지만 어째서일까요. 유메 양과 미나미 양에게 도움을 받으며 힘내던 시절에 비해, 여친이라는 직함에 매력을 느끼지 못해요.

친구와 연인은 큰 차이가 없지 않을까요?

친구라도 같이 있을 수 있고, 함께 놀 수 있으며, 같이 있으면 즐거운 데다, 함께 있으면 기뻐요.

연인과 다르게 헤어질 일도 없으니까, 단점은 야한 짓을 못한다는 것 정도네요. 사람에 따라서는 야한 짓도 한대요.

저는 눈치챘어요.

유메 양과 미나미 양에게는 미안하지만…… 미즈토 씨의 여친이 되려고 힘쓰던 시절보다 지금이 훨씬 즐거워요.

왜냐하면, 여친이 되기 위해서는 미즈토 씨에게 사랑받아야만 하잖아요.

자신을 꾸미고, 가꿔서, 상대방에게 좋게 보여야만 해요.

그건 피곤하다고요.

그에 반해, 지금은 얼마나 편한데요!

함께 있어도 전혀 긴장 안 되고, 화장을 좀 실수해도 괜찮아요!

미즈토 씨에게 그럴 마음이 없다는 건 아니까, 성별 같은 걸 신경 안 써도 오케이!

게다가— 계속 좋아할 수 있고요.

언젠가 고백해야 한다는 부담도 없고, 짝사랑을 계속할 수 있어요.

영원히 짝사랑을 할 수 있다면, 저는 짝사랑이 이뤄지지 않더라도 괜찮아요.

왜냐하면, 정말 즐겁거든요.

이런저런 망상을 하거나, 얼굴을 몰래 훔쳐보거나, 느닷없이 몸이 밀착한 바람에 가슴이 뛰거나 해요.

실연한 것을 가지고 놀리면 당황하기도 하고요.

그런 식으로 즐길거리가 무한히 제공되거든요? 어떻게 즐겁지 않겠냐고요!

저는 아마 실연하지 않았을 거예요.

사랑을 잃지 않았어요.

아마 이 짝사랑이야말로 저에게 가장 어울리는 사랑의 형
태예요.

아아— 저는 최고의 리얼충이에요.

하느님, 부탁드려요.

제발, 평생, 미즈토 씨와 친구로 지내게 해 주세요.

미즈토 씨에게 여친이 생겨도 상관없어요.

분명, 누군가를 좋아하는 미즈토 씨도 정말 존귀하기 그
지없을 거예요.

그러니까— 하느님.

제 짝사랑을 영원히 끝내지 말아 주세요.

■작가 후기

이번에는 아는 척 할 만한 무언가나 본편과 관련된 개인적인 에피소드도 없기에(미즈토의 증조부가 시베리아에 억류됐을 때 통역을 맡았다, 란 설정은 제 할아버지가 겪은 일을 소재로 만들었다는 것 정도일까요), 본편의 내용을 다뤄볼까 합니다. 아직 본편을 읽지 않은 분은 우선 본편부터 읽어주시길.

러브 코미디란 장르에서는 히로인이 주인공을 좋아한다는 것을 깨닫게 되는 에피소드가 꼭 있습니다. 위기 상황에서 구출되거나, 단둘이서 지내는 사이에 주인공의 매력을 깨닫거나, 만나지 못하게 되거나, 사이가 틀어진 사이에 자신의 마음을 깨닫게 되는 등, 여러 패턴이 있습니다. 그리고 그런 패턴에서 공통되는 건 『주인공의 매력을 깨닫는』 에피소드란 점입니다.

하지만.

이미 눈치채셨을 겁니다. 네. 유메는 미즈토의 매력은 처음부터 잘 알고 있습니다. 미즈토가 아무리 멋진 모습을 보이더라도 그녀에게 있어 그것은 『당연한 것』입니다. 자, 어쩌면 좋을까요. 이제 다져지기 시작한 가족의 유대를 그대로 둔 채, 유메가 미즈토를 다시 좋아하게 만들려면—.

그 답은 본편에 담겨 있습니다.

딱히 사람은 누군가의 멋진 모습에만 반하는 게 아니다, 란 이야기입니다.

사람의 성격에서 자기평가란 것은 사회에서의 위치가 크게 영향을 끼칩니다만, 그렇다면 인간이 처음으로 접하는 사회 — 친족의 영향을 무시할 수 없는 것이리라 생각합니다.

인간은 한겨울의 눈과 같습니다. 처음에는 간단히 발자국이 남지만, 점점 다져진 끝에 그 위에서 미끄러지기만 하게 되죠. 고등학생이란 시기는 미끄러지기 직전 단계이며, 간단히 영향을 받는 부분과 다져진 부분이 공존하는 상태입니다. 주위에 휘둘리면서도, 자기 자신을 간단히 바꿀 수는 없죠. 귀찮고 성가신 이 시기를, 사람에 따라선 청춘이라 부를지도 모르지만— 뭐, 그 점에 대해서는 일단 보류해 두도록 할까요.

여기서부터는 선전을 할까 합니다.

2020년 3월 25일, MF문고J에서 저의 신작,

『전생 따위로 도망칠 수 있을 줄 알았나요, 오빠?』

가 발매됩니다— 아마도요. KADOKAWA의 표현 체크를 무사히 통과한다면 말이죠.

이것도 비틀린 연애 이야기이며, 또한 남매의 이야기입니다. 사랑이 조금 깊은 여동생이 등장합니다. 조금 말이죠. 아주 조금입니다. 중학생 시절 미나미 아카츠키의 1억배 정도일까요.

제 추천은 『전생 따위~』를 읽은 후에 『새 엄마가 데려온 딸이 전 여친이었다』를 다시 읽는 겁니다. 미즈토와 유메의 이야기가 얼마나 존귀한지 느낄 수 있을 겁니다. 진짜 행복한 기분을 맛볼 수 있을 거예요. 그러니 한 번만요. 네? 한 번쯤은 괜찮다고요.

아, 그리고 이 작품의 공식 트위터 계정(@tsurekano)이 만들어졌습니다.

이 계정으로 단편 소설을 공개할까 생각 중이니, 팔로해 주시면 감사하겠습니다.

일러스트를 맡아주신 타카야Ki 선생님, 코미컬라이즈를 맡아주신 쿠사카베 레이 선생님, 담당 편집자님, 디자이너님, 교정자 님, 서점 점원 분, 그리고 독자 여러분— 그 외에도 이 시리즈에 관여해 주신 모든 분께 감사드립니다.

이 4권으로, 제1스테이지 종료입니다. 히로인 레이스는 안 한다고 했죠? 그건 거짓말입니다. 또한 경쟁 상대는 과거의 자신입니다. 어? 히가시라 이사나? 그 녀석은 경기장에 드러누워서 라이트노벨 읽고 있어.

저, 카미시로 쿄스케의 『새 엄마가 데려온 딸이 전 여친이었다 4 첫 키스로 선언하다』를 전해 드렸습니다. 여름 방학이 참 안 끝나네요.

안녕하십니까. 근로청년 번역가 이승원입니다.

『새 엄마가 데려온 딸이 전 여친이었다』 4권을 구매해 주셔서 진심으로 감사드립니다.

어느새 12월이 됐습니다. 다사다난했던 2021년도 곧 끝이 나겠군요.

개인적으로 2021년을 돌이켜 보자면…… 음, 관두겠습니다. 진짜 번역&병원&통역(아주 조금)으로 점철되어 있었습니다, AHAHA.

올해 하반기에는 코로나도 좀 잦아들어서 외국 여행도 좀 갈 수 있을 줄 알았는데, 아직도 엄두가 안 나는군요. 내년에는 진짜로 호전되었으면 좋겠습니다.^^

독자 여러분께서는 2021년 잘 마무리하시길 진심으로 빕니다!

그럼 『새 엄마가 데려온 딸이 전 여친이었다』 4권에 관해 이야기를 좀 해 볼까 합니다.

스포일러가 포함되어 있을 수도 있으니 본편을 안 읽으신 분은 유의해 주시길!

『새 엄마가 데려온 딸이 전 여친이었다』 4권은 미즈토의 할머니가 살고 있는 시골을 배경으로, 이리도 남매의 과거와 현재를 다루고 있습니다.

과거에는 연인이었고, 지금은 남매인 두 사람. 그런 기묘한 관계인 두 사람이 어떤 마음으로 서로를 대했고, 그 이면에 존재하는 감정이 적나라하게 드러나고 있습니다. 또한 서로의 과거, 그리고 현재를 형성하고 있는 근원이 명확하게 밝혀지며 한 걸음 더 다가가게 됩니다.

그 과정에서 드러난 미즈토의 과거는 꽤 충격적이었습니다. 자신을 낳고 돌아가신 어머니 때문에 어릴 적부터 쭉 불쌍한 아이로 여겨진 소년. 어머니의 온기를 모르기에 자신을 불쌍하게 여기는 주위 사람들의 생각에 공감하지 못했고, 그 바람에 현실을 허구로 느끼게 됩니다.

그런 그가 직접 손에 넣은 인연이자 유일한 현실이 바로 아야이 유메란 존재였죠. 그렇기에 이리도 미즈토에게 아야이 유메란 크나큰 존재이며, 이리도 유메에게 있어서도 아야이 유메는 넘어서야만 하는 크나큰 벽이 되고 있습니다.

……최강의 라이벌이 과거의 자기 자신이라니, 진짜 불타오르는 전개군요(어이).

이리도 유메의 각성(^^)이 기대됩니다!

그럼 이만 줄이겠습니다.
항상 재미있는 작품을 맡겨주시는 L노벨 편집부 여러분에게 진심으로 감사드립니다. 앞으로도 잘 부탁드립니다!
마감 때문에 못 본 악우들이여. 정말 미안하다. 이번 주말에는 꼭 모여서 족발 파티를 하자ㅠㅠ.
마지막으로 언제나 제게 버팀목이 되어주시는 어머니와 『새 엄마가 데려온 딸이 전 여친이었다』를 읽어주신 모든 분께 진심으로 감사드립니다.
히가시라의 반전(?)과 유메의 반전(?)이 주위 사람들을 골머리 썩게 만드는 5권 역자 후기 코너에서 다시 뵙겠습니다!

2021년 12월 초
역자 이승원 올림

새 엄마가 데려온 딸이 전 여친이었다 4

1판 1쇄 발행 2022년 2월 10일
1판 2쇄 발행 2022년 9월 2일

지은이_ Kyosuke Kamishiro
일러스트_ TakayaKi
옮긴이_ 이승원

발행인_ 신현호
편집장_ 김승신
편집진행_ 권세라 · 최혁수 · 김경민 · 최정민
편집디자인_ 양우연
관리 · 영업_ 김민원

펴낸곳_ (주)디앤씨미디어
등록_ 2002년 4월 25일 제20-260호
주소_ 서울시 구로구 디지털로 26길 111 JnK디지털타워 503호
전화_ 02-333-2513(대표)
팩시밀리_ 02-333-2514
이메일_ lnovellove@naver.com
L노벨 공식 카페_ http://cafe.naver.com/lnovel11

MAMAHAHA NO TSUREGO GA MOTOKANO DATTA Vol.4
FIRST · KISS GA FUKOKU SURU
©Kyosuke Kamishiro, TakayaKi 2020
First published in Japan in 2020 by KADOKAWA CORPORATION, Tokyo.
Korean translation rights arranged with KADOKAWA CORPORATION, Tokyo.

ISBN 979-11-278-6336-4 04830
ISBN 979-11-278-6075-2 (세트)

값 7,800원

드라큘라 야근! 1~2권

와가하라 사토시 지음 | 아리사카 아코 일러스트 | 박경용 옮김

태양의 빛을 쬐면 재가 되어버리는 존재, 흡혈귀.
밤에만 활동할 수 있는 그들이지만, 현대에는 생각보다 문제없이 생활하고 있었다.
그렇다. 왜냐하면 "야근"으로 일할 수 있으니까—.
토라키 유라는 현대에 살아가는 흡혈귀.
일하는 곳은 이케부쿠로의 편의점(야근 한정).
주거지는 일조권이 최악인 반지하(차광 커튼 필수).
인간으로 돌아가기 위해서, 바르고 떳떳한 사회생활을 보내고 있다.
그런데 어느 날 주정뱅이에게서 금발 미소녀를 구했더니,
놀랍게도 그녀는 흡혈귀 퇴치를 생업으로 하는 수녀 아이리스였다!
게다가 천적인 그녀가 그의 집으로 굴러들어오게 되는데—?!
토라키의 평온한 흡혈귀 생활은 대체 어찌 되는가?!

『알바 뛰는 마왕님!』의 와가하라 사토시가
선물하는 드라큘라 일상 판타지!

변변찮은 마술강사와 추상일지 1~8권

히츠지 타로 지음 | 미시마 쿠로네 일러스트 | 최승원 옮김

알자노 제국 마술학원에는 학생들도 기가 막혀 하는
한 변변찮은 마술강사가 있었다.
그의 이름은 글렌 레이더스.
수업에 뱀을 가져와서 여학생들이 무서워하는 모습을 감상하려다가
오히려 그 뱀에게 머리를 물리질 않나…….
도서관에서 실종된 여학생을 구하러 갔다가, 오히려 본인이 겁에 질려서
파괴 주문으로 도서관을 날려버리려고 할 않나…….
수업 참관 일에는 웬일로 성실하게 수업을 하나 싶더니 곧 본색을 드러내고……
그런 마술학원에서 벌어지는 변변찮은 일상.
그리고— "……꺼져라, 꼬마. 죽고 싶지 않으면."
글렌의 스승이자 길러준 부모인 세리카 아르포네아와의
충격적인 만남이 수록된 『변변찮은』 시리즈 첫 단편집!

본편 TV애니메이션 방영 화제작!!

아빠는 영웅, 엄마는 정령, 딸인 나는 전생자. 1~5권

마츠우라 지음 | keepout 일러스트 | 이신 옮김

연구직에 몰두하던 전생(前生)을 거쳐 전생(轉生)했더니
원소의 정령이 되어 있었습니다.
아버지는 전 영웅이고 어머니는 정령의 왕.
저 또한 치트 능력을 받았습니다…….
아버지와 어머니, 그리고 정령들에게 사랑을 듬뿍 받으며
쑥쑥(본의 아니게 겉모습만 빼고!) 자라던 어느 날,
아버지와 함께 방문한 인간계에서 어쩌다 보니 임금님의 주목을 받게 되고,
그 탓에 가족이 위기에……?
"확실히 부숴버릴 테니 각오해 주세요."

**정령 엘렌, 전생의 지식과 정령의 힘을 구사하여
소중한 가족을 지키겠습니다!**

©Tsuyoshi Yoshioka 2019
Illustration:Seiji Kikuchi
KADOKAWA CORPORATION

현자의 손자 1~10권

요시오카 츠요시 지음 | 키쿠치 세이지 일러스트 | 최승원 옮김

사고로 죽었을 청년이 갓난아기의 모습으로 이세계에서 환생!
구국의 영웅 「현자」 멀린 월포드에게 거둬진 그는 신이라는 이름을 받는다.
손자로서 멀린의 기술을 흡수해가며 놀라운 힘을 얻게 된 신이었지만,
그가 열다섯 살이 되자 할아버지는 이렇게 말했다.
"상식을 가르치는 걸 깜빡했구만!"
이런 이유로 신은 상식과 친구를 얻기 위해
알스하이드 고등 마법학원에 입학하게 되는데—.

『규격 외』 소년의 파격적인 이세계 판타지 라이프, 여기서 개막!

녹을 먹는 비스코 1~4권

코부쿠보 신지 지음 | 아카기시K 일러스트 | mocha 세계관 일러스트 | 이경인 옮김

모든 것을 녹슬게 만들며 인류를 죽음의 위협에 빠뜨리는 《녹바람》 속을 달리는
질풍무뢰의 『버섯지기』 아카보시 비스코.
그는 스승을 구하기 위해
영약이라 전해지는 버섯, 《녹식》을 찾아 여행하고 있다.
미모의 소년 의사, 미로를 파트너 삼아 파란만장한 모험에 나서는 비스코.
가는 길에 펼쳐지는 사이타마 철(鐵)사막,
문명을 멸망시킨 방어 병기 유적으로 지은 도시,
대왕문어가 둥지를 튼 지하철 폐선로……
가혹한 여정 속에서 차례차례 덮쳐오는 위협을
미로의 번뜩이는 지혜와 비스코의 필중의 버섯 화살이 꿰뚫는다!
그러나 그 앞에는 사악한 현지사의 간계가 도사리고 있는데……?!

최강의 버섯지기가 자아내는 노도의 모험담!

라이트노벨의 새로운 빛! L노벨의 신간은 매월 10일에 발매됩니다. http://cafe.naver.com/lnovel11

친구 여동생이 나한테만 짜증나게 군다 1~5권

미카와 고스트 지음 | 토마리 일러스트 | 이승원 옮김

교우 관계 사절, 남녀 교제 거부, 친구라고는 진정으로 가치 있는 단 한 사람 뿐.
청춘의 모든 것을 「비효율」적이라 여기며 거절하는
나, 오오보시 아키테루의 방에 눌러앉아있는 녀석이 있다.
내 여동생도, 친구도 아니다.
짜증나고 성가신 후배이자 내 절친의 여동생인 코히나타 이로하다.
"선배~, 데이트해요! ⋯⋯라고 말할 줄 알았어요~?"
혈관에 에너지 음료가 흐르고 있는 듯한 이 녀석은
내 침대를 점거하고, 미인계로 나를 놀리는 등, 나한테 엄청 짜증나게 군다.
그런데 왜 다들 나를 부러워하는 거지?
알고 보니 이로하 녀석도 남들 앞에서는 밝고 청초한 우등생인 척하기 때문에
엄청 인기가 좋은 모양이다.
이봐⋯⋯ 너는 왜 나한테만 짜증나게 구는 거냐고.

끝내주는 짜증귀염 청춘 러브코미디, 스타트!!